KB189194

리버사이드 그랜빌 오피스에 여전히 둥지를 틀고 있는
능력 있는 백인 변호사 드누타와 190센티미터의 건장했던
흑인 변호사 제임스 커티스, 그리고 코리안 악센트의 영어를 쓰는
내 입을 대신했던 비서 멜리사를 기억하며…….

길 위에서

초판 1쇄 발행 2017년 10월 1일

지 은 이 김정숙
발 행 인 권선복
편   집 천훈민
디 자 인 서보미
전 자 책 천훈민
발 행 처 도서출판 행복에너지
출판등록 제315-2011-000035호
주   소 (07679) 서울특별시 강서구 화곡로 232
전   화 0505-613-6133
팩   스 0303-0799-1560
홈페이지 www.happybook.or.kr
이 메 일 ksbdata@daum.net

값 15,000원
ISBN 979-11-5602-538-2 (03810)

Copyright ⓒ 김정숙, 2017

도서출판 행복에너지는 독자 여러분의 아이디어와 원고 투고를 기다립니다. 책으로 만들기를 원하는 콘텐츠가 있으신 분은 이메일이나 홈페이지를 통해 간단한 기획서와 기획의도, 연락처 등을 보내주십시오. 행복에너지의 문은 언제나 활짝 열려 있습니다.

지구 반대편 미국에서 보낸 17년.
삶의 길 위에서 만난
도전, 성공, 실패 그리고위로.

"넘어져도 괜찮아요. 괜찮습니다."

김정숙 지음

길
위
에
서

도서
출판 행복에너지

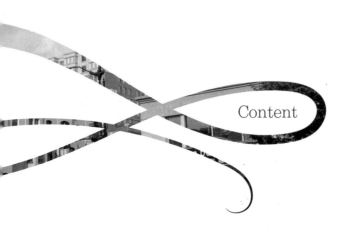

Content

Part 1

울지 마라
끝내
살아가리니

다시 한 번 세상과 맞짱을
— 버려야 이기는 게임

경제학 용어에 넛지Nudge: 어떤 선택을 금하거나 인센티브를 크게 변화시키지 않으면서 사람들을 변화시키는 것라는 말이 있다. 버려야 이기는 게임을 앞에 둔 내게 필요한 전략이다.

한국의 병원으로 돌아감이 옳다는 결정을 내리고 난 후, 마음을 추스르지 못해 힘든 시기를 보낸다. '지난 열일곱 해를 보낸 미국에서의 내 모든 노력과 시도들은 실패한 건가?' 하는 생각에 절망감과 열등감으로 한동안 힘들었다. 이런 마음의 감옥으로부터 걸어 나오겠다고 결심한 후엔 또다시 "어떻게"라는 이슈를 안고 시간을 보낸 지 몇 주가 지났다. 이 나이에도 세상은 두려운 것 천지다. 어리석다.

그리 별일도 아닌 것을, 특별히 새로 시작하는 것도 아닌데, 그저 오래전 내가 떠나온 곳으로 돌아갈 일이 이렇게 두려움을 주리라고는 예상하지 못했다. 다이내믹하고 온갖 아이디어로 승부를 거는 새로운 세상과의 맞짱에서 섹시하게 성공을 쟁취해야 하는 일. 그것은 17년 전 미국 땅을 밟으며 패기만만하게 젊었던 내가 꿈꾸던 세상이었다. 지금, 더 이상 젊지 않은 내게, 세상과 맞짱을 뜰 만한 일과 열정, 그리고 짜릿함이 남아 있긴 한 건지…….

오래전 해왔던 일과 내 모국어의 본향인 한국으로 들어갈 용기를 내는 데 몇 달이 걸리고 있다. 세상의 한복판에서 세상의 가장 가장자리로 들어가는 듯한 느낌을 떨어낼 수가 없다.

윤택하고 평화로우며, 세련된 문화가 있는 캘리포니아에서 한국으로 들어가겠다고 마음먹는 순간, 고향이 주는 푸근함보다 내 땅에서 가질 역차별적인 문화적 충격에 대한 두려움이 나의 의식과 발목을 잡는다.

요즘 나에게 이런 두려움은 일종의 감옥이다. 행동범위를 제한하고 움츠러들게 하는 마음의 감옥이다. 온갖 위험이 도사리고 있는 새로운 사업을 시작할 때도 이토록 두렵진 않았다. 지금보다는 젊고 미국에서 꼭 성공하리라는 꿈이 있었기에 치열하게 도전할 수 있었을 것이다. 새로운 세상과 맞짱 뜨는 게 힘들었지만 희열도 있었다. 문화와 언어와 인종이 다른 곳에 와서 새로운 일을 시작하면서 세상과 정면으로 한판 붙어 성공하리라 믿었고, 비키니 같은 섹시한 삶의 환상에 행복했다. 가슴으로 치열하게 산 시간들이었다. 결과는 성공하지 못했어도 그 과정마저 후회하지는 않는다. 가슴속 불타는 열정이 그 모든 것을 이기게 했기 때문이다.

그런데 지금, 한국행을 앞둔 두려움은 그동안 가져왔던 것과는 너무 다르다.

마음의 감옥이 두려움이라면, 십칠 년의 미국 생활을 뒤로한 채 인생의 저물어가는 시간에 한국으로 들어가는 것은 마음, 몸, 영혼 전부를 감금당하는 감옥이라는 두려움이 잠 못 이루게 한다. 이것은 내가 원하는 것을 가진 세상과 한판의 성공을 두고 싸워야 하는 게임이 아니라 어떻게 해야 나를 버릴 수 있는가의 문제이기 때문이다.

나를 버려야 이길 수 있는 게임은 해 본 적이 없다.

지금껏 추구하고 누려왔던 익숙한 편안함과 세련된 문화와 이별하고, 역설적인 문화충격이 기다릴 내 모국과 그곳에서 자리를 잡고 길들여진 사람들의 정서에 어떻게 대면하여 살아남을 것인가의 게임이다. 그것은 다른 의미의 새로운 인생과의 한판 승부를 가릴 맞짱이다.

온전히 버리고 순응해야 이길 수 있는 싸움. 그 앞에서 나는 두렵다.

맞짱을 뜨기로 결심하면서 긴 호흡으로 숨고르기를 하고 있다.

길 위에서

나와의 수많은 대화 속에서 나를 들볶지 않는다. 더 이상 열정을 말하지 않는다. 단지 내게 부드럽게 생각할 시간을 주며 기다린다. 멈춰 서서 지켜보고, 느리게 걸으며 생각하며 기다린다. 그리고 몇 달의 숨고르기를 통해 부드러운 것이 세상을 이길 수 있다는 용기를 갖는다.

　　나에게 예전처럼 성공만을 보채고, 내 인생만 생각하는 이기적 인간이 되라고 몰아붙였다면 다시 돌아갈 생각을 못했을 것이다. 그러나 그곳은 이미 내가 떠나오기 전 만들었던 정서적 기반이 있고, 자존감을 지킬 일이 있으며, 마음의 결정이 되는 대로 돌아가면 된다는 열린 생각이, 부드러운 권고가, 나의 불안을 다독인다.

　　그것은 빅토르 위고의 '장 발장'을 감화시킨 미리엘 주교의 말을 생각나게 했다.

　　"어찌 된 거요? 나는 당신에게 촛대도 드렸는데 어째서 은그릇하고 함께 가져가지 않았소?"

　　그리고 이어진 주교의 나직한 권유,

　　"절대 잊지 마시오. 이 은그릇을 정직한 사람이 되는데 쓸 것을 약속한 것을……."

　　빵 한 조각을 훔치고 5년 징역에 4번의 탈옥시도로 19년을 감옥에서 보낸 후 세상에 나온 장 발장에게 세상은 냉정했고 갈 곳이 없어진 때 찾아간 미리엘 주교의 집에서 받은 환대. 그리고 그곳에서 은 식기를 훔쳐 나오다 다시 붙잡힌 그에게 주교가 한 말이다. 그 부드러운 권유가 그를 마들렌으로 이름을 바꾸고 선행을 하는 사업가로 변화시켰다.

이곳에서의 도전에 상처받은 나에게 내 나라의 그곳은 지금 나지막한 권유를 한다.

돌아와 부딪쳐라. 맞짱을 떠라, 유연하게, 그리고 정직한 사람이 되라……

이 부드러움은 더 나은 선택을 유도하면서도 유연하고 비 강압적으로 두려움의 감옥에 접근해서, 내 선택의 자유를 침해하지 않는다.

세상과의 진정한 맞짱은 그 속에 어우러져 함께 흐르는 길이라고 부드럽게 타이른다.

안다. 알고 있다. 하지만 아직도 머리로는 아는데 가슴이 모른다고 아우성이다. 흐르는 삶의 강물에 몸을 맡겨 살아야 함이 순리임을 알면서도 아직 죽지 못한 허영이 빼곡히 머리를 내밀고 세상적인 성공에 목을 매고 있다.

"이해할 수는 없었지만 사랑했던 사람들은 모두 죽었다.
그러나 나는 아직도 그들과 교감하고 있다.
어슴푸레한 계곡에 홀로 있을 때

모든 존재가 내 영혼과 기억, 그리고 빅 블랙풋 강의 물소리,
모두 하나의 존재로 어렴풋해지는 것 같다.
그러다 결국 하나로 녹아든다.
그리고 강이 그것을 통해 흐른다."

— 영화 '흐르는 강물처럼'

지금 난 두려워서 아무런 시도도 할 수 없으며 내가 서 있는 원
밖으로 절대 나갈 수 없다고 소리치는 나에게 용기를 주고 있다. 지
금 당장 한국으로 가야 한다는 두려움을 이길, 마음의 감옥을 벗어
날 수 있는 주문을 건다.

"부드럽게 다시 한 번 세상과 맞짱을 떠라. 그것은 버리면 이기
는 게임이다. 인생을 흐르는 강물처럼 살아야 한다. 세상이 그어놓
은 원 밖으로 나가도 괜찮다."

아이러니한 삶이 인생이다.
그토록 열심히 공부하고 일하며 세상이 만들어 놓은 원 안의 삶
으로 겨우 들어왔는데, 누구나 바라마지않는 미국의 가장 좋은 도
시 중의 한곳에서 아이들을 키우고 살아왔는데, 아이들이 커서 자
기들의 세상을 향해 떠나는 시각이 다가오면서 빈 둥지를 철수해야
함을 알았다. 그리고 돌아가야 할 곳, 일을 할 수 있는 곳이 지도에

서 점처럼 작은 한반도, 내 모국임을…….

지금은 내가 평생을 들어가기 위해 노력해왔던 원 안에서의 삶을 버리고, 원 밖으로 나서야 할 시간임을 알지만 두렵다. 원 밖으로 나가는 연습을 한 적이 없다. 언제나 더 많은 것을 향유하길 원했고, 더 원 안으로 들어가려 했을 뿐, 버리고 나가는 연습을 한 적이 없는 것이 오늘의 이 두려움을 만들고야 말았다. 그리고 나를 두려움이라는 마음의 감옥에 가두었다.

인생에 진정으로 사소한 일이란 없듯이, 진정으로 세련된 것이나 촌스러운 것은 없다며 나를 달랜다. 나이를 잊으라고 설득한다. 결국 모든 것은 하나로 녹아들고 그것이 강이 되어 흐르는 게 인생이 아닌가…….

한국으로의 귀환은 연습 없이 맞게 된 세상과의 맞짱인 동시에 나를 인생이라는 강물로 회귀하게 하는 싸움이다.

진정한 용기란 두려움을 느끼지 않는 게 아니라, 손발이 후들거려도 해야 할 일을 하는 거라 하지 않던가.

이 싸움에서의 승리는 두려움을 버리는 것이다. 젊음도 가고 아이들도 성장해서 떠난 빈 둥지를 사막의 외로운 늑대처럼 홀로 지키며 외로움에 몸을 떠느니 버리고 가자. 새로운 세상과 대면하자. 일을 할 수 있는 곳이면 어딘들 어떠랴…….

　　문화적 충격을 느끼겠지, 사뭇 다른 사람들의 생각 속에서 이질
감 또한 느낄 것이다. 한국사회에 만연된 왕따 시키기의 희생양이
될 수도 있다. 하지만 난 그곳에 치열하게 경쟁하기 위해 들어가는
게 아니라 비워낸 가슴으로 뜨겁게 껴안기 위해 들어간다. 하나의
강물로 흐르기 위해 들어간다.

　　넛지 전략을 쓰라. 부드럽게 다시 한 번 세상과 맞짱을 떠라.

　　마음을 비우면 이길 수 있는 싸움이다. 비키니같이 섹시하진 않
지만 괜찮은 삶이지 않은가…….

　　마음의 감옥으로부터 벗어나기 위해 최면을 건다.

　　괜찮다. 괜찮다.

Part 1

●

울지 마라 ,
끝내
살아가리니

"오늘 아침은 다소 행복하다고 생각한 것은 한 잔의 커피와
갑 속의 두둑한 담배, 해장을 하고도 버스비가 남는다는 것."

– 시인 천상병 –

시작은 언제나 두렵다

나이가 들어도 시작을 알리는 선에 서는 것은 두렵다.

"우리는 늘 두근거리는 시작 앞에 있다."는 말은 그래서 언제나 부럽다.

가슴이 떨려 잠조차 이룰 수 없는 두근거림을 경험한 지가 얼마나 되었는지 가늠할 수조차 없을 만큼 오랜 혼돈의 시간을 지나왔다. 사업이라고 시작한 일들이 나의 무릎을 꿇리고, 숫자로 대변되는 나이가 현실적인 장벽으로 다가와 내 앞의 생이 되어 있다.

'나이 들고, 여자이며 아시안인 나'를 어떻게 극복해야 할지, 글래스 실링유리천장을 뚫고 과연 나아갈 수 있을지 나는 오늘도 고민하고 있다. 행동으로 옮긴 저돌성에 자리했던 미흡한 준비로 인한 실패에 주눅이 들어있고 다시 시작하려니 다리가 후들거린다. 비겁한 나를 합리화 시키던 변명이었던 '난 최선을 다했어. 시간을 낭비하지 않았고 사치나 도박을 하지도 않았어.'가 소설가 조정래 씨의 한마디에 뒤통수를 얻어맞은 듯 아찔한 반성으로 다가왔다.

"최선을 다했다는 말을 함부로 쓰지 마라. 최선이란 자기의 노력이 스스로를 감동시킬 수 있을 때 쓸 수 있는 말이다."

할 말을 잃었다. 변명을 삼킨다.

가장 기본적인 경제학의 기회비용과 매몰비용조차 모르고 일에 뛰어든 나의 사업은 이미 실패의 가능성을 생태적으로 안고 있었을 것이다. 성공하기 위해 내가 지불해야 하는 기회비용을 무시하고, 자만감에 차서 나를 과대평가하는 잘못을 범했다. 미국이라는 새로운 세상에서의 성공은 내 모든 것을 투입해야 하는 기회비용을 필요로 했는데 난 새로운 사람들과의 만남, 아이들의 교육, 멋진 차들에 대한 포기를 원치 않았다. 북유럽의 신화에 나오는 신, 오딘조차 자기가 원하는 지혜를 얻기 위해 한쪽 눈을 달라는 지혜의 샘을 지키는 문지기의 요구를 들어주었는데, 내가 갖고 싶은 건 하나도 포기하지 않고 버려도 되는 것만을 기회비용으로 지불했다. 선택에는 반드시 값비싼 포기가 따른다는 것을 못 본 체하려 했었다. 그때 나는 시작 앞에서 가슴 두근거릴 줄만 알았지, 일을 시작하면서 어쩔 수 없이 희생해야 하는 매몰비용조차 원가에 계산하면서 첫 수입부터 그것에의 감가상각에 매달렸다. 그것이 성급하게 일을 망치는 어리석은 결정을 자초하고 실패를 만들었다.

새로운 기회의 나라에서 성공을 원하면서 무슨 일이 있어도 지켜야 할 생존 규칙보다는, 아이들 교육 때문에 미국에 왔으니 아이들 일은 그 어떤 것보다 우선되었고 중요한 미팅도 아이들 학교 일과 겹치면 빠졌으며, 회사 오너로의 품위는 유지해야 한다며 월말엔 직원들 급여로 힘들면서도 좋은 차를 포기하지 않았다. 일을 하면서 어쩔 수 없이 없어지는 건물 모기지 등의 매몰비용조차 원가에 집어넣었고, 광고비용을 투자로 보지 않은 미숙함은 또 어떠했던가. 수입에 비해 지출이 큰 비정상적인 마이너스의 구조에, 멋진 프로젝트는 만들어놓고 팔 수 있는 방법은 모르는 그 모든 것들이 실패를 예고하고 있었다.

사업에 요행은 없음을 알았다. 살아남느냐 도태되느냐만이 명제가 된 성공을 향한 길 위에선 여자라고, 세 아이의 엄마니까 하는 온정을 기대해선 안 되는 일이었다. '최선을 다할 거야'라는 시시껄렁한 말로 시작할 일이 아니라 목숨을 걸이야 되는 일임을 일았다.

그리고 그 실패의 끝에서 부닥뜨린 또 하나의 넘기 힘든 나이의 벽은 끊임없이 내 시작의 발목을 잡았다. 인간 본연의 내적인 향기인 아우라를 만들어야 하는 시간에 열등감에 빠진 나를 물어 할퀴고, 온화함을 잃고, 그리고 마지막엔 세상에 대한 열정을 잃게 만들었다.

열정을 잃으니 세상은 사막이었고, 새로운 시작에의 두근거리는 두려움이 없으니 희망이 소멸한 무덤이 되었다. 미래는 끊임없이 불안을 만들어내는 괴물이 되고, 생각은 점차 극단을 향해 가서 잠 못 이루는 불면의 밤을 보냈다. 그리고는 내가 어찌할 수 없는 나이, 여자, 엄마, 아시안……. 때문에 말도 안 되는 불안 속을 헤매던 내가 언제부터인가 냉정을 찾기 시작했다. 그것은 그동안 나름대로의 생각 사용 설명서를 책상 앞에 붙여가며 노력한 결과였을 것이다.

나의 '생각 사용 설명서'는 이랬다. '나의 새로운 시작을 방해하는 것들의 생각을 하지 않는다. 사람이든, 나이든, 눈앞에 보이는 것이 아니면 머릿속에 담지 않는다.'

나의 모든 것의 시작과 끝은 항상 사람의 문제로 귀결되고 있었다. 언제나 아이들의 걱정을 핑계로 일을 망치고 포기했다. 가족이든 친구든 직원들이든 사람 사이의 관계가 언제나 머릿속을 채워 모든 새로운 시작을 막고 있었다. 사람 때문에 상처 받은 나는 온화함을 잃고 그들만큼 사악해지길 원했고, 그들이 매도한 내 진심의 열정을 쓰레기통에 처박고 있었다. 그것이 삶의 새로운 시작에 대한 꿈을 앗아갔다. 열정과 꿈이 사라진 내가 진짜 나이가 들어 늙고 있음을 알았을 때 홀로 경악했다.

자신만의 후광, 인간의 매력적인 아우라를 잃어버렸다는 위기감을 이기기 위해 내 생각을 바꿔야 했고 복잡다단한 생각들을 제대로 사용할 줄 알아야 했다. 내가 현재 마주하고 있지 않는 모든 것을 놓아버려야 함을 깨달았으며 그렇게 하자 의외로 편해지기 시작했다. 모든 잡다한 관계들로 채워졌던 머릴 비우자 비로소 남을 이해할 여유가 생기기 시작했다. 조금 더 온화해졌으며, 친절해지기 시작했다. 그러자 나의 모든 것이 다른 사람들의 관대함과 친절을 이끌어 내는 놀라운 경험을 했다.

며칠 전 아시아나 에어라인을 타고 미국으로 돌아왔다. 탑승데

스크에서 난 단지 미소로 그녀 앞에 서있었을 뿐인데 그녀가 물었다.

"복도 쪽을 원하시지요? 가능한 한 옆 좌석이 빈 곳을 찾아드리겠습니다."

그리고 난 알았다. 그 혼잡한 기내에서 유일하게 내 옆자리가 비어 다리를 편히 하고 올 수 있었음을…….

그녀로부터 받은 작은 배려를 통해 어찌 행동해야 하는지를 배웠다.

자신만의 아우라를 가져야 한다는 생각은 오래전부터 해왔지만 그것이 무엇인지를 피부로 깨닫는 기회를 갖게 되는 것은 쉽지 않았다. 언제나 레스토랑이나 고급쇼핑몰에서 지불하는 돈에 비례한 대접을 받는 것을 아우라라고 생각한 내 가치에 혼돈이 생긴 것이다. 지난 2년간 돈과 사회적 지위가 떨어지자 그것들도 따라서 소멸했고, 더 이상 사람들의 호의를 받지 못하자 심한 자괴감에 시달리는 시간을 지내야 했지 않던가?

'진정한 아우라란 사람을 대하는 정중한 태도와 미소, 일을 처리하는 열정과 집중력, 언어에서 느껴지는 신뢰감'이라는 누군가의 말이 백번 옳다. 공감한다. 이것을 가진 사람은 다른 사람의 관대함과 호의를 이끌어 낸다. 돈으로 살 수 없는 상대방 진심의 호의를 끄집어낸다.

내가 받은 공항 직원의 호의가 그녀의 일회적이고 직업적인 친절이었을 뿐일지도 모른다. 그러나 비행기를 타고 오는 내내 나는 나 자신의 아우라에 대해 곰곰이 생각하는 시간을 가졌다. 그리고 다시 시작해야 함을 알았다. 내가 할 수 있는 여건 내에서, 내가 좋아할 수 있는, 잘할 수 있는 일을 찾아서……. 그래서 내 몸의 향기를 만들어야 함을.

길을 가다 뒤를 돌아보게 하는 사람들은 그들이 몸에 뿌린 향수 때문일 수도 있고, 멋진 패션감을 가진 사람일 수도 있지만 언제나 나의 호의를 이끌어내는 사람은 품위 있고 세련된, 온화한 미소를 가진 사람이었다. 거기에 일에 몰두해 있는 사람에서 뿜어져 나오는 아우라는 우리의 감성을 마비시킨다. 지금은 다른 의미의 아우라를 생각한다.

온화한 미소는 일시적으로 꾸밀 수 있지만 일에 대한 진지함, 열정은 또 다른 도전과 시작을 요구한다. 그것을 통해 내 언어와 말에 대한 신뢰감은 성장할 것이다. 새로운 출발을 위해 지금의 나는 나태와 핑계의 찌꺼기를 걸러내는 시간의 관리가 절대적임을 안다. 타인의 관대함을 이끌어낼 수 있는 아우라가 내게 있다면 그것은

길 위에서

새로운 시작의 두려움을 이길 힘이 될 것이다.

글을 쓰든, 공부를 하든, 사업을 시작하든 그 모든 것이 내가 지불해야 할 기회비용과 매몰비용으로 많은 것을 포기해야 한다. 문제는 얼마만큼 치밀하게 이들을 계산하는가이다.

더 큰 손해가 두려워, 상처 받을까 봐 지레 겁먹고 돌아서던 나는 언제나 실패의 답을 다른 곳에서 찾으려 했다. 그러나 내가 새로운 시작을 앞에 두고 깨닫는 것은 문제가 여기에 있으면 답도 여기에 있지, 저기에 있는 것이 아니라는 것이다. 내 앞의 상황에서 답을 찾아야 한다는 것. 그것이 대면하기엔 아파도 피해선 답을 찾을 수 없다는 것이다.

지금 내 앞에 펼쳐진 현실은 모든 것이 녹록지 않다. 나이는 많아졌고, 할 수 있는 일의 범위는 줄었으며, 언제나 체면이라는 족쇄가 따라 다닌다. 이 안에서 답을 찾아 새로운 시작을 해야 하기에 자신이 없고 두렵다. 실패하면 끝이라는 괴물이 끝도 없는 두려움의 암흑 속으로 나를 이끈다. 그러나 모든 선택은 포기를 전제로 한다. 그중에서도 가장 가치 있는 것을 기회비용으로 지불하길 원한다. 그것은 영원히 다시 가져올 수 없는 소중한 가치의 손실을 매몰비용으로 요구한다. 그래서 시작이 더욱 두렵다. 그러나 내 인생의 아우라를 만드는 새로운 시작을 포기할 수는 없다. 그것을 위해 기꺼이 포기할 기회비용과 매몰비용이 어설픈 나를 세계경제를 움직이는 경제학자에 버금가는 고민을 하게 한다.

그 길을 찾아가는 길 위에서 만나는 회의, 절망, 슬픔들 위에 피어나는 새로운 시작에의 용기가 필요하다.

창의성을 발휘해야 올바른 시작을 할 수 있다.

내 앞에 펼쳐진 상황에서 답을 발견하는 것.

창의성은 타고난 능력이 아니라 기존의 것을 새롭게 해석하고 실마리를 찾아 융합해서 재창조하는 것임을 믿는다.

'온고이지신', '하늘 아래 새로운 것은 없다.', '창의는 발명이 아니라 발견이다.'라는 말들을 믿는다.

하지만 그 시작점 위에 선 난 또다시 실패하면 어쩌나 하는 걱정으로 다리가 후들거리는 두려움을 느낀다. 시작은 언제나 두렵다.

머리로만 사는 삶,
이제 그만하고 싶다

"저, 가도 돼요? 집 좀 보여주실래요? 온종일 망설이다 용기를 내어 전화하는 거예요."

어바인 캠퍼스 길의 고층 콘도는 꽤 비싼 주거지다. 강남의 대치동에서 살다가 그곳으로 왔다는 스텔라의 전화다.

우리는 가구공예를 하는 클래스에서 처음 만났고 별로 많은 대화를 하지 않은 사이니 스텔라가 망설였음을 이해한다. 우리 집 정원에 매달 액자며 자잘한 소품을 만드는 날 보며 큰 정원을 가진 집은 어떨지 보고 싶었단다.

"아, 오해하지 말아요. 난 살림을 잘하는 사람이 아니고 집을 꾸며놓고 사는 사람이 아니라 볼 것이 없어요. 집 구경이라면 내가 잘 아는 백인 부동산 브로커가 있으니 소개해 줄게요. 주말에 잘 꾸며진 오픈하우스를 좀 다녀 봐요."

토요일에 라구나 비치의 '닉'에서 점심을 먹고 갤러리를 돌다 온

피곤함에 젖어 받은 내 전화 속의 사무적 어투에 그녀가 당황한 듯 속내를 보였다.

"사실은 그냥 보고 싶어서, 이야기하고 싶은 인상을 받아서 전화했어요."

거절할 수가 없었다.

"그럼, 편한 신발을 신고 그냥 와요. 나랑 호숫가나 산책해요."

오 분도 지나지 않아 그녀가 나타났다. 한국에서 약국을 하던 그녀는 오래전 미국에 와서 다시 약대를 다녀서 약사가 되었단다. 한국인이 많은 라팔마에서 수년간 약국을 하면서 키운 아이 둘이 학교 때문에 동부로 떠나면서 부부만 남게 되자 인생에 회의가 들었다고 한다. 정작 미국에 와서 오랜 기간 살았는데 한인들만 있는 곳에 있으니 먹고살기에 바빠 서울과 미국 두 문화 속의 좋은 것을 잃어버린 다운그레이드의 삶이 되었다고 심경을 토로한다.

왜 아니겠는가……. 서울 변두리 수준의 한인 타운 속에서 살며, 영어는 하루 벌어 사는 멕시칸 불법 이민자 수준이고 정작 주류 사회의 고급 레스토랑에선 주문조차 할 수 없는데…….

이해했다.

그렇게 우리는 우드브리지의 호수를 돌면서 많은 이야기를 나누었다.

현재의 삶에서 만나는 공허함과 외로움에 대하여, 우리의 모국어로 소리 내어 이야기를 나누며 치유의 시간을 가졌다. 전혀 예기치 않은 만남이었지만 한 시대를 동년배로 살아가는 우리이기에 말하지 않아도 공감할 수 있었다.

머리를 쓰는 직업을 가졌던 그녀나 나. 그래야 성공한 것이라는 편견의 시대를 전문직을 가진 여자로 살아오면서 아이들을 키워냈다. 그들을 위한 열망 하나로 미국까지 왔다.

이제 자식들이 커서 품을 떠나고, 세상으로 날아가면서 부부만 남게 되자 밀려오는 수많은 감정의 변화들 앞에서 휘청거리고 있다. 나이 들고 빈 껍질만 남은 지금의 모습을 보는 것이 힘겹다.

그래서 걷고, 운동을 하고, 취미생활에 매달리고 골프에 미쳐보지만 갈증은 더해가고, 신을 찾아 교회로 성당으로 가지만 그곳에서 만들어지는 건 편 가르기이고, 세상살이에의 소음은 더 시끄러워서 쉴 곳을 찾을 수 없다.

그동안 몸을 쓰지 않고 머리로만 살아온 삶 속에서 감성은 메마르고 영악해졌다. 현실감각을 잃지 않으려 애쓰다 보니 일상의 삶은 팍팍하고 답답하다.

자학하듯 몸을 움직여 땀에 절고 피곤에 지쳐 잠드는 게 얼마나 행복하고 단순할지……

　어디 땅이라도 사서 몇 년에 걸쳐 직접 집이라도 지어보는 건 어떨까를 고민하는 여자 둘이 오늘 이곳에 있다.

　"테메큘라 와이너리 근처에 아이들 명의의 땅이 있는데 우리 둘이 들어가서 포도나 심어 볼래요? 한국의 이수만 회장이 산 와이너리가 옆에 있고 꽃동네 수녀원도 지척이니 향수에 지칠 일 없고, 페창가 카지노가 있으니 가끔 미친 척도 할 수 있고……. 머리가 복잡하고 답이 없을 땐 노가다로 몸을 혹사시키는 게 약이에요. 머리보다 몸으로 하는 농사는 우리를 어떤 세상에 살게 할까요? 이런 쓸데없는 고민은 없겠죠?"

　"그럴 것 같아요. 요즘 나는 쇼핑에라도 미쳐볼까 하고 백화점을 전전해요. 오늘은 패션아일랜드, 내일은 어바인 스펙트럼, 모레는 사우스코스트 프라자……. 그런데 그게 미친 짓이에요. 내 스스로가 얼마나 한심하고 웃기는지 알아요? 할 일 없이 평일에 백화점을 도는 여자들 속에 내가 있어요. 기가 막혔어요. 일중독처럼 매일 챗바퀴 돌던 약국으로 나가지 않아서 오는 금단증상인가요?"

　스텔라의 의도적인 머리 비우기인 백화점 투어가 우리를 슬프게 웃게 했다.

돈의 가격과 가치를 무시
하고 싶은 생각이 들어 사우
스 코스트 프라자에 가서 미
친 짓을 했단다. 너도나도 목
을 매며 사고 싶어 하는 샤넬
백을 주저 없이 거금을 질러 사면서 가격으로 매겨지는 그 하찮은
물건이 어떤 가치를 주기에 여자들이 그토록 목을 매는지 알고 싶
었단다. 하지만 사는 순간 그것은 더 이상의 가치가 없어지고, 불
행하게도 머리보다는 몸을 쓰는 일에 더 끌리는 요즈음 하이힐 대신
스니커즈로 바뀐 옷차림에 웬 샤넬백인가 싶어 헛웃음을 지었단다.

돈은 바닷물과 같아서 마실수록 더욱 목말라진다는데 정작 그
녀가 미치도록 갈증을 일으키는 것은 다른 곳에 있었다. 인생의 후
반기를 어찌 살아내야 할지에 대한 답이 미칠 것 같은 불안함과 섞
이면서 무엇으로도 해결할 수없는 갈증을 일으키고 있음을 그녀는
알았다.

그런 그녀에게 누군가는 돈으로 살 수 없는 경험을 얻고 몸으
로 세상을 부딪치라며 여행을 떠나라 권한다고 했다. 그곳엔 돈으
로 살 수 없는 가치가 있고 몸으로 부딪쳐야 하는 모르는 세계에서
의 힘든 도전이 있어 지금의 갈등을 날리기에 적합하다고 권하는데
정작 본인은 자신이 없다고 했다.

이해했다. 그 마음을.

삶이란 한 번 살면 돌이킬 수 없는 비가역적인 게 특징인데 그

것을 제대로 살아내려면 마음이나 머리 쓰는 일을 줄이고 바삐 몸을 움직이고, 땀을 뚝뚝 흘릴 정도의 힘든 운동을 하고, 생명의 본향인 흙을 손에 묻히는 일을 해야 함을 깨닫는 요즘이다.

남이 자신을 멀리하면 고독이지만, 내가 남을 멀리하면 자유다.

그녀는 그동안 여자들과 어울려 골프에 미쳤었는데 홀로 있는 자유가 그리워서 그들을 멀리 했다. 그러자 마음속의 많은 '나'들이 튀어나와 마음 시끄러운 날들을 보내고 있다는 고백이다. 고독이나 공허감마저 골프를 하거나 쇼핑으로 해결해보자며 머리를 쓰니 스텝이 꼬일 수밖에…….

부단히 일하며 아이들을 키우며 여기까지 왔는데 지금 도대체 어디로, 어떻게 가야 하는지 길을 잃었단다. 어찌 그녀뿐이랴.

나도 몸을 움직여 농사를 짓고, 홀로 힘들여 집을 짓는 삶이 그리워지는 요즘이다. 몸이 피곤하면 잡념이 없어지는 그것이 치유의 방법임을 절감하는 시기. 자유를 찾아 아이들을 이끌고 온 극성 엄마로 살고 난 후에 남은 것은 공허감뿐이다. 그 횅하니 빈 가슴을 그리움으로 채울 것이 없어 당황케 되는 나이다.

머리를 쓰는 삶을 그만두어야 할 시간인가?

아주 혹독하게 몸을 쓰는 일을 하고 싶다.

먹은 것을 다 토해낼 만큼 맹렬하게 몸을 혹사시키는 일을 해야 정신의 공허감을 이겨낼 수 있을 것 같은 위기의 시간을 맞고 있다. 돈이든 성공이든 그것의 함정에 빠져 살아온 우리들 삶의 뒤안길에 남은 건 횅한 공허감이다. 하지만 우리들이 몸담고 있는 지금의 시대는 성공 스토리의 시대다. 글로벌 성공시대라는 프로그램을 보면서 갖게 되는 성공 콤플렉스는 가히 치명적이다. 다시 한 번 머리를 싸매고 성공에 목숨을 걸고 싶어지기도 한다. 사랑이 날 배반할 것을 알면서도 다시 한 번 사랑이란 놈한테 몰입하고 싶어 미칠 지경이다.

이왕이면 누군가의 말처럼 더 세게, 더 섹시하게, 더 세련되게 남은 삶의 시간을 장식하고 싶다. 그러나 머리를 쓸수록 길은 보이지 않고 현실감각은 나의 오만을, 미망을 들여다보게 한다.

사랑 없이는 살 수 없으면서도 사랑마저 머리로 하려 하니 도저히 알 수 없는 미궁 속으로 빠졌다. 안달할수록 더 멀어지는 사랑의 속성 앞에서 깊이를 알 수 없는 함정 속에 빠진 듯 길을 잃었다. 그녀나 내가 나이 속에서 배운 것이다.

'사랑을 믿어라. 그러나 영원한 사랑이 있다고 믿지 마라. 사랑 때문에 눈이 멀 것 같음은 좋다. 그러나 눈이 멀지는 마라.'

진리다.

이 모든 집착으로부터, 미망으로부터, 벗어나는 길은 머리보다 몸을 쓰는 일을 해야 한다는 것에 그녀나 나나 동의한다.

몸을 혹사시키는 일을 하고 싶은, 그렇게라도 삶의 불확실성으로 인한 불안을 이기고 싶은 시간의 강을 스텔라와 내가 건너고 있다.

아 유 쿠거?

　린다와 크리스탈 코브의 해변을 산책했다. 코랄 츄리가 도열된 그녀가 사는 동네는 과연 골프 황제인 타이거 우즈가 살 만큼 부유하고 세련된 조경을 자랑하고 있었다.

"난 이혼 후에 오랫동안 진심을 다해 기도했어요. 능력 있고 심성이 착한 백인 남자를 만나게 해달라고요. 시카고에서 나서 자란 앤디는 유명한 IT회사의 상속자였어요. 우린 그곳의 교회에서 운명처럼 만나 결혼을 하고 이곳 뉴포트비치로 왔어요. 내가 남자의 돈만 바라고 달려든 골드 디거였다고 누군가가 말한다면 담대히 그 비난을 받아들일 거예요. 그러나 정말 내 인생의 잭팟을 앤디가 터뜨렸어요. 자상하고 돈 많고, 사회적 영향력도 가진 백인 남자가 나를 사랑했어요."

"멋지고 능력 있는 남자에게 반하는 것은 본능이에요. 젊은 남자들의 에너지에 반하고 아름답다고 생각하는 게 쿠거라고 한다면 나도 예외는 아니지요. 비생산적인 자기학대를 버려요. 그대는 행운을 잡았을 뿐이에요. 얼마 전 읽은 책에서 아주 멋진 말을 발견했어요.

'마돈나는 섹스를 주제로 남자를 뇌쇄시키고, 오프라는 토크를 주제로 남자를 끌어안으며, 힐러리는 파워를 주제로 남자를 활용한다.'

이 문장에 필이 꽂혀 행복했어요. 린다는 그대의 섬세함과 아름다움으로 앤디를 끌어안은 거예요. 아직도 그대가 예쁘다는 말을 입에 달고 사는 앤디 아닌가요?

내가 어바인을 사랑하는 이유 중의 하나를 솔직하게 말하라고 한다면 이 도시가 젊은 대학생들과 잘생긴 백인 남자들로 넘쳐나기 때문이에요.

주말 아침 스타벅스에서는 세련된 컬러의 운동복에 스니커를 신은 남자들을 볼 수 있어 행복하고, 유니버시티 길에서는 늘씬하게 쭉쭉 뻗은 근육질의 남자들이 바이크를 타고, 웃옷을 벗고 땀을

흘리며 뛰는 건강한 에너지의 그들로 호사스러운 눈요기를 해요. 나는 쿠거인가요?"

　현실은 지정학적인 곳에도 예외는 아니어서 인랜드로 갈수록 뚱뚱한 여자와 남자들의 비율이 늘어나고, 슬림하면서 탄력 있는 몸매를 가진 지적인 사람들은 비치도시 쪽으로 몰려있다. 이것은 경제적 소득수준과 직결되어 있다.

　빈부의 차를 애써 모른 체하는 불편한 진실 앞에서 남자들의 멋진 몸매를 입에 담을 때는 일말의 가책마저 느끼지만 멋진 젊음을 보는 즐거움을 포기하고 싶진 않다. 선글라스로 눈을 가리고 슬며시 훔쳐보는 땀범벅의 그들의 몸에서 섹시함을 느끼지 않을 수 없다. 아름다운 젊음이다. 나이의 많고 적음을 떠나 탄력 있는 몸매와 그에 걸맞은 빛나는 미소를 가진 남자들의 모습이 나를 반하게 한다.

　스타벅스 또한 지역에 따른 사람들의 차이가 있어서 월요일 아침 마이클슨 길의 그곳에 가면 멋진 오피스룩의 패기에 찬 남자들을 보면서 커피 한 잔의 여유를 맛볼 수 있고, 금요일 캠퍼스 길의 스타벅스엔 티셔츠와 백팩 차림을 한 젊은 대학생들의 싱싱한 에너지로 채워져 있다. 그리고 일요일, 뉴포트비치의 발보아 커피숍은 멋지게 나이가 든 경제력이 탄탄한 남자들의 여유가 커피 향에 녹아 있다.

　요즘 어딜 가도 젊음의 아우라를 뿜어내는 남자들의 모습과 옷차림에 자주 마음을 빼앗기는 일이 잦아졌다. 아들만 셋인 탓에 그들이 능력 있고 섹시한 남자가 되길 바라는 엄마여서일까? 아님 우리 아이들의 놀림마냥 나의 잠재된 쿠거 본성 때문일까?

나도 간혹 헷갈린다.

젊은 시절 우리가 받던 선남선녀들의 눈빛을 어느새 나이 든 나의 눈동자가 젊은 남자들을 쫓고 있음을 보며 때때로 소스라치게 놀라곤 한다.

자칫 젊은 여자를 밝히는 돈 있는 늙은 남자들의 추함이, 젊은 남자들의 육체를 탐하는 나이 든 여자들의 깨끗하지 않은 욕망이 오버랩 되어 얼른 시선을 돌리곤 한다.

오렌지 카운티는 '골드 디거'들의 천국이라는 오명을 갖고 있다.

순종적일 것 같고 이국적 정서의 젊은 아시안 여자를 선호하는 돈 있는 백인 노인들의 이해와 이들을 잡아 한 번에 남자의 돈과 사회적 지위를 얻으며 신분상승 하는 것을 꿈꾸는 젊은 아시안 여자들의 별명인 골드 디거가 많아서 붙여진 이름이라고 한다. 그에 반해 한편으로는 재력이 있는 나이 든 여자들이 젊은 남자의 싱싱한 몸을 탐하는 쿠거라는 말도 생겨났다. 둘 다 정도를 넘어서고 목적이 순수하지 못하면 정신과적인 질병이 되기도 하고 자신의 인생을 망칠 수도 있다.

우리들 내면엔 정도의 차이지만 어린 것, 싱싱한 젊음에 대한 갈망이나 대리만족을 원하는 욕구가 있고 그것이 인간심리를 설명하는 하나의 용어로 쓰이기도 한다. 심리학적인 의미의 어린 여성에 대한 집착인 롤리타 콤플렉스가 그것이고, 어린 남자를 탐하는 페도라 콤플렉스가 지금의 쿠거를 가리키는 말일 것이다.

나이와 함께 자신의 잃어버린 청춘을 돈으로 사고 싶은 나이 든 남자와, 돈이 필요하고 쉽게 성공하고 싶은 미숙한 젊은 여자들의 욕망이 만날 때 우린 그들을 골드 디거라 부른다. 어린 남자들은 손쉬운 돈을 갈취하기 위해 나이 든 쿠거들의 대상이 되고 싶어 하는 게 병든 우리 사회의 한 단면이기도 하다.

하지만 그것을 그리 욕할 일만은 아님을 가끔 느낀다.

"나의 마지막 길이 쓸쓸하지 않았다고 생각한다. 너로 인해, 내가 일찍이 알지 못했던 것을 너무 많이 알게 되었다. 그것은 대부분 생생하고 환한 것이었다. 내 몸 안에도 생생하고 더운 피가 흐르고 있음을, 네가 일깨워 준 감각의 예민한 촉수로 알았다. 그것은 내가 썼던 수많은 시들보다 더욱 신성했으며 내가 역사라고 불렀던 것들이 사실은 직관의 감옥에 불과했다. 시의 감옥이었고 나의 시들은 대부분 가짜였다."

– 박범신: 은교 –

칠십 대의 노시인과 시인을 사랑하는 열여섯 어린 소녀의 이야기를 그린 소설에서 나이 든 시인의 고백이 처연하다. 노인에게 생생한 삶의 기쁨을 준 은교는 착하고, 노인은 욕심으로 일그러진 더러운 초상인가? 린다가 만나 풍요롭고 행복한 삶을 나누어준 앤디는 순수하고 린다는 골드 디거인가? 서로 사랑하게 된 그곳에 그들의 절실한 필요를 덤으로 준 행운을 가진 그들이 아닌가? 그들은 아마 전생에 나라를 구했는지도 모른다.

난 그냥 아름다운 젊음을 느낄 수 있는 이곳을 사랑할 뿐이다. 적어도 쿠거는 아니고 그럴 능력도 용기도 없음을 안다. 아름다운 꽃을 보며 눈으로 즐기듯 그것으로 족해야지 꽃을 꺾어 자기 집으로 거두면 꽃도 시들고 그 추하게 시드는 모습은 우리의 마음을 어둡게 한다.

백 야드의 아이스버그가, 보라색 자카란다가 아름다운 것은 그들이 피어날 때를 알고 활짝 꽃망울을 터뜨려 보는 이를 설레게 하다가, 어느 날 갈 때를 알고 사라져버리기 때문이다. 보는 이의 가슴에 아릿한 그리움을 남기면서, 미련 없이 갈 때를 알고 꽃잎을 털어내는 것. 인생도 마찬가지다.

누군들 젊음의 아름다움을 모르랴. 누군들 부유한 배우자를 만나 날개를 달고 싶지 않으랴. 전생에 나라를 구하지 못한 우리는 보는 것만으로 만족할 일이다.

페도라 콤플렉스는 우리들 내면의 심리적 다이내믹으로 끝내야 젊은 남자의 육체를 탐하는 쿠거가 되지 않는다. 롤리타 콤플렉스가 심한 나이 든 남자들이 골드 디거의 밥이 되어 돈이 다 털린 후 버림받는 일이 없으려면 그냥 보는 것으로 만족할 일이다.

꽃을 보듯 향기를 맡듯 그걸로 끝내야 함을 안다.

인생의 비가역성을 거스를 수 없음을 알고 떠나야 할 때 미련 없이 떠날 줄 알아야 한다.

꽃이 그렇게 지듯…….

'아 유 쿠거?'에 대한 나의 답이다.

'엄마 노릇'의
경제적 딜레마

엄마 노릇에도 예외 없이 돈의 척도가 달라붙는 것을 보며 경악했다.

옆집 모나의 엄마 웬디는 한국말로 전업주부다. 어린 딸 하나인데도 경제적인 능력을 갖춘 남편 매튜의 덕으로 두 명의 도우미를 두고 있다. 삼십 대 초반의 젊은 엄마는 그래서 매일 요가학원과 티파티로 시간을 보내면서도 매튜의 회사 창립파티에선 멋지게 포장된 전업주부로 소개를 받곤 한다. 그렇게 집에서 내조를 하는 빛나는 전업주부라는 타이틀이 웬디의 공식직업이다. 아무도 그녀를 과소평가하는 사람이 없고 많은 여자들이 그녀의 능력 있는 남편을 부러워한다.

사회적으로 성공한 남편을 만나 사람의 노동력 값이 세계에서 가장 비싼 미국에서 가정부를 두 명이나 둔 그녀. 세 살 된 딸을 길러내는 일조차 남의 손으로 하면서도 멋진 옷차림에 파티나 모임에서 남편이 가진 사회적 후광으로 빛나는 전업주부의 타이틀을 가진 웬디의 꿈은 싸커 맘이다. 모나의 교육에 올인 하겠다는 의미다.

마리아는 네 아이를 가진 산타애나에 거주하는 사십 대 후반의 엄마다. 돈 버는 재주가 없는 남편을 만나 고생하며 네 아이를 키웠는데 그나마 수년 전 남편이 사고로 죽어서 정부에서 주는 자녀 수당으로 생활을 하고 있다. 애가 네 명이니 주 정부에서 받는 수당으로 생활하는 데 그리 어렵지는 않지만 공부를 잘하는 둘째의 대학교 등록금을 댈 수가 없어서 우리 집의 청소 일을 하러 온다. 매일 나와서 남의 집 일을 하지만 한참 자라나는 애들의 먹고 입히기에 그녀의 생활은 빠듯하다. 그래서 둘째의 학비를 마련하기 위해 여기저기 정부지원금을 기웃거리는 그녀를 표현은 하지 않지만 경

길 위에서

멸하는 사람들이 많다. 왜 일을 더 많이 해서 돈을 벌지 않고 사회 복지연금에 매달려 살려 하는지, 사람들이 낸 세금을 축내는지, 그래서 멕시칸이라는 멸시가 담긴 곱지 않은 시선을 그녀는 느낀다고 했다.

똑같은 엄마 노릇인데 남편의 능력에 따라서 하나는 멋진 트로피 와이프에 전문직이나 되는 양 자신감이 넘치며 모두들 부러워하는 엄마 노릇을 하는 전업주부가 되고, 하나는 가난하고 일찍 죽은 남편 때문에 사회복지 기금에 의탁해 살 수밖에 없는 무능한 엄마로 대접받으며 게으른 여자라는 눈에 보이지 않는 멸시를 등에 업고 있다.

가정부의 손에 집안일을 맡기고 놀면서도 멋진 타이틀이 되는 전업주부에 비해, 온갖 집안일은 다 하면서도 표도 안 나는 일에 손에 물이 마를 날이 없는 가난한 엄마는 더 많은 일을 해서 돈을 벌지 않는다고 경멸을 받는다. 트로피 와이프에 부자 남편을 만난 웬디의 엄마 노릇은 마리아에 비해 턱없이 복된 행운이고 특권임에 틀림없다.

모든 여자들이 이런 특권을 가진 엄마 노릇을 할 수는 없기에 사회보호기금에 매달려 사는 경멸을 피하기 위해선 어떤 엄마 노릇을 할 것인지 크든 작든 자기희생이 따르는 선택을 할 수밖에 없다.

젊은 시절부터 자격증을 따고, 취직을 해서 일을 붙들고 살면서 힘든 엄마 노릇을 할 것인지, 아니면 결혼과 함께 일에서 떠나 전업주부라는 이름하에 자칫 능력이 없으면 경멸을 당할 수도 있는 위험에 몸을 던질 것인지 선택해야 한다. 아이를 낳고 집안일을 하며, 교육마저 엄마의 일이 되어버린 시대에 일을 부여잡고 엄마 노릇을 하려면 아이들에 대한 죄책감과 싸워야 하는 그것 또한 만만한 일이 아니다.

여자이며 엄마였던 나를 괴롭히던 것도 이 때문이었다.

아이들을 낳고 둘 중 하나는 일을 놓고 집으로 들어가야 할 때 그것은 엄마인 나지 아빠가 아니었다. 그러면서 아이들이 성장하면서는 능력이 없는 엄마로 각인될까 봐 그것에 대한 근심이 커졌다. 제 아빠에 비해 돈을 잘 벌지 못하는 엄마가 될까, 다시는 일을 할 수 없으면 어쩌나 하는 걱정이 어느 때는 경기마저 일으키게 했다. 현실은 일을 놓은 여자가 다시 일터로 돌아가기엔 너무 험난했다. 아이들이 크고 자신이 일했던 곳으로 다시 돌아가고자 하는 희망은 물거품이 되어버렸다. 인어공주의 이야기가 바로 거기에 있었다.

엄마 노릇에 무슨 경제적 딜레마인가 하지만 나 스스로마저 속일 수는 없었다.

능력 있는 여자의 엄마 노릇은 슈퍼맘을 의미한다. 돈도 잘 벌고 성공적인 사회생활과 아이들을 잘 키워내는 것. 하지만 그것이 어디 쉬운가?

어떤 상황이든 아이들을 위해 희생해야 할 사람이 있으면 당연히 엄마인 것으로 각인된 사회통념하에서 직업을 그만두길 강요당하고 집안으로 들어가 살림을 하다가도 남편의 경제적 곤란을 채워야 할 때는 당연히 엄마여야 하는 것. 도대체 얼마나 더 능력 있는 여자들이 남자들의 핀치히터로 살아가야 하는지를 묻고 있다. 그곳에 엄마 노릇의 딜레마가 있다.

이 땅에서의 엄마 노릇은 정말 초인적이어야 한다.

능력 있는 남편을 만난 지독하게 운 좋은 여자 외에는 집에서 살림만 하고 경제적 능력이 없으면 사회의 기생충 취급을 받을 수도 있는 애 달린 여자들의 경제적 딜레마를 가진 엄마 노릇에 의식 있고 똑똑한 여자들이 절망하고 있다.

요즘의 알파 걸들이 엄마가 될 때 그들은 어떤 모습으로 어떤 딜레마와 싸울까 궁금하다.

메타우먼이라는 신조어를 만들어낸 남자보다 더 남자 같은 여자 건축가 김진애 씨의 여자에 대한 이야기에 공감이 갔다. 일하는 여자들의 이야기다.

• 여자로 살아서 좋은 점

1. 아이를 낳을 수 있다.
2. 치마도 입고 바지도 입을 수 있다.
3. 남자에게 안길 수도 있고 안아줄 수도 있다.
4. 섹스하기에 에너지가 덜 든다.
5. 부끄러워해도 자연스럽다.
6. 저항할 수 있고 거절할 수 있다.
7. 남자 일도 하고 여자가 더 강점인 일도 할 수 있다.

• 여자로 살아서 나쁜 점

1. 아이가 없으면 큰일이라고 주변에서 걱정한다.

2. 치마 입을 때와 바지 입을 때를 가려야 한다.
3. 남자를 안아주려면 용기가 필요하다.
4. 남자의 성폭력에 끊임없이 시달린다.
5. 여자 이야기를 세상은 잘 들어주지 않는다.
6. 저항하고 거절하려면 저항받고 거절당할 각오를 해야 한다.
7. 여자다운 일을 하라고 강요받는다.

얼마 전 미국의 대선후보인 롬니의 부인 앤과 민주당의 여성당원과 맞붙은 '맘들의 전쟁'이라 불리는 것이 바로 엄마 노릇의 경제적 딜레마를 극명하게 대변하고 있는 것이다. 성공적인 일하는 엄마로 백악관에 입성한 미셸 오바마가 전업주부들의 경제적 가치를 고려하지 않은 무책임한 민주당원이라고 사과함으로써 일단락되는 듯했지만 여전히 일하는 엄마, 그중에서도 성공적으로 돈을 벌고 성공한 엄마들의 자부가 담긴 아량 넘친 사과다. 앤의 성공은 미국의 거부인 미트 롬니를 만난 것이지, 스스로 일군 성공이 아니라는 질투가 저변에 깔려있는 인정이다. 그러나 우리는 안다. 버락이 미국의 대통령으로 재선된다면 미셸 오바마조차 백악관에서의 8년, 트로피 와이프로서의 세상에서 그녀의 원래의 직업인 변호사의 자리로 돌아가기엔 너무나 멀리 갔음을 느끼리라는 것을……

엄마 노릇에 담긴 살벌한 경제학적인 딜레마에 그녀 또한 빠지리라는 것……

일하던 여자에서 트로피 와이프로 들어간 그녀이기 때문이다. 그녀나 나나 웬디처럼 본래 트로피 와이프였던 세상의 운 좋은 전업주부들의 전문적 즐거움을 모르는 탓이다.

마더스 데이에

"이제 나의 별로 돌아가야 할 시각이 얼마 남아있지 않다.
지상에서 만난 사람 가운데 가장 아름다운 여인은
'어머니'라는 이름을 갖고 있었다."

– 김종해 –

나이 먹은 자식들의 안부를 언제나 걱정하는 세상의 모든 엄마
들에게 자식은 죽는 순간까지 줄을 놓지 못하는 연이다. 우리는 그
줄에 매달려 험한 세상을 살아갈 힘을 얻는다. 그래서 언제나 나보다
하루만 더 엄마가 살아 계시길 소망하지만 생명의 시간엔 역류라는
것이 없다. 피어난 꽃은 져야 하고 태어난 생명은 죽음을 예비하는
슬픈 진실 속에서도 어머니라는 존재가 있어서 우리는 기꺼이 생을
살아간다. 어머니라는 말만으로도 가슴이 먹먹해지는 날, 마더스
데이다.

마음이 헛헛해진 일요일 아침에 헌팅턴 비치를 드라이브 했다. 멋진 남자들이 옷을 갈아입고 서핑준비에 한창인 해변의 한쪽에서 로열 카리비안 배와 활 모양의 연을 날리기 위해 준비 중인 부자를 보고 차를 멈추었다. 부자의 이름은 잭과 칼이라고 했다.

"난 배를 좋아하고 칼은 헝거 게임에서 나오는 활 모양의 카이트를 좋아해요. 이 가늘지만 단단한 연줄에 카이트를 매달고 비치를 달리면 우리의 연이 하늘을 날 거예요."

아빠 잭으로부터 카이트를 받아 든 아이. 카키색 반바지에 오렌지 티셔츠를 입은 금발의 어린 소년이 엄마와 함께 있다 비치를 달리며 소리친다.

"마미, 내 카이트가 하늘을 날아요. 잇츠 소우 쿠울―."

줄에 매인 연은 바람의 방향을 잡아 창공을 향해 솟아오른다. 그리고 잡고 있는 지상의 줄에 매달려 자신의 아름다움을 뽐낸다. 어린 소년의 손에 매달려 힘차게 하늘을 나는 연을 보면서 난 내 어머니가 생각났다. 그녀의 늙고 남루해진 손에 매달려 세상을 향해 날아간 나인데 아직도 그녀는 줄을 붙잡고 언제나 나를 향한 사랑의 연줄을 근심과 염려로 붙들고 있다. 엄마가 살아있는 한 그녀의 염려와 무조건적인 사랑이 있는 그곳으로 돌아갈 곳이 있어 행복하고 안심이 되는 날이다. 그녀의 사랑의 끈에 매달려 난 아직도 하늘을 날 힘을 얻고 있다는 생각이 어린 칼의 카이트로부터 왔다.

인간이기에 피해갈 수 없는 힘들고 고통스러운 순간들과 정신적으로 못 견디게 외로울 때 눈물 속에서 불러보는 가장 따뜻한 이름이 '엄마'다.

제 앞길만 가기 바빠 무시로 엄마를 잊고 살면서도 공기처럼 항상 우리를 감싸고 보호할 것임을 알기에, 그녀의 손에 매인 연줄을 죽는 순간까지 놓지 않고 우리를 보호하고 걱정할 것을 알기에, 우리는 어디에 있든 엄마가 있는 그곳으로 돌아가 안식을 얻는다.

상념 속에 있는 내 앞에서 문득 어린 소년의 손에 매달려 창공을 날던 연이 그만 줄이 끊어지면서 힘없이 떨어져버렸다. 아이는 자기의 멋진 카이트를 붙들고 울상이 되어버렸다.
줄이 끊어지면 우리의 인생도 바로 그 카이트와 같을 것임을 난 직감으로 알아 차렸다.

> "당신은 고향의 당산나무입니다. 내 생전에 당산나무가 시드는 것을 보고 싶지 않습니다.
> 나는 꼭 당신의 배웅을 받으며 이 세상을 떠나고 싶습니다.
> 더도 말고 덜도 말고 나보다는 오래 살아주십시오.
> 주여, 제 욕심을 불쌍히 여기소서."
>
> – 박완서 선생이 생을 떠나기 전 이해인 수녀에게 –

'엄마 더도 말고 덜도 말고 나보다 오래 살아주세요.'
오늘 내 기도의 제목이다.
상처 받고 힘든 때 가장 먼저 생각나는 이름이 '어머니'다.
엄마라는 말을 입에 담기도 전에 가슴부터 먹먹해지고 그 끝을 알 수 없는 사랑 때문에 눈물마저 난다. 그렇게 우리 모두는 어머니의 손에 감긴 연줄에 의지해서 세상을 나는 연들이다.

일하는 여성으로의 엄마와 양육하는 모성으로서의 엄마 노릇이 현대를 사는 여자들의 의식 속에서 극심한 충돌을 일으켜도 여전히 포기할 수 없는 것은 모성이다. 어느덧 그렇게 나도 세 아들의 엄마가 되었다. 그들도 아마 나처럼 죽어도 줄을 놓지 못하는 엄마인 내 손에 매달린 연들이다. 마음껏 창공을 날라고 그들을 세상으로 내놓았지만 약육강식의 세상에서 상처받고 힘들면 엄마인 나를 부를 것이다.

자식들이 커가는 모습을 지켜보며 부모는 반대로 죽음을 가까이 느낀다.

씨앗들이 땅에서 싹을 틔우는 것이 과연 생명을 만드는 것인지, 죽음의 결실인지 헷갈리는 때가 있다. 부모가 자식을 키우는 것이 새로운 생명을 만들어내는 것인지 아니면 부모들의 죽음의 결실인지 모르겠다.

죽는 순간까지도 줄을 놓지 않고 항상 기쁨보다는 근심 속에 사는 이 땅의 엄마들은 그들의 피와 살을 나눈 자식들이 커서 하늘을 날아갈 때조차도 홀로 끈을 붙든 채 있다 죽어서야 그 끈을 놓는다. 죽음의 결실로 자식이 있는 것이다.

삶의 무상은 불가에서 강조해왔다. 삶의 덧없음 앞에서 죽음의 의미는 언제나 새삼스럽다. 계절이 바뀌는 자연을 보면서 그 속의 생명들이 죽음으로써 생을 맞고, 다시 생이 죽음을 기다리는 순환을 하고 있음을 본다.

우리의 삶이 이들 자연의 순환과 다르지 않다. 그러므로 누추해지지 않게 나이가 들어 아이들의 부담을 덜어주려면, 그 애들의 영원한 회귀의 품인 엄마로 있어주려면, 모성 또한 생의 유연성을 가질 일이다.

엄마의 손에 감긴 자식들을 향한 가녀리지만 끊어지지 않는 생명의 연줄을 오래 편안히 쥐고 있으려면 유연성을 가져야 한다. 성공에 대한 욕심을 조절하고, 출세와 부에 대한 욕망을 조절해서 삶의 스윙을 부드럽게 해야 한다. 그래야 일하는 엄마 노릇도 힘에 부치지 않고, 새끼를 품에서 양육하는 모성으로서의 엄마 노릇도 제대로 할 수 있다. 현명한 가르침의 양식을 새끼들에게 먹일 수 있다.

부모는 죽음에 가까이 가고 자식들은 그 부모가 살다 간 삶을 산다.

죽음과 삶의 윤회. 어머니와 그 자식들은 어디에서 강이 되어 만날까?

죽음의 결실로서의 자식들을 손에서 놓지 못하는 엄마들이 생각나는 날이다.

마음의 감기

"이유 없는 불안으로 며칠을 힘들어하고 있어요. 잠을 못 자고 우울해서 그렉의 걱정이 심해요. 그래도 고마운 건 매주 수요일 둘만의 데이트를 이번엔 아주 특별히 보내게 해줘서 훨씬 편해진 듯해요."

이웃의 레베카가 파킹을 하다 인사를 나누는 내게 던진 말이다.

"마음의 감기를 앓는 거예요. 불안은 우리들이 피해갈 수 없는 인간 존재의 일부라고 하잖아요. 그렉의 배려와 관심이 치료제인데 다행히 좋은 치료제를 가졌네요. 감기에 걸리면 따뜻한 치킨스프와 휴식이 필요하듯 마음의 감기도 마찬가지예요. 걱정하지 말아요. 불안이 없으면 레베카가 쓰고 싶어 하는 좋은 글도 나오지 않아요."

사십 대 초반의 백인 부부 그렉과 레베카는 지난해 크로아티아에 가서 어린 여자애를 입양해 왔다. 샤샤라는 예쁜 이름을 지어주고 지극 정성으로 키우는 이들이 너무나 보기 좋아 나는 가끔씩 샤샤가 좋아하는 CPK의 그릭 피자를 사다 주곤 했다.

고등학교 선생님을 하다가 샤샤를 키우기 위해 직장까지 그만둔 레베카다. 오랜 내전으로 피폐해진 나라에서 영양실조에 걸린 어린 여자애를 데려와 마음으로 기르고 있다. 언어까지 낯선 미국 땅에서 어린 딸이 보챌 때면 피기 백으로 업고 파크를 서성이는 걸 보면서 짠한 감동을 느끼곤 했다. 러시아 언어권에서 온 여섯 살 샤샤의 젓가락 같은 다리는 가슴 아린 안쓰러움 자체였다. 긍정적이기만 하던 그녀가 오늘 이유 없이 불안하다고 했다. 일이 그립다고도 했다. 아마도 일터로부터 벗어난 여자의 직업병이었을 것이다.

커리어 우먼으로서의 성공을 꿈꾸었는데 지금 그것을 어디서 찾아야 할지 모르겠단다.

난 할 말이 없었다. 그녀의 파란 눈을 보며 에머슨의 말을 인용할 수 있을 뿐……

"자주 그리고 많이 웃는 것, 현명한 이에게 존경을 받고 아이들에게서 사랑을 받는 것, 친구의 배반을 참아 내는 것, 다른 사람에게서 최선의 것을 찾아내고 자기가 태어나기 전보다 세상을 조금이라도 살기 좋은 곳으로 만들어놓고 떠나는 것, 자신이 한때 이곳에 살았으므로 인해 단 한 사람의 인생이라도 행복해지는 것. 이것이 진정한 행복이다."

"재스민……"

말을 잇지 못하는 레베카의 눈가에서 작은 이슬방울을 보았다.

우리는 그렇게 따뜻한 포옹을 하고 헤어졌다.

분명한 것은 그녀가 나보다는 성공한 사람이라는 것. 불쌍한 한 어린 생명을 데려다 키우며 지극정성으로 샤샤의 행복한 삶을 위해 최선을 다하고 있는 그녀다. '자신이 한때 이곳에 살았으므로 해서 단 한 사람의 인생이라도 행복해지는 것'이 성공이라지 않는가.

항상 성공이라는 말 앞에선 주눅이 드는 난 갑자기 우울해지고 불안해지면서 그녀의 마음의 감기가 전염된 듯했다.

따지고 보면 우리는 언제나 불안으로부터 자유롭지 못했다. 행복할 때조차도 기쁨이 달아난 후에 맞을 공허감 때문에 불안했고 알 수 없는 미래 때문에 언제나 우리는 힘들고 우울했다. 성공 속

　　　　　　　　　　　　　　　　　　　길 위에서

에서도 너무 운이 좋은 게 아닌가 하며 불안하고, 사랑 속에서도 그것이 식어버리면 어쩌나 불안해했다.

이처럼 언제나 불안이 우리를 휘어잡고 놓지 않고 있는 이유는 그것이 갖는 불확실함 즉, '모호함' 때문이다. 겁이 나는 대상이 확실한 공포의 감정은 피할 방법이라도 있지만 도대체 무엇인지 알 수 없는 것 때문에 불안한 때는 우울하고 피할 방법이 없다. 이때 최상의 치료제는 누군가의 관심과 배려뿐이다.

불안에 휘둘려 우울함이 심해져서 공황장애를 앓기도 하지만, 한편으로 불안은 우리의 성공과 성장의 원동력이 되기도 한다는 사실은 놀라운 일이다. 왜냐하면 나는 언제나 불안할 때 무언가 생산적인 결실들을 가져왔던 기억이 있다. 미래에 대한 불안함이 나를 지치게 공부하고 일하게 했다. 감기가 심해져 폐렴으로 가든지, 아니면 감기를 앓은 후에 훨씬 병에 대한 저항력이 커지는 것과 비슷하다.

명확한 실체가 없으면서도 우리들 인간의 정신을, 내면을 잠식해 들어가는 불안이라는 감정의 역동성이 놀랍다. 그것이 갖는 긍정적인 성장의 원동력이 또한 경이롭다.

괴테나 존 스타인벡 같은 역사 속의 많은 천재들이 불안장애를 겪으면서 그들의 작품 속에 인간의 불안을 승화시킨 것을 보면 마음의 감기인 불안증이나 우울증이 나쁜 것만은 아닌 것이 확실하다.

소설을 쓰길 원하는 레베카에게 지금 그녀의 마음의 감기인 불안이나 우울함이, 잘 이겨낸 후엔 그녀의 소설 속에서 역동적인 상상력의 에너지가 되리라 믿는다.

우리는 때때로 앞을 알 수 없는 불확실성 때문에 식은땀을 흘리며 잠에서 깨는 극심한 불안을 경험하기도 한다. 가위가 눌리며 깨어난다. 요즈음 공황장애가 유행병처럼 돌고 있다. 예전의 괴질이 되어 목숨을 잃기 전에 치료법을 찾아야 한다. 누군가는 산으로 가고, 누군가는 책 속으로 피신해서 불안한 심신을 달랠 힘을 얻는다. 마음의 감기 앞에서는 본시 외로운 존재인 우리는 스스로 해법을 찾지 않으면 안 된다.

나는 불안이 엄습하고 마음이 우울해질 때면 한국어 책을 수십 권 사다놓고 게걸스럽게 읽어치운다. 하룻밤에 두 권을 읽기도 한다. 그렇게 책에 빠져 보내는 며칠 동안 나는 현실의 수렁에서 다친 마음을 건져내어 상처를 치유한다.

얼마 전 이유도 알 수 없는 우울함으로 미칠 것 같던 그때는 젊은이들의 연애소설에 미쳐 니콜라스 스파크의 소설을 다섯 권이나 읽었다. 사랑이 그리워서 병이 났던지 나는 니콜라스가 만든 멋진 남자 존에 매혹되어 가슴을 두근거리며 며칠을 보냈다. 그리고 마음의 감기를 이겨냈다. 지금 내 건강했던 마음에 레베카의 감기 바이러스가 들어왔다. 어쩌면 이번엔 여행이 치료제가 될지도 모르겠다. 얼마 전부터 무작정 길을 떠나 낯선 곳을 헤매고 싶다는 열망 속에 있었다.

알 수 없는 미래로 불안하고, 그것이 심해 우울해서 삶이 무의미해질 때, 책을 통해 만난 멋진 남자에 반하거나, 낯선 여행지에 대한 환상으로 치유가 되기도 하는 게 내 마음의 감기다. 때로는 같이 있는 듬직한 가족의 존재가 항생제 역할을 하여 폐렴으로, 심한 우울증으로 가는 것을 막는다.

나이가 들어 호르몬의 변화가 생기는 갱년기가 되면 불안도 더 극악해져서 우리의 의도와는 상관없이 변덕스럽게 삶 전체를 뒤흔든다. 하루에도 몇 번씩 천국과 지옥을 오가는 심한 감정의 굴곡을 드러내서 정말 십칠 세 사춘기의 젊음들처럼 골치 아프고 이해하기 힘든 존재가 되기도 한다.

불안의 요인이 모호해서 해결할 수가 없어 힘들고 외롭기만 한데, 갱년기라는 말로 뭉뚱그리는 사회적 인식 앞에서 속이 긁힌 우울한 장년들이 갈 곳을 몰라 방황하기도 한다.

소리 내어 말할 수조차 없는 이 시기의 불안한 장년들은, 사춘기 청춘들만큼 옆에 있는 사람들의 배려와 사랑을 원한다. 누군가 마음의 문을 노크해주기를 원한다.

그들은 어쩌자고 이 나이가 되어서도 마음의 감기를 앓는지 가슴을 치지만, 돌이켜보면 언제나 불안했음을 그들은 안다.

오늘도 우리는 불안의 그림자를 안고 살고 있다. 인간 존재의 일부로서 피할 수 없는 그것이 우리를 앞으로 나아가게 하는 원동력이 되기도 한다는 사실을 기억할 일이다.

성공에 대한 목마름으로 불안한 우리는 어찌하면 제대로 일을 할 수 있는지를 머리를 짜내며 고민을 한다. 사랑의 결핍으로 불안한 우리는 사랑을 지키기 위해 현명한 배우자, 부모, 애인이 되기 위한 조언을 구하려고 책을 읽는다. 인생이 막막해 불안한 누군가는 철학에, 종교에 의지해 답을 구하려 하고 있다.

그렇게 우리는 불안의 요체를 통해, 그것을 극복하기 위한 노력을 통해 진짜 사랑에, 인생에, 성공의 본질적인 의미에 다가간다. 그것이 불안이 주는 성장의 원동력이다.

마음의 감기가 주는 면역력이다.

길 위에서

'꽈당' 하고
인생이 넘어질 때

"'가난한 사람들은 언제나 있어 왔다'라는 성경 구절만큼 사악한 의도로 왜곡되어 해석된 말은 없었다. 현대사회의 모든 진보발전에도 불구하고, 자신의 잘못이 아닌데 건전하고 정상적인 생활 조건에서 살지 못하는 가난한 사람들이 있다면 이것은 우리 전체의 잘못이다."

– 헨리 조지 –

정치인들과 사회 개혁에 관심이 있는 사람들이 항상 인용해온 말이다.

'자신의 잘못이 아닌데 건전하고 정상적인 조건에서 살지 못하는 가난한 사람이 있다면…….'

내 인생이 꽈당 하고 넘어질 때 울컥하고 피처럼 나의 내면에서 쏟아진 말이다. 내 잘못이 아닌데 어떻게 저 멀리 뉴욕 월스트리트서 시작한 금융 위기가 내 모든 자산을 없앨 수 있는지 분노했다.

인생의 돌부리가 아니라 절벽에 꽈당 하고 부딪친 것이다.

우리들 인생에서 만나는 많은 장애물들은 사업의 실패일 수도 있고 예기치 않은 질병의 침입일 수도 있다.

어느 날 갑자기 암이라는 선고를 받는 사람들이 주변에 너무나 많다. 그들은 절벽에 쾅 소리를 내며 부딪쳐 눈앞에서 별이 보이고 온몸에서 기운이 빠져나가면서 꽈당 엎어지는 인생을 극명하게 경험한다.

열심히 시간과 돈을 투자해서 심혈을 기울인 사업들이 어느 날 예기치 않은 재난에 물속에 잠기고 은행의 워크아웃 대상이 될 때, 우리는 인생에 불어 닥친 거대한 쓰나미 속에서 살아남기가 쉽지 않다. 때때로 위기에 부딪치는 꽈당 인생은 도전에 목마른 사람들에겐 피할 수 없는 운명이다. 이제껏 난 인생을 조마조마하게 심약한 마음으로 살아왔다. 언제나 안전한 길이 어딜까를 찾으며 살았다.

두려움은 극복할수록 강해진다고 하지만 두려움 자체가 무서웠기에 혹시라도 닥칠 수 있을 예기치 않은 실패나 불행에 대한 것을

생각하는 것조차 망설일 만큼 난 심약했었다.

그런 내가 미국에 오면서 반란을 일으켰다.

너무나 소심하게 안전한 길만 찾느라 제대로 된 시도 한 번 한 적이 없이 인생을 끝내기에는 억울했다. 그래서 투자회사를 만들어 부동산 관련 수익모델을 만드는 일에 5년을 매달렸다. 세상에 진짜 안전이란 없다는 걸 안 것도 이 무렵이었다.

나에 대한 믿음만으로는 자본이 움직이지 않는다는 것을 배웠다. 누군가의 투자를 받는 것은 인정을 받고 상품가치가 있다는 의미였 기에 아무의 투자도 받지 못할 때 나의 상품가치가 없다는 자괴감 이 힘들게 했다. 그렇게 내 돈만으로 시작하여 돈에 마음을 졸이던 난 비싼 수업료를 내며 약육강식의 세계를 배워가야 했다.

모든 모험엔 위험이 따른다는 현실 앞에서 홀로 결정해야 하는 일이 많아지고 그것이 내 투자의 실패로 이어질 수 있음을 직감하면서 불면의 밤을 보냈다.

정말 견디기 힘들 땐 홀로 5시간을 운전해서 데스 밸리를 통과해보고, 8시간을 운전해서 나파 밸리를 찾기도 했다. 그 모든 풍경들은 홀로였지만 두려움을, 외로움을 극복하는 데 얼마간의 도움을 주었다.

어린 시절 언제나 나는 유복하지 못했으며, 함부로 시작했다가 잘못되면 끝장이라는 공포를 안고 청년시절을 보냈고, 결혼을 해서도 남편의 그늘을 벗어나면 위험하다는 두려움을 습관처럼 안고 살았다.

그런 내가 스스로에게 반기를 들고 반란을 일으킨 것이다.

왜냐하면 그때 나는 사십 대의 사춘기에 접어들고 있었고 시도하지 않으면 아무것도 얻을 수 없다는 사실이 나를 미치게 했다. 그리고 나를 증명해 보이고 싶었다. 우물 안 개구리로 안전하게 일생을 마치는 것보다는 위험하지만 우물 밖에 나를 드러내고 시험해보고 싶었다.

아이들을 데리고 유학을 오고, 투자 이민으로 영주권을 계획하고 일을 벌였다. 그동안 공부하고 일을 해왔던 것과는 전혀 다른 세상에 나를 던지는 모험을 감행했다. 인생의 번지점프였다.

공부하듯 일에 몰두했기에 그것들은 나의 기대를 저버리지 않았고 질시하는 미국 토착인 경쟁자를 옆에 둘 만큼 커졌다. 그러다어느 날 '주먹만 한 아시안 여자가 겁도 없이 설치니 조만간 다칠거야······.'라는 누군가의 저주대로 금융위기와 함께 부동산에만 집중했던 내 사업은 그만 손 쓸 사이도 없이 아래로 곤두박질을 쳤다. 말로만 듣던 '꽈당 인생'을 경험한 것이다.

코피가 나고 정신을 잃을 만큼 심하게 인생 전체가 흔들렸다. 모든 것이 끝났다고 생각했다.

그렇게 2년이 흘렀다.

피투성이로 다친 상처를 붕대로 싸맨 채 인생의 번지점프에서 이렇게 살아남아 있다. 그리고 알았다. 오래 길게 사는 것보다 짧지만 짜릿하게, 위험하지만 다양한 경험을 할 수 있었던 것이 다행이었다는 것을. 아찔한 비키니의 삶이었다.

더 나이가 들어 일어날 기력조차 없을 때가 아닌, 지독하게 아프지만 툭툭 털고 일어나 걸을 수는 있는 지금, 제대로 실패의 암벽에 꽈당 하며 부딪친 게 다행이었다고 생각할 여유도 가질 만큼은 되었다.

아직도 상처가 아물려면 더 시간이 필요함을 안다. 주변에서도 이제는 제발 그냥 있으라고 한다. 일을 벌이지 않는 게 돈을 버는 일이라고 나를 설득한다. 안전한 인생을 살려면 현실에 순응할 줄 알았어야 한다고 나무란다.

현실에 순응하며 살아라. 이것은 귀에 못이 박히게 들어온 말이다.

그리도 싫어하던 그 말을 어느새 내가 사랑하는 아들들에게 하고 있다. 그들의 천방지축인 젊음의 호르몬을 잠재우고 현실을 거스르지 말라고 잔소리를 한다.

하지만 난 안다. 그들 또한 나와 같은 시행착오 속에서 꽈당 인생을 통해 코피가 터지는 실패를 경험하면서 인생의 두려움을 극복해 가리라는 것을.

부모의 노파심이 젊음들의 도전의식마저 꺾지는 못할 것임을, 아니 그래서도 안 된다는 것을 안다. 어느새 성장해서 커버린 젊음이 그의 책상머리에 붙여놓은 헬렌 켈러의 글을 보고 난 또 한 번 머리를 얻어맞은 듯 멍한 기분으로 서 있어야 했다.

"삶은 무모한 모험이거나 아무것도 아니다!"

용감한 젊음이다.

그래 좀 많은 인생의 좌절을 겪은들 어떠랴. 그들은 아직 젊고 뜨거운데…….

나처럼 모험을 할 용기가 없는 비겁했던 젊음이 현실에 순응하며 사는 것에 길들여 있다가, 모처럼 저지른 인생의 도전이었기에 '꽈당' 하고 넘어진 충격이었으니 이렇게 죽을 만큼 아팠을 것이다.

좀 더 많은 모험과 도전에 익숙했더라면 그만큼 넘어지고 깨진 만큼 훨씬 강한 사람이 되었을 것이고 실패에 대한 두려움을 극복하기도 쉬웠을 것이다.

물론 실패가 익숙해서는 안 된다. 하지만 인생의 오르막이 있으면 내리막이 있듯이 내리막길이 인생의 추락으로 이어지지 않으려면, 더할 수 없는 충격으로 암벽에 부딪친 경우라도 정신을 추슬러

길 위에서

그것으로부터 배우는 것만은 놓치지 말아야 한다. 그래야만 실패를 밥 먹듯 하는 '허당' 인생이 되지 않는다.

실패에 대한 준비나 훈련 없이 섹시한 성공만을 꿈꾸며 뛰어든 그때, 내 앞에서 그리도 내가 아끼던 건물들이 하나둘 은행으로 넘어가는 것을 보면서 잠도 잘 수 없고, 먹을 수도 없었다.

꽈당!!

쓰나미 같은 재난이었다.

항상 비 오는 날을 대비해 준비해두었던 우산과 레인코트도 쓸모가 없었다. 금융위기라는 쓰나미 앞에서는 몇십 만 불의 현금유동성은 아무런 도움이 되지 못했다. 누군가는 너무 순진하게 모든 자금을 올인 해서 건물들을 구하려 한 무식함을 나무랐고, 몇백 불이 큰돈이 되는 어려운 그 시기에 다음을 위한 종잣돈마저 쏟아 넣은 내 어리석음에 사업의 영악성을 배우려면 아직도 멀었다고 혀를 찼다.

그렇게 난 꽈당 엎어지고 일어나 걷기도 힘들 만큼 피투성이가 된 만신창이 몸뚱이였다.

창피하고, 수치스러운 자괴감으로 죽고 싶을 만큼 아팠고 다시 일어날 수 없을지도 모른다는 두려움이 나를 엄습했던 충격이었다.

그러나 다행인 것은, 꽈당 하고 부딪쳤지만, 번지점프를 했지만, 그냥 추락할 수는 없다고 생각했다. 실패로부터 배우는 것마저 포기해서는 안 된다고 나를 다독였다. 그 생각만을 붙들고 마음의 폭풍이 지나가도록 납작 엎드려 있었다.

'이 또한 지나가리라, 이 또한 지나가리라….' 내 마법의 주문이었다.

꽈당 하고 넘어져서 받은 충격의 후유증인 두려움이 아직도 나를 겁주고 있다. 일어나 앞으로 나가려 하는 나를 막는다.

하지만 두렵지만 이전만큼은 아니다. 지금 난 서서히 두려움을 극복하고 있다.

새로운 오르막을 준비한다. 나의 내리막이 추락으로 이어지지는 않았음을 감사한다.

길 위에서

삶이란 여행을
사랑 없이는 하지 말길

인생에서 절대로 잃어버려서는 안 되는 게 무엇일까?

나이가 들어 갈수록 삶과 죽음이 너무나 가까이서 나란히 한길을 가고 있음을 느낀다.

우리 모두는 삶과 죽음의 경계를 밟으며 걸어가는 인생의 순례자들이다. 길 위에서 생을 마감하는 우리들에게 절대로 필요한 양식이 무엇일까를 산책길에서 문득문득 생각하곤 한다.

사람에 대한 몰두, 성공에의 집착, 부와 명예를 거머쥐고 싶은 욕망, 그 모든 것들이 사랑이라는 이름으로 유순한 얼굴을 하고 우리 앞으로 다가온다. 욕심이라고도 하고 병적인 집착이라고도 하지만 이것 없이는 삶에 대한 갈망이 없어서 힘들어지는 것. 그것은 여러 가지 얼굴을 한 사랑이다.

며칠 동안 한국의 동생이 짧은 여행을 와서 함께 보냈다. 정희

는 가방을 컬렉션 한다. 독특한 디자인의 가방과 사랑에 빠진 그 친구의 모습이 날 웃게 했다.

"언니, 저 가방들 되게 비싸다. 내가 농담으로 항상 하는 말이 있어. 그래, 내가 로또에 당첨되면 너희들을 다 가져줄게, 기다려라 예쁜 애들아. 웃기지? 그런데 난 가방들이 잘생긴 남자보다 더 이뻐."

그녀의 위치에 생채기를 내지 않을 정도의 욕심으로 가방을 사모으는 것이 취미인 그것. 그것 또한 사랑이다. 그러면서도 끊임없이 두고 온 남편과 카카오톡으로 따뜻한 염려를 주고받는 것을 보며 우리들의 인생길을 사랑 없이는 갈 일이 아님을 새삼 깨닫는다. 가방을 이야기할 때, 남편 이야기를 할 때의 정희는 반짝이는 눈빛이 살아있는 여행자의 그것을 갖고 있었다. 사랑을 어디서 찾아야 할지 몰라 어둡고 우울한 나마저 밝게 만들었다.

끊임없이 나 자신에 실망하고, 넘어지고 엎어지고 좌절하는 내가 싫었는데 그 애가 사랑하는 것을 망친 인생이 진짜 실패한 것일지 모른다는 두려움을 느끼게 했다.

가방인들 어떠랴, 보석에 미친들 어떠랴, 그 무엇에도 마음 둘 곳 없고, 사랑 없이 사는 것보다는 낫지 않을까?

따지고 보면 사랑은 도처에 널려 있는데 마음먹은 대로 움직여 주지 않는 일들에 마음을 다친다. 그리고 그 사소한 욕구불만에서 오는 '내 손톱 밑 가시가 더 아파서' 주변을 보려 하지 않고 있었다.

언제쯤 나는 사랑을 알 수 있을까?

평생 사랑을 배우기 위해 이곳에 태어났다는 누군가의 말이 내게 참으로 적절하다.

언제나 사랑은 이곳에 있어 왔고 우리들 삶의 여행이 그것 없이는 아무 의미가 없는데, 옆에 있는 사랑을 보지 못한다. 항상 멀리서만 사랑을 찾고, 젊은 이성을 통해서만 가능한 게 사랑일 거라고 믿는 어리석음을 버리지 못하고 있다.

이 나이가 되어서도 다시 배워야 할 것이 있다면 그것은 사랑에 관한 것이다.

더 늦기 전에 진심을 다해 사랑하는 법을 배울 일이다. 사람이든, 가방이든, 공부…….

그 어떤 것이든 사랑에 빠지지 않으면 정말 불쌍한 존재로 죽어갈 것임을 안다. 사랑에 빠지지 않은 우리는 메말라 병든 삶을 살다, 봄이 오지 않는 추운 겨울의 황량함으로 인생의 길 위에서 죽어 갈 것이다.

김남주 시인의 「사랑은」에는 이런 말이 있다.

"겨울을 이기고 사랑은 봄을 기다릴 줄 안다.
기다려 다시 사랑은 불모의 땅을 파헤쳐
봄의 언덕에 한 그루 나무를 심을 줄 안다……."

한때 우리는 사랑은 없다는 냉소적 시대 풍조에 휩싸인 적이 있었다. 니체의 '신은 죽었다.'라는 말을 패러디하듯 '사랑은 없다'라고 자조적 냉소를 품어내는 게 젊음의 상징이었던 허무주의의 시대를 산 적이 있다. 그때 우리는 무엇을 붙들고 남은 생의 길을 여행해야 할지, 인생의 사막을 건너야 할지 몰랐다. 사랑이 없는 인생의 여행길은 삶과 죽음이 나란히 있는 게 아니라 훨씬 죽음에 가까이 있었다.

그때 시인의 이 말이 위로를 건넸다. 사랑은 겨울을 이기고 봄을 기다릴 줄 안다. 그러므로 삶이란 여행을 사랑 없이는 하지 마라…….

마음을 나눌 단 한 사람을 찾지 못해서, 인생의 비를 함께 맞아줄 단 하나의 사람을 갖지 못해 우리는 때때로 삶을 죽음으로 이끌기도 한다. 내가 누군가의 그 한 사람이 될 수 있는지, 아니면 되고 있는지 난 알지 못한다. 내가 사랑이라는 이름으로 절실하게 누군가가 필요하듯이 나 또한 누군가의 한 사람이 되려면 인생의 폭풍우를 함께 맞을 사랑을 갖지 않으면 불가능하다. 사랑이란 폭풍우가 칠 때 함께 비를 맞을 수 있음을 의미하기 때문이다.

인생이 힘들고 무의미할 때 허무함을 같이 나눌 사랑을 가질 수 있다면, 피를 뜨겁게 할 열정의 사랑을 다시 만날 행운을 누릴 수 있다면, 성공의 환희가 목전에 온 것을 감지할 때의 그 전율을 다시 느낄 수만 있다면 영혼을 팔아서라도 지금 난 그것을 사고 싶다.

불쌍한 나는 지금 삶의 도처에 널려 있는 사랑을 보지 못한다. 그래서 외롭고, 불안하고, 초라하게 사랑 없이 인생의 끝을 향해 가고 있는지 모른다.

치명적인 유혹으로 있는 성공과 사랑.

삶의 여행 속에 녹아있는 이것들은 너무나 강렬한 유혹이어서 간혹 우리의 이성을 마비시킨다. 성공의 질주로부터 한순간 나락으로 처박히는 실패를 경험하면서 삶의 여행을 그만두기를 원한다. 열정적인 사랑의 불에 화상을 입고 절망하며 사랑은 없다는 허상을 확인한다. 그러면 한순간 우리의 삶은 의미를 상실한 메마른 데스 밸리의 사막이 된다.

이때조차도 씩씩하게 다시 사랑하고 헤어질 수 있어야 삶의 여정을 열정적으로 마칠 수 있음을 안다. 그러나 아는 것과 갈망하는 것이 다르니 힘들다.

누구도 피할 수 없는 막다른 길인 죽음의 끝을 향해 가는 우리 모두에게 사랑 없이는 삶을 살지 않기를, 열정의 순간을 갖지 못한 채 죽음을 맞지 않기를 소망한다.

삶의 순간마다를 사랑을 가지고 살 일이다. 사랑은 우리들 삶의 여행길에서 이정표와 같다. 그것 없이는 삶의 방향을 가늠할 수가 없다.

가난한 이웃을 위한 헌신의 삶이든, 새로운 도전을 향한 불굴의 열정이든, 쓰러지고 넘어져도 다시 일어서는 강단 있는 용기의 길이든, 그 모든 것들이 사랑으로 통해 있다.

안전하게 은퇴한 삶보다는 굴곡 있지만 도전한 삶이 아름답다. 그 내리막길에서 만난 좌절과 절망에서 그들을 살린 게 바로 열정이라는 이름의 사랑이었고, 그 도전과 실패만큼 사랑을 인식할 기회를 더 많이 가진 탓이다.

절망에서 우리를 구할 것이 사랑 말고 무엇이 또 있을까?

나이가 들고 점점 삶의 끝이 가까워 올수록 이것 없이 나머지 여행을 끝내서는 안 된다는 생각을 끊임없이 하게 된다. 연애를 하든, 이타적 사랑을 하든, 다시 도전을 하든, 사랑이 없는 삶의 여행은 참으로 무의미하다는 생각을 버릴 수 없다.

알면서도 확신하지 못하는 비겁한 나에게 던지는 말이다.

'어떻든 삶이라는 여행을 사랑 없이는 하지 마라!'

지금 사고 싶은
가장 사치스러운 것

비벌리 힐스의 로데오 거리에 갔다. 샤넬 매장을 둘러보면서 연신 신음하듯 탄성을 지르는 제이. 손잡이가 있는 신상품 백에 마음을 빼앗긴 그녀가 가격표를 보고는 우울하게 가방을 내려놓았다. 내겐 별 감흥이 없는 그 백이 왜 그리 좋은 걸까? 현재 나온 샤넬 백 중에서 가장 희소성을 가진 사치스러운 백이어서란다.

매장을 나서는데 많은 젊은 남자들이 스마트폰의 카메라를 눌러대며 웅성거리고 있었다. 제이와 나는 인파를 헤치고 들어갔다. 키가 작고 아담한 체구 덕에 남자들의 저항감 없이 앞줄에 설 수 있었다. 세상에서 가장 비싼 차 중의 하나라는 부가티였다.

자동차 잡지에서나 보던 부가티가 그곳에 주차되어 있고 젊고 잘생긴 남자들의 찬탄 섞인 카메라 세례를 받고 있었다. 젊은 그들의 로망인 꿈의 차, 가장 사치스러운 차가 그곳에 있었다.

내게는 샤넬 백보다는 부가티가 더 매력적이었지만 그리 안달

길 위에서

할 정도는 아니었다. 내가 갖고 싶어야 값을 따져 살 수 있을지를 가늠하며 한숨 섞인 찬탄이라도 쏟아내련만 그저 내겐 세계에서 가장 비싼 장난감 차의 하나일 뿐이었다. 누가 그것을 탈까도 궁금하지 않았다. 그러나 그곳의 많은 젊은 남자들은 누가 그것을 타는지 알고 싶어 했다.

세상에서 가장 사치스러운 차의 하나를 소유한 그는 할리우드의 스타일까? 돈 많은 IT회사의 CEO일까? 페이스북의 마크 주커버크같은 젊은 갑부일지 몰라……. 모두들 그것을 궁금해했다.

"아, 내가 본 저 샤넬 백을 사 줄 수 있는 남자는 이 차를 탈 정

도는 되어야 할 거야. 부가티를 운전하는 이 남자는 어떤 럭셔리한 삶을 향유할까?"

"제이, 그 나이에도 샤넬 백을 갖고 싶어 하는 네 욕망이, 그 백에 대한 절절한 사랑이 부럽다. 그런데 난 별로야. 네 말대로 늙었나? 내가 미치게 갖고 싶어 할 그 무엇을 나도 갖고 싶다. 모두들 자기가 사고 싶은 것을 찾아, 가장 사치스러운 것을 찾아 이곳에 왔는데 난 무엇을 사고 싶은지 모르겠어. 날 미치게 할, 미치게 사고 싶은 그 사치스러운 게 무얼까? 저 젊은 남자들이 부가티에 미치듯 날 미치게 할 그것이 비벌리 힐스에도 없으면 어디서 찾지? 넌 아니?"

그렇게 우리는 로데오 거리를 헤집고 다녔다. 언제나 모든 것에 사치스러운 것을 찾는 제이는 아니어서 오직 그녀는 자기가 좋은 것은 능력이 닿는 한 소유하고 싶어 할 뿐이었다. 난 그것을 나무라고 싶지 않았다.

한 번뿐인 삶, 현재를 사는 사람들이 이룩해놓은 최첨단 스마트폰인 아이폰을 사기 위해 새벽부터 긴 줄을 서고, 비싼 값을 지불한 후 손바닥만 한 플라스틱 기계 하나를 손에 넣고 행복해하는 것과, 샤넬 백 하나 사서 어깨에 메고 자신 있게 거리를 활보하는 제이나, 부가티를 끌고 나타나 젊은 청춘들의 찬탄을 만들어내는 누군가나, 사치라는 이름으로 모두를 매도하기엔 많이 껄끄럽다. 갖지 못한 자의 자기 합리화일 수도 있고 고고한 척하는 위선일 수도 있다.

문득 그 거리에서 나도 이 세상에서 가지고 싶은 가장 사치스러운 게 무엇인지 알고 싶어 졌다. 내가 모든 것을 걸고 사고 싶을 만큼 사치스러운 그것은 어떤 걸까, 그것이 알고 싶었다. 내 욕망이 춤을 추고, 남들이 미쳤다고 손가락질마저 해댈 가장 사치스러운 무엇인가 있기를, 그리고 발견하고 싶었다. 제이는 샤넬 백을, 저 많은 젊은 남자들은 "부가티를, 그것이 안 된다면 람보르기니라도!"를 외치는, 그 사치스러운 무엇이 내겐 무엇인지 알고 싶었다.

제이가 말했다.

"내가 저것을 산다고 하면 우리 집 남자 짐이 미쳤다고 할 거야. '아니, 뭐 만 불을 주고 그 허접한 가방을 사?' 하면서 입에 거품을 물겠지. 자기는 캐논 카메라 5D 사면서 렌즈 값 만 불을 우습게 버리면서 내 샤넬 백 만 불이 왜 사치인데?"

제이가 입에 거품을 물었다.

"재스민은 정말 가지고 싶은 게 없어? 철학자인 척하지 말고 솔직해 봐. 분명 가지고 싶은 것, 사고 싶은 게 있을걸? 없다면 늙은 거야. 헬로우, 그랜마!"

그녀의 농담에 문득 화가 났다. 농담과 진담을 구분 못 하는 내 치명적 약점이 적나라하게 드러났다.

"난 차라리 최고급의 스파나 크루즈 여행을 하겠다."

여전히 잘난 척하는 내 말은 핵심을 비껴가 뜬 구름 잡는 답을 하고 있었다. 제이의 속물근성을 얕잡아볼 어떤 근거도 없으면서 괜히 멋있는 척 위선을 떤다.

제이의 뜨악한 표정에서 우정이 깨지는 소리가 들리는 것 같았다.

'사람들의 아름다운 모습은 마음을 움직이지만 매력적인 목소리는 뇌를 움직인대. 그래서 난 차라리 그런 것을 원해.'라는 소리로 하마터면 제이와의 우정을 잃을 뻔했다.

로데오 거리를 돌아 캐논 길로 접어들면서 내가 좋아하는 요리사의 레스토랑이 눈에 들어왔다. 스파고였다.

"제이, 잠깐 들어가자. 난 저 사람 '볼프강 퍽'의 요리를 좋아해. 특히 그의 애피타이저인 고트 치즈에 비트로 만든 샌드위치는 정말 환상이다. 아마도 스파고에서의 식사가 내 사치일까? 우린 운 좋으면 볼프강을 만날 거야."

흥분한 제이를 달래려 한 건데 난 그만 스파고 앞에서 내가 이 세상에서 가장 사고 싶은 사치스러운 것을 보고야 말았다.

연두색 탑에 올리브그린의 스커트, 그녀는 아름다웠다.

오렌지빛 주홍 티셔츠에 회색빛 데님바지를 입은 남자와 스파고 앞에서 차를 기다리며 그녀는 감미로운 눈빛을 나누고 그와 키스를 했다. 보는 사람조차 가슴 뛰게 하는 표현할 길 없는 모습을 보고야 말았다.

세상에……. 내가 가장 사고 싶은, 가장 사치스러운 것이 그곳에 있었다.

내가 그것을 갖고 싶어 한다는 것조차 세상이 혀를 차며 말세라고 할 가장 사치스러운 것. 난 그들의 아름다운 사랑을 사고 싶었다. 불행하게도 내겐 그것을 살 능력이 없다.

넘보지 못할 사랑을 탐하는 나나 비싼 샤넬 가방을 탐하는 제이

길 위에서

중 누가 더 세상을 어지럽힐까. 나다. 가장 사치스러운 것을 탐하는 내 욕망이 제이의 샤넬 백과는 비교도 안 될 만큼 사치스러움을 안다.

욕을 먹을 줄 알지만 난 그것을 사고 싶었다. 누군가는 내게 돌을 던지리라는 것을 안다. 말세라고도 하겠지.

하지만 제이가 샤넬 백을 원하듯 난 젊은 그들의 사랑을 사고 싶었다. 가능만 하다면…….

내 사치의 극이다.

돈으로 살 수 있는
행복도 있다

"무슨 일을 그렇게 많은 돈을 들여가면서 해요. 매달 보내는 후원금만 해도 상당한데 선수들이 오면 그 많은 사람들을 집에까지 데려와 재우고 먹이고……."

"내가 행복해서 하는 일이에요. 어린 시절 가난한 집에서 태어나 자라면서 이런 곳에서 살아 봤으면 하는 게 소원이었거든요. 저어린 선수들 중에서 미래의 대통령이 나올지, 사회 혁명가가 나올지 누가 알겠어요. 일종의 투자예요. 내가 죽고 없어진 세상일지라도 어쩜 누군가는 어린 시절 받았던 내 친절과 작은 도움을 기억할수 있다면 그것으로 난 행복해요. 난 지금 돈으로 행복한 경험을 사는 거예요."

수는 비벌리 힐스의 저택에 매년 가난한 운동선수들을 초대해서 그들을 먹이고 재우며 즐겁게 봉사활동을 한다. 남편팀은 그들을 위해 동부에서 직접 공수한 바닷가재를 구우며 일일 요리사, 온갖 허드렛일을 하는 셰프를 자처하며 수를 돕는다. 그들은 비벌리 근처의 시더사이나이 병원 의사들이나, 벤처캐피탈을 다루는 돈 많은 변호사들을 초대해서 공화당을 위한 펀드 레이징을 하는 파티와 차이가 없는 진수성찬을 이 어린 선수들을 위해 준비한다.

노블레스 오블리주, 그녀가 하고 있는 일이지만 누구나 하기는 쉽지 않은 일이다.

가진 자의 사회적 책무로 강요하게 되면 모든 것이 꼬이는 게 나눔과 베풂이다. 아마도 수가 이것을 계속할 수 있었던 저변에는 오직 그녀가 프로젝트로 계획하고, 그녀가 원하는 보상인 행복을 살 수 있어서였을 것이다. 누군가의 지시로, 거대한 봉사단체의 일원으로서였다면 후원금을 얼마간 내고 그만두어 버렸을지도 모른다.

매년 집으로 수십 명의 어린 선수들을 초대해서 먹이고 재우다 보니 그들이 행복해하는 것에 감염되어 수가 다시 젊어지고 행복을 느끼며, 그들이 고마움을 담아 편지를 보낼 때는 이미 충분한 이득을 보는 남는 장사라고 즐거워했다. 지금 수에게 이 행사는 어떤 일이 있어도 건너뛸 수 없는 일 년 중의 가장 큰 프로젝트가 되었다. 돈과 시간과 온갖 노력을 투자해서 어린 선수들의 행복한 웃음을 답례로 받는 사업이 되었다. 그것은 노블레스 오블리주의 의무가 아니라 돈으로 사는 행복이라고 수는 말한다.

의무로 남을 돕는 것과 봉사를 강요할 수는 없다. 강요하고 싶은 생각도 없다. 그러나 나는 할 수 있는 만큼 많은 돈을 벌어서 수와 같은 남는 장사를 하고 싶다는 생각을 종종 한다. 수처럼 행복을 사고 싶을 만큼의 돈을 갖고 싶기도 했다.

나의 돈에 대한 필요는 처음엔 남들처럼 좋은 집, 명품이라 불리는 물건들, 차 때문이었다.

가치 있는 삶이 좋은 옷에 좋은 동네에 사는 것이라고 믿었는데 그것들이 어느 순간부터 시들해졌다. 큰 집은 청소하기 힘들고 자식들이 떠날 집은 조만간 적막강산일 것이 날 두렵게 했다. 살기 좋은 동네에 터를 잡았지만 젊은 시절의 뜨거운 사랑보다는 함께 늙어가는 동반자 같은 부부에겐 자칫 고요하고 깨끗한 동네는 심심한 천국임을 알았다.

그래서 젊은이들로 북적이는 대학가 근처로 옮겼다. 그러자 비로소 치가 떨리도록 외로웠던 바닷가 동네에서 왜 그렇게 살았는지

후회를 했다. 남에게 나 어디에 산다가 무어 그리 중요한 것이라고 그 큰집을 이고 적막강산처럼 외로운 동네에 살았는지 참 어리석은 돈을 쓰고 고생을 한 꼴이었다. 돈으로 산 경험이었다. 그래서였을까?

얼마 전부터 취미로 빠진 사진 때문에 카메라를 사야 했다. 사진이라고는 스마트폰의 카메라도 서툰 내가 사진을 배우겠다고 했을 때 장성한 아이들이 놀랐다. 모든 것이 디지털화한 사진 작업인데 아날로그 시대의 대표 주자면서 동시에 컴맹인 내가, 길어야 몇 달일 거라는 그들의 농담을 뒤로하고 난 오기 반 호기심 반으로 사진을 시작했다.

그러면서 사진 클래스에서 권하는 캐논 5D에 전문가용 렌즈까지, 한 번에 만 불은 훌쩍 넘는 카메라를 사야 하는지를 며칠을 두고 고민했다. 만 불짜리 카메라를 들고, 사진의 걸음마도 떼지 못한 내가 행복할지 자신이 없었다. 아무렇지도 않은 듯 메고 다닐 용기도 없고 자칫 잊어버릴까 봐 겁내야 하는 수준이라면, 돈을 주고 걱정을 사는 어리석은 짓은 하지 말아야 한다고 생각했다. 그리고 내가 과연 사진 찍기를 얼마나 계속할 건가 하는 생각에 이르자, 돈을 들여 죄책감을 사는 어리석은 짓을 하는 바보가 되고 싶지는 않았다. 그래서 조금은 창피하지만 EOS 60D를 선택했다. 그것은 사진반에서 기술을 배우는 데 필요한 최소한의 기기였다. 돈으로 그 비싼 카메라가 아니라 사진을 배우는 경험을 산다고 나를 위로했다.

그리고 난 그것이 현명한 선택이었음을 깨달았다.

2,000불 상당의 그것은 내가 아무렇지도 않게 함부로 들고 다녀도 부담스럽지 않았고 잃어버릴지, 미숙한 조작으로 망가뜨릴지에 대한 걱정으로부터 나를 편하게 했다.

내가 옳았다. 지금 난 그것을 들고 바다와 평원을 누비며 돈을 들인 이상의 경험을 사는 이익을 얻고 있다. 조만간 내가 필요하다고 느끼면 만 불짜리 5D 캐논을 살 것이지만 지금은 이것으로 족하다. 그것은 누가 내게 람보르기니 자동차를 준다 해도 그것이 줄 수 있는 행복한 경험을 내가 느낄 능력이, 마음이 없기에, 내게 무의미한 것과 같다.

돈을 써서 행복해지고 싶다면 물건이 아니라 경험을 사라고 한 누군가의 말이 옳다.

하버드 대학의 심리학 교수인 대니얼 길버트 교수가 말하길, "돈으로 행복을 살 수 있지만 일인당 연간소득이 6만 달러 이상이 되면 그것은 의미가 없다."라고 했다.

맞는 말이다. 주변의 잘사는 사람들을 보면 돈으로 그들이 행복해질 수 있는 건 이젠 물건이 아닌 것 같다. 그들에게 구찌 백이, 람보르기니가 특별한 게 아니다. 언제든 필요하다면 살 수 있는 물건일 뿐이다. 그래서 그들은 바나나 리퍼브릭의 싼 티셔츠에 반바지를 스스럼없이 편하게 입는다.

며칠 전 세계 최고의 부자반열에 오른 페이스북의 창업자 주커버크가 뉴욕의 투자자 그룹의 미팅 장소에 후드 티와 청바지 차림으로 나타나서 가십거리가 된 적이 있다. 최고급 정장을 입은 투자가들 앞에 아무렇지도 않듯 티셔츠 차림으로 나타난 젊은 부자의 모습에 어떤 이는 애송이의 무례라 하고 어떤 이는 현실적인 의미의 부의 수준을 넘어선 실리콘 밸리 거부들의 유니폼이라고 옹호하는 논쟁이 잠시 이슈가 되었다.

돈이란 그런 걸 것이다. 행복해지기 위해 필요는 하지만 어느 이상까지이다.

돈으로 사서 행복을 주는 물질적인 것들의 한계가 있다. 최고급 크루즈 여행이든, 옷이든, 우리가 지불할 능력이 될 때 그것은 더 이상 우리들에게 행복을 위한 필수요건이 되지 못한다. 이때 오직 돈으로 행복을 살 수 있는 것은 경험을 사는 것뿐이다. 그래서 돈을 제대로 쓸 줄 아는 기술이 필요해진다. 같은 돈이라도 어떻게 쓰는 게 조금 더 오래 행복할 수 있는지를 고민하게 한다.

마더스 데이라고 비싼 가방을 선물 받았다. 받는 순간의 행복감은 잠시였다. 난 그것을 들고 어디를 가야 행복을 다시 맛볼 수 있

는지 모른다. 그래서 그것은 다시 내 옷장 안에 걸려 있다. 그런데 난 몇 주 전부터 가구공예를 배우러 다닌다. 수강료도 내고 재료비도 제법 들지만 그것이 주는 행복이 쏠쏠하게 오래간다. 생전 처음 마이클에 가서 아크릴 페인트와 붓을 사보는 경험을 했다. 백 야드에 걸 수 있는 나무액자를 만들고 글을 써서 옆집 메리에게 선물했더니 두고두고 행복한 미소와 이웃으로서의 안부를 보내고 있다.

수요일인 오늘 아침도 쓰레기통을 내놓다 만난 우리는 골목길에서 많은 이야기를 나누었다.

"재스민 부디 이곳에서 오래 이웃으로 살아요. 척과 나는 숀이 대학으로 떠나도 이 집에서 은퇴할 거예요. 난 재스민 같은 이웃을 잃고 싶지 않아요. 같이 여행도 다니고 애들이 오면 서로 홈 커밍

길 위에서

파티도 하고. 좋은 이웃을 갖는다는 게 얼마나 중요한지 모르죠?"

생뚱맞게 그림을 배운다고 돈을 쓰면서, 거기서 배운 내 미숙한 솜씨의 나무 액자 하나가 좋은 이웃 하나를 만드는 경험을 건지게 했다.

행복해지고 싶으면 물건보다는 경험에 돈을 쓰라는 말이 백번 옳다. 수는 지금 돈으로 어린 선수들을 도우면서 행복을 사고 있고, 나는 작은 돈으로 행복한 경험을 사고 있다.

Part 2

내 삶에 ,
치열함이
사라졌다

"너무 늦었다! 영영 못 만나리! 그대 사라진 곳 내가 모르고,
내가 가는 곳을 그대 모르니……."

– 보들레르 「지나간 여인에게」 –

대담하고
뻔뻔한 판타지

"어디에나 승자와 패자가 있다. 전략적 변곡점은 위험뿐 아니라 확실한 미래를 제공한다. 적응인가, 죽음인가라는 상투적 문구가 진정한 의미로 다가오는 순간이 바로 근본적인 변화의 순간이다."

– 앤드류 그로브: 인텔 CEO –

세상의 모든 성공한 비즈니스 오너들은 동물적으로 그 변곡점을 느낀다. 위험을 감지하는 사업적 본성 때문이다. 적응인가 죽음인가……. 인생도 마찬가지다.

인생의 전략적 변곡점 위에 서는 나이가 되면서 난 겸양과 체면을 버리려 한다. 이는 매우 위험하지만 그렇지 않으면 미래가 없음을 안다.

사업이든, 은퇴 준비든, 그 무엇이든 새로운 전략을 요구하는 터닝 포인트 위에 서있다. 지금의 나는 매일매일을 새로운 트렌드의 패러다임에 적응할지, 아니면 그냥 무능한 장년의 나이로 시대의 조류 밖으로 물러날 것인지를 묻고 있다.

이 근본적인 변화를 요구받는 시대 앞에서 그동안 편안하게 누려왔던 기득권적인 모든 것을 내려놓기가 쉽지 않다. 새로운 변화는 두려운 도전을 요구하고 미적거리고 있는 나의 등을 떠밀고 있다. 인생 변환기의 번지점프대에 선 나는 뛰어내리지 못하고 번번이 포기하고 만다. 그리고 내려와선 또 다른 다짐을 하며 두려움을 이기려 하지만 쉽지 않다. 홀로 나를 위험에 던지는 여행이나 도전에 익숙하지 않은 탓이다.

체면에, 나이에, 남 보기에 어떨까가 생각만 많은 몽상가로 머물게 했다. 액션이 없는 생각이나 계획은 공상적 잡념일 뿐이다. 인생의 전략적 변곡점 위에서 승자가 될 것인가 패자가 될 것인가를 요구 받으면서 나는 대담하고 뻔뻔한 판타지를 실행에 옮기려 한다. 내가 있는 북미 대륙의 서쪽 끝 패시픽 코스트에서 동쪽 끝 로드아일랜드까지의 대륙횡단이라는 위험에 나를 던지려 한다.

얼굴에 철판을 깔기로 했다. 체면이 무어 그리 대수인가 무시해 버리기로 했다. 새로운 일상을 꿈꾸며 혼자서도 행복한 삶을 꿈꾸고자 마음먹는다.

누군가는 인터넷에 굴러다니는 야한 동영상 속의 섹스에 대한 야한 판타지를 꿈꾸는 게 우리 나이의 뻔뻔함이라 하지만 나에게는 나이에 대한 사회 통념을 뒤엎고 새로운 도전을 하는 것과 그것으로부터의 성취에 대한 꿈을 그려보는 것만큼 나를 전율케 하는 짜릿한 판타지는 없다.

　장년의 나이에 유쾌한 혼자만의 여행을 하면서 낯선 곳에서 만나는 풍경 속에서 나이와 체면을 잊고 젊음을 만끽하는 나를 그려보는 대담한 판타지는 설렘 그 이상이다. '그만두기엔 너무 젊지 않은가.'라며 나를 부추긴다. 아이들은 장성한 청년들이 되고 모두들 자기의 세상을 향해 날아가는데 나만 개밥의 도토리마냥 섞이지 못한 채 힘껏 날갯짓을 하는 그들을 부러워하고 있다. 그러다 문득 생각난 나만의 수학공식이 있었다. 55=35다. 55세는 35세일 뿐이라는 나만의 공식을 붙들고 내 잃어버린 야망을 되찾고자 하고 있다. 이 뻔뻔스런 나만의 계산법이 인생의 변곡점에 선 내게 당돌한 판타지를 선물한다.

　사랑은 혼자 할 수 없고, 사업은 이렇게 한가하게 준비해서 될 일이 아닌 것이 내 발목을 잡지만 여행은 홀로 떠나면 되는 것으로 내 앞에 있다. 여행에 대한 책들을 사들였다. 트리플 에이에 가서 미국 전역에 대한 지도를 얻어 벽에 붙이고 분홍색 형광펜으로 용감하게 줄을 그어 나갔다.

어바인에서 캘리포니아를 벗어나는 팜 스프링의 10번 프리웨이를 기점으로 내 형광펜 아래 굴복해가는 도시들의 이름이 애리조나와 텍사스를 거쳐 플로리다의 잭슨빌까지 이어졌다. 그리고 그것은 95번 프리웨이를 따라 남에서 북으로 올라가 보스턴을 거쳐 메인 주까지 이어졌다.

"오 마이 갓! 수천 마일이 넘는 이 길을 엄마 혼자 가겠다고요? 혼자 식당에 들어가서 밥을 먹고, 낯선 도시의 모텔이나 호텔에 여자 혼자 들어가겠다고요?"

길 위에서

"혹시 아니? 내가 원하는 인생의 길을 찾을 수 있을지. 그러고 나서 다시 한 번 꿈 같은 열정이 솟아나서 내 황홀한 젊음을 다시 가슴에 안을지 아무도 모르는 거야. 너희만 젊으라는 법 있니? 나이는 숫자에 불과하다고 그랬어."

나와 스무 살이 넘은 젊은 아들들과의 기 싸움이 시작되었다. 기어코 나잇값을 하라고 우기는 이들 앞에서 나이가 무어 그리 대수냐며 맞서는 내 대담함과 뻔뻔스러움이 충돌을 일으키고 있었다.

나이로 안 되자 세계 전역에서 일어나고 있는 여성을 상대로 한 범죄를 들먹이며 겁 많은 나를 달래는 집요한 설득에 난 뻔뻔함으로 맞섰다. 나 자신에게 '아니, 괜찮을 거야. 쫄지 마, 겁내지 마.'라고 하면서도 한쪽으로는 겁이 나는 이중적 생각을 지울 수는 없었다.

"같이 가자. 다 괜찮은데 혼자 호텔에 들어가는 것만은 정말 망설여진다. 젊은 나이에 대륙횡단 여행을 하는 건 다시 오지 않을 기회야. 새로운 세상을 만나게 될 거야. 이거 알아? 젊은이는 세상을 만나기 위해 길을 떠나고 나이 든 사람은 세상을 잊기 위해 여행을 한다고 해. 너희에 비해서는 늙었지만 지금 나는 더 늙기 전에 내가 몰랐던 새로운 세상을 만나고 싶어."

"왜 그리 겁도 없이 대담해요. 간이 커져도 너무 커졌어요. 그러니 우리가 하는 게 성이 안 차죠. 엄마 나이에 또 다른 세상을 만날 기대를 하다니 뻔뻔한 우리 닥터 김, 언제 철이 드시려고 하나요? 문제아예요, 엄마는. 할 수 없네요. 그 왕고집에 두 손 두 발 다 들었어요. 따라갈게요."

이렇게 미국을 동서로 가로지르는 대륙횡단을 그것도 자동차로 하겠다는 내 제안은 혈기방자한 아들에게 가까스로 받아들여졌다. 홀로라도 가겠다고 버티는 엄마가 강조하며 이용한 일말의 불효에 대한 죄책감이 주효해서였을 것이다.

내가 뻔뻔한 외도를 하려는 것도 아니고, 숨겨놓은 보물섬 같은 성취가 나를 기다릴 거라는 판타지 속에 있는 것도 아닌데 이 해프닝은 며칠 나를 잠 못 들게 한다.

가도 가도 끝이 보이지 않는 대평원을 만날 때 난 어떤 느낌을 받을까, 해질녘에 들어간 호텔에서 만나는 새로운 도시는 어떤 모습으로 나를 반길까, 그곳의 일상은 어떨까…….

봄도 아니고 가을도 아닌 이상한 인생의 계절 속에 선 내게 '당

길 위에서

신의 인생은 안녕한가요?'라고 집요하게 삶은 묻고 있다. 인생의
변곡점이다.

　나도 한때는 전도양양했고 창창했던 미래가 있었는데 그것들이
어디로 갔는지 난 지금 모른다. 그래서 슬픈 나는 다시 한 번 뻔뻔
해지기로 했다. '35살밖에 안 된 여자의 여행이지 않은가'라며 나만
의 셈법으로 힘을 얻고 있다.

　내가 이번 여행에서 얻고 싶은 판타지는 내 인생의 전환기에 나
를 뜨겁게 달굴 열정과 용기가 내 안으로 들어오는 것이다. 그것이
자양분이 되어 내가 새로운 환경에 노출되어 삶을 살아야 할 때 이
왕이면 유쾌할 수 있었으면 한다. 누구와도 비교하지 않고, 자식들

의 성공과 실패에 미친 듯 좋다가 작은 실패엔 절망의 바닥으로 떨어지는 감정의 롤러코스터 말고 평상심 속에서 웃을 수 있는 삶을 바란다면 너무 뻔뻔한가?

매일 반복되는 일상 속에서 일탈도 하며 홀로 유쾌할 수 있는 삶을 꿈꾸는 것. 그것은 생각만으로도 가슴 뛰는 판타지 속의 기쁨을 선사한다. 그래서 잠마저 설친다. 지금 그 판타지는 뜬금없는 대륙횡단이라는 카드를 꺼내들면서 주변사람들을 까무라치게 놀라게 하고 있음을 안다. 나이가 들면서 커진 게 간밖에 없는 모양이다. 여자 혼자 차를 몰고 대륙의 끝을 향해 가려하다니…….
하지만 지금 좀 뻔뻔한 판타지를 갖지 않으면 영원히 할 수 있는 것은 없을 것 같다. 대담하게 용기를 내어 시도하지 않으면 그냥 따분한 꼰대로 늙어갈 것이다. 그리고 나는 패자로 남을 것이다.
아이들이 체면을 차리라고 한사코 만류하지만 네온 빛의 노란색 탱크톱 입기를 망설이지 않으련다. 나와 연애하듯 살련다.
'초코파이'라고 놀림을 받는 구릿빛으로 그을린 내 피부를 억지로 선크림이나 화이트닝 화장품으로 도배하는 일은 없을 것이다. 세월의 흔적으로 주름은 생기지만 나이라는 감옥에 나를 가두고 싶지 않다. 그러려면 세상이 재단하는 체면 안에 나를 가두지 말고 대담하게 용기를 내어 도전할 일이다. 그것이 힘들지라도 꿈을 입히고 판타지의 동화를 입히면 어느새 그것은 새로운 꿈에의 열정으로 다시 태어날 것임을 믿는다.
내 뻔뻔하고 대담한 인생에의 유혹은 나의 내면에 감추어진 안

전감에 대한 도발이다. 아니 솔직히 말하면 그것은 인생의 전략적 변곡점 위에 선, 겁 많은 나를 훈련시키기 위함이다. 네온빛 티셔츠를 입고, 홀로 여행을 계획하고 이 모든 것들을 어찌 상상할 수 있었으랴. 그만큼 난 지금 절박하다. 위험에 나를 던질 용기 있는 판타지가 필요하다.

남루하게 나이 들어가는 인생 속에서 철없다는 비난을 받지만 지금 이 여행에의 탐닉이, 그 속에 담긴 의미를 기록하라고 유혹한다. 내 대담한 여행에의 도전이, 나이에 대한 사회적 통념에의 뻔뻔한 반란이, 의미 있는 유쾌함으로, 열정으로 살아날 수 있다고 유혹하고 있다.

그러므로 떠나자. 기꺼운 마음으로.

가장 밝으면서도
가장 어두운 꿈이라
부르는 욕망

"깃털처럼 가볍게 행복을 느끼세요. 잠깐만 걱정하고 오래 기뻐하세요."

낸시의 말에 울컥하고 말았다.

"왜 내 꿈은 더 이상 밝게 빛나지 않을까요? 어둡고 탐욕스런 욕심으로 되어버린 걸까요?"

"재스민, 아무것도 심각할 게 없는 게 인생이에요. 당신이 한 번뿐인 인생을 낭비한 것을 사과하고 싶다고 했나요? 난 당신의 그 깊은 절망감 때문에 울고 싶어요."

내 어깨를 감싸고 환하게 웃는 그녀가 레이크의 반대쪽으로 표표히 사라졌다.

어느 날 이름도 생소한 다발성 경화multiple sclerosis라는 희귀병으로 진단 받은 낸시. 의대 교과서에서나 본 병명을 내 눈앞에서 그것도 시리도록 아름다운 푸른 눈을 가진 낸시의 병으로 우린 만났다.

죽음을 눈앞에 매달고 사는 사람의 담담함 앞에서 난 정말 찌질하다.
바보다.

빛과 그림자, 행복과 불행, 그리고 희망과 절망 같은 가장 밝으면서도 가장 어두운 것이 지금 내 심연을 휘젓는다. 적막한 인생의 이른 오후를 지나는 지금, 나는 깊이를 알 수 없는 캄캄한 심연 속에서 한 줄기 희망을 붙잡고 싶어 한다.

하루에도 몇 번씩 넘어지고 가끔은 천 길 낭떠러지로 곤두박질치듯 떨어지고 있다. 사자나 호랑이는 배가 부르면 사냥을 하지 않는다는데 나는 할 만큼 하고, 먹을 것이 있건만 여전히 배가 고프고 허기가 져서 견딜 수가 없다. '내 인생이 이곳에서 끝나는가.'라는 생각을 하며 잠 못 이루는 밤이 계속되고 있다.

당장 먹을 양식을 쌓아놓고도 내일이, 내년이, 은퇴 이후가, 오지 않은 미래가 걱정인 지금. 도대체 이 통제되지 않는 근심의 끝은 어디일지 가늠할 길이 없다. 조만간 내 인생의 플러그가 뽑히고 인생이라는 무대에서 내려오라는 사인을 받을 텐데 어쩌자고 허기진 욕망은 사그라질 줄을 모르는지…….

이 모든 것이 언제 죽을지 모르는 죽음의 그림자와 예기치 않게 대면한 낸시 같은 사람에게 어떻게 보였을까?

여행은 돌아오는 것을 전제로 한다. 그래서 여행은 떠나는 것 자체로 이미 목적을 달성하고 있는지도 모른다. 내 인생이 이미 활시위를 떠난 화살처럼 허공을 날고 있건만 어디를 목표로 한 과녁인지 나는 아직도 모른다. 여행이란 떠나는 것 자체로 목적이 달성되었다고 하지만 활시위를 떠난 내 인생은 그것으로 목적이 달성되었다는 생각은 들지 않는다. 그것은 아마도 인생이라는 여행이 안타

깝게도 돌아옴이 없는 일방적인 여정인 탓임을 알기 때문일 것이다.

인생의 플러그가 뽑히는 순간 우리는 소멸이다. 놓아버리면 모든 게 끝이 나는 게 인생이다. 그런데 그것을 받아들이는 것도 쉽지 않다. 그래서 우리들 삶의 지금, 가장 밝으면서도 가장 어두운 지금을 놓치고 있는지도 모른다. 비록 그것이 욕망인들 어떠랴.

낸시의 위로는 달라이 라마의 말보다 더 현실감 있는 울림으로 다가온다.

지금이 아니면 안 되는 것들이 우리들 인생의 여정에 박혀 있는데 내일이, 내년이, 은퇴 이후가 걱정이 되어 잠을 이루지 못하는 불면의 밤을 보내고 있다. 희망의 빛을 갈구하지만 현실의 가장 어두운 것이 발목을 잡는 게 지금 우리가 만나는 희망의 모습이다.

미래에 대한 희망이나 꿈 없이는 단 하루도 살 수 없는 우리들 앞에 놓인 그것이 갖는 빛과 그림자가 너무 극명하다. 버리면 언제나 다시 시작할 수 있는데, 버릴 수가 없는 것들.

누군가는 그것을 욕심이라 하고, 누군가는 그것을 희망이라고 한다. 그 속에서 마음은 메말라 바짝바짝 타들어가는 가뭄 속의 논바닥처럼 갈라져 있다. 다시 꿈을 꾸어야 해갈이 될 텐데 꿈이 주는 밝은 빛이 절망이라는 어둠 속 심연을 뚫지 못한다.

도대체 무엇이 진리이며 행복으로 가는 길일까? 우리에게 꿈은 무슨 의미일까? 왜 이 나이에 나의 꿈은 가장 밝으면서 가장 어두운 욕망의 모습으로 있을까?

알 것 같으면서도 모르는, 가장 밝으면서도 가장 어두운 채로 있는 것이 무엇인지를 보고 싶어서 독립기념일을 전후해서 서부의 가장 영적인 땅 세코야를 다녀왔다. 도스트 계곡의 캠프장에서 흑곰을 만나고 우리의 텐트 옆으로 다가온 암사슴을 만났다. 거대한 레드우드 나무들로 빽빽한 거인의 땅인 이곳은 그들의 세상이었고 인간인 우리에게 너무나 미약하고 왜소한 존재임을 각인시키고 있었다. 하늘을 향해 쭉쭉 뻗은 그들은 우리들 이전에도 있었고 우리들이 사라진 이후에도 존재할 것이다. 이미 2200년을 살고 있는 제너럴 셔먼 나무 아래서 나는 티끌처럼 작고 유한한 존재임을 알았다.

수없이 많은 시간의 문을 지나 얼마나 많은 사람들이 이 나무를 찾았을까? 그 모든 이들을 기억하는 나무 앞에 선 나도 조만간 먼지처럼 사라질 것이다. 그에게 묻는다.

가장 밝으면서도 가장 어두운, 이것 없이는 살 수 없는, 내가 꿈이라 부르는 남은 생의 욕망을 붙들고 어찌 이루고 살아야 하는지를…….

레드우드 숲을 휘젓는 바람의 소리에 담긴 지혜를 들려달라고 마음으로 기도한다. 욕망을 버리지 못하고 오지 않은 희망을 갈구하는 나에게 위로의 말을 주길 간구한다. 세상은 더욱 난폭해지고 있는데, 위험하고 처절하게 변해가고 있는데, 이방인처럼 시대의 물줄기 밖으로 밀려나고 있는 내가 무엇을 할 수 있는지를 묻는다.

그가 말했다.

"우리가 알아야 할 것은 말이 아니라 그 말을 하는 사람이다. 우리가 알아야 할 것은 눈에 보이는 사물이 아니라 그 사물을 보는 사람이다. 우리가 알아야 할 것은 소리가 아니라 그 소리를 듣는 사람이다. 우리가

길 위에서

알아야 할 것은 정신이 아니라 그런 생각을 하는 사람이다."

- 우파니샤드 -

레드우드 숲 속에 우뚝 선 나무들의 왕 중의 왕인 제너럴 셔먼 앞에서 인생의 지혜를 들으며 나는 가장 밝으면서 가장 어두운 소망에 대하여 생각했다. 욕망인 그것은 꿈인 동시에 번뇌다. 그것은 밝은 희망인 동시에 어두운 현실적 절망이다.

현실에 발을 딛고 있어야만 가능한 꿈의 실현. 그것은 빛과 그림자가 합체된 현실이다.

지금 이대로의 안전함을 박차지 못하면서도 여전히 내일의 성공에 갈증을 뿜어내는 꿈이라 부르는 욕망들로 인해 아직 오지 않은 내일이 두렵다.

실행에 옮겨야 승부가 나는 그것을 실패에 대한 두려움으로 시작하지 못하고 있다. 지금 실패하면 영원히 끝이라고 나이가 위협을 한다.

지금 먹을 것이 있으면서도 내일 먹을 것을 걱정하는, 그것 때문에 두려워 잠 못 자는 나는 배가 부르면 더 이상 먹이를 탐하지 않는 세코야의 검은 곰보다 어리석다. 사자나 호랑이조차 가능한 이 일이 왜 나에겐 불가능한가. 지금 배가 부르면서도 여전히 내일만 생각하면 배가 고픈, 이 미친 욕망을 어찌할꼬……

'마음이 이야기할 땐 입을 다물라.'

레드우드 사이를 누비는 바람의 말이다.

들으려 하지 않아도
들리는 바람소리

화려한 도시들에 탐닉했던 내가 요즘 사람이 적은 거대한 숲이나 데스 밸리 같은 사막에 필이 꽂혔다. 사람에 치여 이곳에 왔다. 자연이 주는 치유의 힘을 찾아…….

들으려 하지 않아도 들리는 바람소리가 그곳에 있었다. 세코야, 레드우드의 나라. 그곳은 거인들의 땅이었고 그 안에서 인간은 한낱 미미한 작은 존재에 불과했다. 하늘을 향해 쭉쭉 뻗어 올라간 촘촘히 박힌 나무들의 나라엔 수많은 바람의 이야기들이 온종일 말을 하고 있었다.

'아무것도 모르는 자는 아무도 사랑하지 못한다.
아무 일도 하지 않는 자는 아무것도 이해하지 못한다.
아무것도 이해하지 못하는 사람은 가치 없는 사람이다.'

－ 파라켈수스: 15세기 자연학자 －

길 위에서

‘아무 일도 하지 않는 자는 아무것도 이해하지 못한다. 그는 가치 없는 인간이다.’

요즈음 내 의식을 잡고 놓지 않는 것이 ‘가치’라는 것이었다. 어찌해야 가치 있는 일로 삶을 채울 수 있을까를 고민한다. 팍팍한 현실과 아직도 버리지 못한 꿈이 교차하는 순간을 살고 있으면서 취미든 운동이든 봉사든 하물며 사랑까지도 이젠 감성의 문제가 아니라 가치의 문제로 다가와 있다. 어떻게 사랑해야 가치 있을까? 어떤 가치의 인간으로 나는 기억될까? 젊음들은 살벌한 세상과 희망이 보이지 않는 사회라고 한탄하고 장년들은 고립감과 세대 간의 시기심이 가득해서 희망과 꿈을 찾을 수 없다고 절망한다. 이 모든 것들이 사실은 어느 시대나 있어왔던 고민일 것이다. 15세기의 자연주의 철학이 생겨난 바탕이 되었을 것이다.

민들레꽃마냥 조그마한 존재로 나무들 사이에 선 사람 꽃들. 우리는 그들 나라의 이방인으로 그곳에 있었다. 느린 걸음으로 걸어 내려간 계곡엔 검은 아기 곰이 어슬렁거리고 그 속에서 우리는 사소한 일상 때문에 가슴앓이를 하며 산 어제의 나를 만난다. 헛되고 헛된 것으로 그것들은 그곳에 있다. 오늘의 나는 이 소소한 자연의 바람소리 속에서 자유로운데 어제의 나는 어찌 그리도 괴롭고 힘들었는지 모른다.

꿈이라는 이름으로 오는 성공에의 집착이 불안을 일으키고 때때로 프로작prozac이 필요할 정도로 우울하다. 그리고 그것은 경기를 일으키는 공황장애로 가기도 했다. 와인도 친구도 심지어 사랑하는 아들들까지도 위로가 되지 않는 극심한 공황장애는 항상 내 이루지 못한 꿈과 함께 있었다.

내게 말을 거는 나무들. 우리가 있기 훨씬 오래전부터 그곳에 있어 왔고 우리가 사라진 한참 후까지도 살아있을 그들이 그곳을 흐르는 바람을 통해 또 다른 신의 말을 건넨다.

'의에 주리고 목이 마르니

내 잔을 채우소서

아름다운 세상과 높고 푸른 저 하늘…….'

바람이 내 기억 저편에 가라앉아 있던 노래 하나를 끄집어낸다. 오래전 각인된 내 기억 저편의 찬송가였다.

하루하루 망가져가는 영혼을 더 이상 두고 볼 수 없어서 사람들을 따라 마음을 비우기 위해 온 곳. 해발 7천 피트 상공의 숲 속을 찾아 나선 나를 신 앞으로 인도하는 바람의 소리가 레드우드 속에 있었다.

삶의 터닝 포인트를 찾아 모험을 찾아 위험한 대륙횡단을 고집하는 나를 만류하며 잡아 앉힌 아들들. 그랬을 것이다. 친구들과의 여행 약속이 잡힌 그들은 엄마 혼자 떠나게 하는 여행에 대한 죄책감에 시달릴 것이고 따라 나서자니 엄마의 보디가드 역할이 별 감흥이 없어서였을 것이다. 삶의 터닝 포인트를 왜 꼭 대륙횡단의 위험한 도로 위에서만 찾아야 하냐는 그들의 말에 반기를 들 수가 없었다.

"우리 동네의 호숫가를 걸으세요. 이 아름답고 편한 집에서 아무의 방해도 없이 엄마가 찾는 길을, 인생의 전환점을 생각해도 되지 않나요?"

그들 말대로 편하고 깨끗한 환경에 길들여진 나이기에 그래서 더욱 불편하고 외로운 길 위에 나를 세워야 한다고 말하고 싶었지만 참았다. 그리고 오늘 그들이 엄마 홀로 보내도 마음을 놓을 수 있는 이웃들을 따라 세코야, 7천 피트 상공에 사는 레드우드 숲 속의 나무거인들의 땅으로 들어왔다.

베이커스 필드의 황량한 사막과 오렌지 농장들을 지나 오르고 오른 다음에야 비로소 모습을 드러내는 레드우드. 그들이 사는 곳은 우리들의 세상과 전혀 다른 곳에 있었다. 바람과 흑곰과 사슴들이 이웃으로 있는 신들의 나라였다.

그들만의 세상. 올곧게 하늘을 향해 올라가는 그들의 모습은 경건했다. 그 나무들 앞에 선 우리들 인간의 모습은 참으로 보잘것이 없었다. 나약하고 왜소하며 작은 것에 울고 웃는 하찮은 생명으로 그 속에 있었다. 세코야 나무들에 비하면 너무나 짧은 삶을 살다 가는 인생들이 그들 앞에 서 있었다.

하늘에서 가장 가까운 곳에 그들의 나라가 있다. 오직 들리는 것은 바람 소리들뿐. 그들은 듣지 않으려 해도 들리는 말로 우리를 경건하게 한다.

영혼이 함께하는 여행에서 우리는 일상과 꿈이 교차하는 지점을 경험한다. 레드우드 거목들 사이를 조용히 오가는 바람 소리들 속에서 내가 속한 일상들이 허물을 벗고 맨살을 드러내고 있다. 그

길 위에서

것은 탐욕스럽기도 하고 누추하기도 하다. 보잘것없는 일상들이 찌든 때 속에 적나라한 모습을 보이며 그것이 진정 내가 그토록 갈망하던 삶이었는지를 묻는다. 오늘을 희생하며 기어이 갖고 싶어 하던 그 언젠가 오늘이 꿈꾸던 내일의 모습이었는지를 묻는다. 아프다.

그들 바람의 한 자락 속에 감추어진 위로가 말을 건넨다. 괜찮다. 아직 살아내야 할 내일이 있으니 오늘의 일상을 잊으라고 한다. 다시 꿈을 잡으라고 한다.

예기치 않던 경험이다.

지금까지의 삶을 돌아보며 내가 바뀌지 않으면 안 될 터닝 포인트 위에 서 있음을 알았다. 그런데 길이 보이지 않았다. 그리고 우연히 마주한 레드우드 숲 속의 바람이 잠든 영혼을 흔들어 깨우고 그것은 지금까지 그저 사는 대로 살던 일상적인 삶과, 한편으로는 버릴 수 없던 꿈 같은 갈망들이 교차하는 묘한 감정과 만나게 했다.

내면으로 파고들며 깊어지는 생각들과 현실 속 지금의 내가 오버랩 되는 묘한 경험을 하고 있다. 시간과 공간을 뛰어넘어 그 모든 것들이 바람소리에 실려 내게로 온다.

맞다. 꼭 고생스러운 대륙횡단에 학대하듯 자신을 던져야만 찾을 수 있을 것 같던 그 무엇이 이것이었을 것이다. 여행이란 하잘 것없고 짧은 것일지라도 그 자체로 특별한 의미로 다가온다는 것을 실감한다. 여행이란 새로운 것을 찾아가는 과정이기 때문일 것이다. 젊은이는 새로운 것을 만나기 위해 여행을 하고, 노인은 잊기 위해 여행을 한다고 했던가?

젊은 날 나에게 여행은 숨 막히는 일과, 스트레스, 그리고 일상으로부터의 탈출이었다. 여행을 갔다 오면 그 많은 스트레스들이 한꺼번에 해결될 거라는 환상, 여행지에는 반드시 나를 위해 준비된 새로운 것이 있으리라는 기대들이 얼마나 순진한 것이었는지 알았다. 여행에서 돌아오면 해결되지 않은 문제들은 여전히 먼지를 뒤집어쓴 채 그곳에 있었고, 새로운 발견도 없었기에 나는 여행을 후회하기도 했었다.

그런 회상에 잠긴 내게 바람을 통해 들려주는 레드우드의 또 다른 말들이 있었다.

'지금을 살라. 하루하루를 아끼고 사랑하라. 그것은 과욕과 집착을 끊어 낸 청빈과 비움의 삶이다. 우리들의 인생 자체가 번민과 고통, 열정과 감동이 씨줄과 날줄로 얽힌 것이 아니던가. 삶이란 숨 막힐 듯한 감동과 기쁨을 꿈꾸면서 한편으로는 죽을 만큼 힘든 외로움과 고독을 이겨가는 과정이다. 그리고 그것은 조만간 끝이 온다.'

삶의 터닝 포인트를 찾길 갈망하며 떠난 곳에서 하늘을 향해 뻗은 레드우드들 속을 떠다니는 바람의 소리들이 나를 일깨운다. 과감히 손에 쥐고 있는 것을 내려놓고 처음부터 다시 시작하라고 한다. 그렇게 나를 리셋reset해야만 인생의 터닝 포인트를 가질 수 있다고 말을 건넨다.

'바닥부터, 지독하게, 열정적으로' 다시 시작해라!

들으려 하지 않아도 들리는 바람의 소리가 이곳 거인의 땅, 레드우드 숲에서 다시 들린다.

길 위에서

떠난 그곳에서
다시 시작을

나이 마흔이 되던 해에 나는 지독한 회의와 싸우고 있었다. 열심히 공부했고 일을 했으며 그 와중에도 아들을 셋이나 낳아 기르는 엄마면서 의사였다. 그런데 어느 날 '이게 내 인생의 다인가'라는 물음이 나를 엄습했고 소위 '꿈'이라 부르는 것이 내 의식 속에서 분탕질을 일으키고 있었다. 내가 꿈을 꾸던 것은 분명 이것이 다가 아니라는 어설픈 확신이 더 늦기 전에 무언가를 시작해야 한다고, 내가 속해 있는 상자 밖으로 나와야 한다고 다그쳤다. 그렇게 나는 사십의 고비를 새로운 꿈을 찾아 안전하게 몸담아오던 세상을 나옴으로써 넘고자 했다. 그리고 십 년, 꿈이라는 이름으로 뛰어든 곳에서 나는 내가 몰랐던 또 다른 세상의 바닥을 보았으며 그 속에서 뼈아픈 교훈을 얻었다. 그리고 이제 나는 안다.

사람을 좌절하게 하는 것은 벗어나기 힘든 '현실'이 아니라, '꿈'이라는 것을……

꿈을 꾸라고 충동질을 하고 요란한 소음으로 우리들의 열등감을 자극하고 가장 가까운 사람들 사이를 이간질 시키는 꿈이라는 것의 실체를 난 뼈아픈 체험으로 알아버렸다. 우리가 답답한 현실을 저주하며 다시는 돌아오지 않으리라 하며 떠났던 그곳이 인생의 최선의 장소였음을 배웠다. 이렇게 모든 것들이 새로운 가치를 가지고 다가와 있다. 왜 죽을 만큼 성공을 갈망했을까? 왜 일에 매달려 돈을 벌길 원했을까?

결국은 남으로부터의 배려와 사랑을 위해서였다. 가족을 위한다는 명분을 앞에 두고 있었지만 실제는 내가 살고 있는 이 시대에, 이 사회 속에서 그럴듯한 존재감으로 있고 싶어서였다. 더 큰 존재감에 항상 목말랐고 그것은 꿈이라는 이름으로 끊임없이 나를 흔들어 떠나게 했다.

그렇게 내 존재감의 확장을 위한 꿈을 찾아 길을 떠났다. 미국에서 새로운 일을 창업하고 성공의 열쇠를 찾는 일을 통해서, 아이들은 미국 의대나 법대에의 성공적인 진입 속에 내 꿈이 있다고 믿었다. 숨이 막히게 답답했던 마흔 즈음의 나에게는 발을 딛고 있는 현실 너머 저편에 꿈이라는 이름으로 그것들이 있었다. 한국을 떠나야 했고 바다 건너 미국 땅에 그것이 있다고 믿었다. 여행지로서의 미국과 살아내야 할 미국은 완전히 급이 다른 게임이라는 사실을 몰랐다. 쥐꼬리만 한 영어실력으로 사업을 하기에는 어림도 없는 곳이며, 영주권이 없으면 아이들의 의대 진학이 되지 않는다는 사실조차 난 몰랐었다. 그 모든 것을 알아가고 헤쳐가면서 고군분투했다.

길 위에서

누군가는 이만한 것을 이룬 것도 대단하다고 하지만 난 내 스스로에게 실패를 인정했다. 이곳에서 처음 몇 년간은 내 존재감을 인정받기에 충분했다. 조그만 아시안 여자가 겁 없이 일을 벌이고 있는 것을 보며 그곳에서 나서 자란 토착의 기득권을 가진 그들은 어느 순간 호기심을 버리고 가차 없는 경쟁 속으로 나와 내 사업을 끌고 들어갔다. 그리고 난 실패했다.

'전략의 요체는 무엇을 하지 않을지를 결정하는 것'이라는 유명 경제학자의 말을 무시하고 어설픈 지식으로 준비 없이 달려든 나의 완전한 패배였다.

지옥 같은 시간이 흘렀고 모든 것이 지나갔다. 내 상상 속의 꿈이 지금 어떤 모습으로 있는지를 보면서 나를 좌절하게 한 것은 현실이 아니라 바로 내가 믿던 꿈이라는 사실이었음을 알았다. 어떻게 그럴 수가 있었을까?

그리고 아이러니한 또 하나의 사실은 꿈을 쫓다 걸려 넘어진 내게 다시 일어날 든든한 버팀목이 되고 있는 것이 내가 떠나온 현실이고, 그곳을 지켜준 남편이라는 것이었다. 그는 지금 내가 다시 돌아갈 곳을 지켜주었고 떠난 그곳에서 다시 시작할 수 있는 발판이 되어주고 있음을 부인할 수가 없다.

꿈이라는 허상 앞에서 상처 받고 주저앉은 나를 다시 일으켜 세우는 것은 현실 속, 오래전 내가 답답함으로 떠나온 그곳의 단단함이다. 그곳에 가족이라는 이름으로 굳건히 발 딛고 선 나의 사람들이다. 그들의 손을 잡고 다시 일어날 힘을 얻으며 적어도 용감하게 나가서 겪은 이 실패 또한 자산이 되리라는 것, 새로운 도약을 위한 용기와 자신감의 근원이 되리라는 것을 믿는다. 왜냐하면 적어도 나는 온몸으로 그것들을 겪었기 때문이다.

"포기함으로써 좌절할 것인가, 저항함으로써 방어할 것인가,
도전함으로써 비약할 것인가,
다만 확실한 것은 보다 험난한 길이 남아있으리라는 예감이다."

― 박경리: 토지 ―

보다 험난한 길이 남아있으리라는 예감을 진즉에 했어야 했다. 그러나 마흔 살 즈음의 나에게 꿈이라는 단어는 너무나 몽환적이고 달콤했었다. 의욕과 투지에 불타던 오만방자했던 시도 속에서 내가 추구하는 그것이 험난하리라는 것을 미처 알지 못했다. 아니 인정하고 싶지 않았다.

의료관련 비즈니스에서의 성공을 꿈꾸며 뛰어든 세상은 의사

들의 세상과는 다른 극심한 이전투구의 세계였고, 그곳은 남을 이용해서 자신의 이익을 채우는 몰염치가 판을 치고 있는 약육강식의 세계였다. 맹수인 호랑이나 사자도 자신의 배가 부르면 더 이상 잡아먹지 않는데 사람들이 사업이라는 이름으로 진흙탕 싸움을 하는 곳은 모든 것을 잡아먹어 씨를 말려도 끝나지 않는 싸움판이었다. 상대가 죽어야 내가 사는 제로섬 게임의 장이었다.

그리고 내 속으로 낳은 아이들에 대한 순진한 기대는 또 어떠했던가.

이 아이들에게 세상의 최고를 주겠다는 이기적 사랑은 내가 가진 열등감에의 보상이었을 뿐이다. 아이들은 그들 스스로가 정해진 방향으로 성장했다. 옆에서 부모인 난 가지를 쳐주고, 바람을 막아주는 일로 족했는데, 딱 그만큼만 부모 노릇을 했으면 됐는데, 지나치게 많은 것을 거저 주어버린 그 바보 같은 사랑 때문에 아이들의 성숙을 지연시키는 멍청한 실수를 했음을 깨달았다. 나의 지나친 사랑으로 육체적, 정신적으로 과도하게 영양섭취하여 비만의 사춘기를 보냈던 청춘들이 이제는 멋진 몸매로, 생각과 뜻이 올바른 청년들로 성장해 있다.

조금만 더 부족하게 키웠다면 훨씬 더 일찍 키가 크고, 정신적으로 성숙했을 이들을 지나친 과보호의 그늘에 두는 실수를 범했다. 그들의 사춘기에 잠시 한눈을 팔고 옆길로 간 것도 따지고 보면 그들에 대한 내 '꿈'의 잘못된 판단이었을 것이다.

내 인생 과정에서 '진짜 꿈'이라는 미망을 좇아 마흔 살까지 그리도 악착같이 이루어놓은 안전한 현실을 떠나왔던 나는 이제야 알았다. 실패로 막을 내리고 꿈을 이루지 못한 것이 운이 없어서가 아니라 내가 떠나온 현실이 내 삶의 과정에서 최선이었기 때문일 거라는 깨달음이다. 그래서 지금 내 앞에 놓인 현실에 더할 수 없이 겸손하다. 남편은 이제야 철이 들었다고 한다. 머리가 굵어진 아들들은 사나운 세상에서 큰 부상 없이 돌아온 엄마의 용감한 기상만은 높이 사겠다고 위로한다.

꿈을 찾아 떠나라고 부추기는 세상. 현실에 발을 붙잡힌 채 차마 떠날 수 없는 사람들을 찌질하고 소심한 인간으로 몰아붙이는 세상에서 난 그들의 충동질에 고무되어 떠났고 그리고 알았다. 꿈에 대한 지나친 찬사와 몰입이 얼마나 허황된 것인지, 얼마나 뼈아픈 상처를 남기는지…….

길 위에서

우리들 안에서 꿈틀거리고 있는 질주 본능, 떠나고 싶은 욕망을 잠재우기가 쉽지 않다. 그러나 떠나보면 안다. 우리가 떠난 그곳이 얼마나 안전했는지를.

이제 나는 겸손한 마음으로 떠난 그곳으로 다시 돌아가 시작해야 한다는 것을 배운다.

우리가 더 이상 꿈을 꾸지 않는 것은 우리의 이상이 죽은 것이라고 말한다. 그러나 마음속에 열정을 품는 것은 꿈을 찾아 떠나는 무모함과는 다른 문제다. 열정과 끈기, 실력은 성공적인 꿈의 실현을 위한 필요조건이다. 그것으로 충분하지 않은 게 우리가 말하는 꿈이다. 충분조건은 플러스 알파를 필요로 한다. 그것은 운일 수도 있고 남다른 재능이나 획기적인 전략일 수도 있다.

하다못해 사진을 배우고, 어릴 적 소망이던 그림을 배우는 것도 어느 정도의 시간이 지나면 흥미의 한계를 드러내며 나에게 말을 건다.

'꿈이란 그대를 지진아, 열등아로 만드는 기술을 가지고 있다. 꿈을 찾아 현실을 떠날 때 그대는 실패자가 될 각오를 해야 할지 모른다. 그래서 꿈이다. 쉽게 이룰 수 있다면 우리는 그것을 꿈이라 부르지 않는다. 그러니 그대가 떠난 그곳에서, 현실에 발을 굳건히 딛고 다시 시작해라. 그 현실이 그대의 최선이다.'라고……

소소한 일상이
내게 말을 건다

집의 본채와 백 야드를 사이에 두고 독립된 건물로 지어진 차고는 지금의 집을 사게 한 중요한 동기가 되었었다. 회사 오피스에서 집으로 돌아와 나만의 독립된 공간이 필요했기에 그곳은 완벽한 조건을 갖추고 있었다.

문을 열면 백 년은 됨직한 코랄 나무가 잎이 무성하게 그늘을 만들고 그 아래엔 아이스버그 흰 장미들이 사계절 꽃을 피웠다. 집에 있으면서도 사무실이며 서재 역할을 하고, 때로는 사람들과의 미팅 장소로도 충분할 것 같았다. 바람대로 그곳을 완전 리모델링했다.

드라이 월을 치고 창문을 만들었다. 페인트를 칠하고 데스크와 그림, 인터넷 라인을 깔면서 차고는 멋진 오피스로 변신했다. 그곳에서 글을 쓰고 일도 하며 보낸 지 벌써 일 년이다. 정원에 새로 심은 오렌지 나무에선 꽃이 피어 향기를 내뿜고 그 앞에 옹기종기 핀 데이지 꽃들이 나의 하루를 밝게 한다.

길 위에서

　리버사이드 건물의 화려했던 사무실에는 미치지 못했지만 이 곳은 내게 실리콘 밸리의 가라지에서 기업을 일으킨 야후나 애플의 창업자들을 기억하게 한다. 리버사이드에서 보낸 지난 몇 해 그들에의 모방에 나를 뜨겁게 달구던 애송이 창업자의 미숙했던 순진함에 쓴웃음을 짓게 한다. 창업의 성공이 책에 있는 줄 알았었다.

　의욕과 열정만 앞세워 창업을 하면서 생전 처음 발을 디딘 적자생존의 세계에서 모르는 모든 정보들을 얻기 위해 기업경영에 대한 책들을 탐독하고 스티브 잡스의 책은 오디오에 담아 잠들 때까지 들었었다. 그들이 고민하던 창업가의 딜레마가 바로 나의 문제로 다가와 있을 때는 두려움 속에서 짜릿한 전율마저 느꼈었다.

　창업 시점을 고민하고, 혼자 할 건가 공동 창업을 할 건가, 누구와 함께할 건가, 함께 창업한 파트너와 어떻게 역할분담을 할 건가, 주식배분은 어떤 식으로 하며, 사업이 자리를 잡으면 언제 어떤 직원을 충원할 건가, 그리고 엔젤 투자를 받을 건가 벤처캐피탈을 유치할 건가, 마침내 언제 CEO에서 물러날 것인가 등…….

난 정말 창업가의 심정으로 그들을 흉내 냈었다. 제대로 된 창업을 하기 위해 이런 고민을 한다는 것 자체로 들떴던 난 정말 애송이였다.

> "창업가가 회사를 크게 키우고 싶다면 지나친 낙관이나 열정에 의존해서 쉽게 내리는 결정을 경계해야 한다. 수많은 선택의 기로에서 미래의 청사진을 그리고 결정해야 한다."
>
> – 노암 와서만 –

왜 난 그 많은 경영학 책들 속에서 노암 아서만의 말을 모든 것이 끝나고 실패한 다음에 만났을까? 지나치게 낙관했고 열정에만 의존해서 일을 벌였던 나는 실패할 수밖에 없었을 것이다. 매일매일 회의를 하면서 하면 된다고 최면을 걸고 쉴 틈 없이 사람을 만나는 것을 열정이라는 이름으로 미화한 채 실제 현실의 바닥에 가라앉아있는 문제들을 외면했다.

끊임없이 불거지는 자금력 문제, 같이 일을 하고 싶은 사람들은 정작 움직이지 않았고 위험을 내포한 사람들만 내 주변을 채웠다. 공동창업의 계약서류에는 정확한 엑시트를 명시하지 않은 게 화근이 되어 미셀과의 사업계획에선 시간과 돈을 잃어버렸다. 그리고 또다른 투자회사에서 요구하는 완벽한 사업계획서를 만드는 것은 내

능력 밖이었다. 엔젤 투자자를 갖기엔 내가 구상하는 요양병원 계획이 그리 매력적이 아닌 현실을 자각해야 했다. 참 많은 생각들이 내 홈 오피스에서 스쳐 지나갔다.

　이제 나는 못 이룬 한 조각의 꿈의 씨앗을 가라지를 개조한 홈 오피스 벽에 담쟁이와 함께 심었다. 세상에서 상처 받고 집의 안전한 둥지에서 새로운 꿈의 알을 품으면서 나는 매일 오피스 벽을 타고 올라가는 담쟁이들이 건네는 소소한 이야기를 들을 것이다.
　오늘 아침 한참 커가는 이파리들 사이에서 벌어지고 있는 경쟁을 보았다. 내 창문을 넘어서는 이파리가 있었고, 부단히 여닫히는 문을 피해 돌아가는 것도 있었다. 그것들이 나의 생각을 붙들었다. 아무런 의미도 없이 지나칠 이 작고 소소한 것이 내게 말을 걸었다.
　'넘을 것인가, 돌아갈 것인가.'

　그렇다. 우리들 일상에서 만나는 수많은 것들 속에서 어떤 것은 매우 도전적이며 갑자기 커다란 벽으로 우리 앞의 길을 가로 막는다. 그때마다 우리는 결정을 해야 하는 기로에 선다. 넘을 것인가 돌아갈 것인가…….
　어떤 것도 쉽게, 그냥 얻어지는 것은 없다. 넝쿨식물조차 창문이라는 장애물들을 넘어 결국 지붕 끝을 향해 올라간다. 하지만 때로 그것은 창을 가리는 단점 때문에 사람의 눈에 띄고 가위질을 당할 처지에 놓이기도 한다. 시야를 가리지 않으면서 돌아서 위로 올라가는 담쟁이는 그 아름다움으로 지지대를 놓아주는 나의 보살핌을 받는 행운을 누리기도 한다. 삶 속에서 만나는 이런 소소한 것조차 우리에게 주는 교훈이 크다. 모두들 세상의 장애물을 뛰어 넘으라고 도전심에 불타는 젊은 영혼들을 부추긴다. 하지만 때로는 돌아가야 맞는 길도 있음을 알았고, 그리고 우리들 수많은 사람들의 노력에도 불구하고 성공한 소수에 의해 세상이 바뀌어 감을 나는 배웠다.

"저것은 어쩔 수 없는 벽이라고 우리가 느낄 때
그때 담쟁이는 말없이 그 벽을 오른다.
물 한 방울 없고 씨앗 한 톨 살아남을 수 없는 저것은
절망의 벽이라고 말할 때
담쟁이는 서두르지 않고 앞으로 나아간다.
한 뼘이라도 함께 손을 잡고 올라간다.
푸르게 절망을 다 덮을 때까지
바로 그 절망을 잡고 놓지 않는다.
저것은 넘을 수 없는 벽이라고 고개를 떨구고 있을 때
담쟁이 하나는
담쟁이 잎 수천 개를 이끌고 결국 그 벽을 넘는다."

— 도종환: 담쟁이 —

담쟁이 하나가 수천의 담쟁이 잎을 이끌고 결국 그 벽을 넘는다.
왈칵 눈물마저 쏟아지려 한다. 울컥하는 뜨거운 덩어리가 목구멍을 넘어온다.
식물조차도 자신이 넘을 것인지 돌아갈 것인지를 안다. 열정이라는 이름으로 돌아가길 거부하던 젊음이 어느새 늙어 돌아감의 미

길 위에서

학을 하찮은 담쟁이에게서 배우고 있다. 슬프지만 무모한 열정에 안녕을 고해야 하는 시간을 지나고 있다. '열정아, 슬프지만 안녕!' 이다.

넘을 수 없을 것 같은 벽 앞에서조차 담쟁이 하나가 수천의 담쟁이 잎을 이끌고 벽을 넘고 있다. 앞을 개척해 가는 그 한 잎은 넘을 것인가 돌아갈 것인가를 결정하고 있고, 그 뒤를 수천의 이파리가 따른다. 어찌하면 앞을 이끄는 담쟁이 하나가 될 수 있을까가 지금까지의 내 인생을 이끈 화두였다. 어떤 의미로 이 세상을 왔다간 흔적을 남길 것인지를 고민했다.

보이지 않는 경계를 넘어서야 하는 것. 그래야 비로소 보편적이고 자유로워진다는 가르침이기도 했다. 앞장서서 벽을 넘는 그 이파리 하나는 그랬을 것이다. 경계를 넘어섰기에 지금 위로 향해 가고 있을 것이다. 그래서 자유를 느낄 것이다.

내 집의 가라지에서 만나는 소소한 일상이 말을 건다. 경계를 넘어서라고 한다. 그래야 자유로워진다고 한다.

우리들의 삶 속에 존재하는 수많은 족쇄들이 우리를 옭아매고 그 속에서 우리는 불행하고 고독하다. 그런데 벽을 넘어서는 담쟁이가 말을 한다. 사슬이면서 넘을 수 없는 벽으로 있던 그 모든 것들을 넘어서면 마침내 자유로우리라고. 그리고 그 사슬 안에서 위안을 얻으라 한다. 그래야 마침내는 넘어설 수 있다고 한다.

안녕을 고한 내 젊은 날의 열정 뒤에 찾아온 또 다른 의미의 뜨거움. 일상 속의 사소한 것들이 가르쳐준 그것을 난 다시 열정이라고 부르고 있다.

우리는 눈으로 무엇이든 보지만 눈 자체는 볼 수 없다. 그것이 우리 속에 있는 진짜 신을, 열망을, 볼 수 없는 이유일 것이다. 일 상 속에 녹아든 현상 속에서 내가 정작 보지 못했던 진실을 대면한다. 뭉클하고 울컥한 뜨거움이 솟는다.

길 위에서

인간이라는 존재는
어쩔 수 없이 외롭다

　사랑 자체는 우리를 살게 하는 삶의 원동력이지만 그것이 갖고 있는 관계가 우리를 힘들게 한다. 사랑받고 빠지고 싶은 열망 속에 존재하는 관계의 문제가 우리의 가슴을 후벼 판다. 외로움의 문제는 영원한 숙제다. 사랑이라는 이름으로밖에 극복할 수 없는 이것을 젊었던 나는 너무 쉽게 생각했다. 사랑은 언제나 내가 원하기만 하면 손이 닿는 곳에 있다고 믿었기에 그 앞에서 자만했었다. 그런데 문제는 그것이 상대가 있는 관계의 문제라는 것을 간과했다.

　사랑이 갖는 관계에서 오는 갈등이 홀로 있는 외로움보다 아픈 게 현실이다. 그리고 지금 난 안다. 그럼에도 불구하고 사랑처럼 날 끊임없이 미치게 하던 강렬한 욕망은 없었음을. 우리를 외롭게 하고 속을 후벼 파는 아픔을 주는 관계는 비단 사랑만이 아니다. 학교를 졸업하고 사회에 나와 일을 하면서 부딪쳐야 하는 사람들에게서 받는 관계의 뒤틀림은 또 어떠했던가. 꿈이나 성공이라는 이름 앞에 그것들은 필연코 극복해야 할 장벽이었다.

어쩔 수 없이 외로운 게 인간이라는 것을 알게 된 지금 사랑이라는 욕망으로 지배되던 내 지나간 젊은 날의 방황이 아쉽다. 홀로 있는 게 싫어서 친구들에 휩싸여, 언제나 사람들 속에 있기를 원했다. 그러면서도 채워지지 않던 허기짐과 외로움을 감당하기 어려워 힘들어했다. '군중 속의 고독'을 이야기하며 철학자 연하던 그 유치함마저도 아름답게 여겨지는 것을 보면 나 또한 어느새 나이가 들어가는 것을 느낀다.

내 안에서 부단히 나를 괴롭히던 외로움, 열등감, 성공에의 갈망 등 그 모든 헛된 것들을 버리지 못한 채 상처받으며 여기까지 왔다.

이제는 내 안에 영원히 극복할 수 없는 것으로 있는 고독과 평화롭게 공존해야 함을 안다. 인간 자체가 본디 외로운 존재인데 어디에서, 누구에게서, 내 허기진 외로운 구석을 채울 것을 기대했단 말인가. 내가 결정하고 홀로 책임질 수밖에 없는 삶의 모든 일들 속에서 누군가 내 부족한 구멍을 채워주리라는 허황된 꿈을 꾸던 것을 버리려 한다. 그래야 내 안의 적인 외로움과 평화로운 공존이 가능하다.

그러나 아이러니하게도 '인간은 어쩔 수 없이 외로운 거야.'라고 말하자 내 안에서 갑자기 꿈이, 사랑이, 죽어가는 소리가 들린다. 내 감성 속에 미세하게 살아 움직이며 나를 앞으로 나아가게 하던 내 '존재 의미의 역린'을 건드리는 소리를 듣는다.

길 위에서

내 안의 꿈이, 사랑이 죽고 무엇으로 삶을 살 것인가를 묻는다. 가슴을 후벼 파는 아픔을 동반한 관계에서 오는 상처가 무서워 물러서자 외로움이라는 다른 괴물이 입을 벌리고 기다린다. 어쩔 수 없이 외로운 존재임을 인정한다면 목숨을 다해 매달리던 사랑이 무어 그리 대수던가.

하지만 사랑 없이 어떻게 고단하고 외로운 인생길을 갈까 이 나이에도 겁이 난다. 사랑과 외로움은 분리할 수 없는 샴쌍둥이의 모습으로 우리의 삶에 녹아 있다.

꿈을 이루고 사랑을 하려면 나보다 더, 적어도 나만큼 나를 이해하는 사람이 필요했다. 사랑이라는 이름으로, 같은 꿈을 향해 나가는 두 사람, 상상만으로도 우리의 가슴을 방망이 치게 만들던 그

뜨거운 열정의 요체. 모든 사업의 성공도 결국은 누구를 옆에 두는 가로 결정됐다. 그런데 그 중요한 상대들만큼 나를 외롭게 하고 사업의 장애물이 된 것이 없었다.

이제는 어쩔 수 없이 외로운 존재임을 인정하자 사랑이, 성공을 향한 질주의 본능이 움츠러들고 죽어버리는 것을 본다. 그래도 좋은가? 외로운 존재니 상처 받지 말라는 자기 합리화적인 위로가 내 존재 의미였던 열정의 본질을, 자존감의 역린을 건드린다. 그래도 좋은가?

날 미치게 했던 성공에의 꿈을 포기하고, 그것 없이는 살 수 없을 것 같던 사랑조차 지우며, 어쩔 수없이 홀로 일을 만들다 포기하고, 무의미한 사랑 놀음을 그만두고 난 뒤의 외로운 존재로 삶을 마감하는 게 옳은가?

아직 버리지 못한 오래된 아집이 사랑이라는 이름으로, 꿈이라는 가면을 쓰고, 내게 묻는다. 그것은 사랑의 비틀린 관계로 받는 상처만큼 아프다.

우리를 뜨겁게 하는 것들의 바탕은 모두 우리가 홀로가 아니며 인간의 본질이 결코 외로운 게 아니라는 가정 속에 존재한다. 우리는 그것을 젊음이라는 찬란한 시간 속에서 세상을 향해 사랑과 꿈을 찾아 길을 떠났다. 젊음들의 뜨거운 세상. 그곳에서는 길을 잃어도 좋았고, 길을 잃고 헤매는 그것조차도 젊음이라는 이름으로 용서되고 충분히 아름다웠다.

그런데 나이가 들자 젊음의 광채가 빛을 잃고 우리의 허름한 자존이 적나라한 모습으로 우리 앞에 왔다. 우리가 꿈이라 부르던 그 것이 욕심으로, 사랑이라 부르던 그것이 누더기 같은 초라한 모습 으로, 때로는 순리에 반한 것이라는 추한 모습으로 다가와 있다. 외 롭다고 호소하자 그것은 덜떨어진 노망으로 취급된다. 그러면서 강 요된 진실을 받아들인다. 인간이라는 존재가 본디 외로운 것이라 는…….

하지만 어쩔 수 없이 외로운 존재였기에 성공하고 싶은 욕망을 버릴 수 없었음을, 사랑이 미망인 줄 알면서도 불나비처럼 그곳에 뛰어들지 않을 수 없었다고 변명을 한다. 지금은 욕망이라는 이름 의 누더기를 걸친 우리들의 꿈도 한때는 빛나는 열정이었다고 말하 고 싶어 한다.

진심으로 알길 원하지 않던 인생의 불편한 진실이 내게 조곤조 곤 말을 한다. 받아들이라, 인간은 어쩔 수 없이 외로운 존재다. 그 러니 꿈의 이름으로 욕망을, 사랑이라는 미망으로 그대의 정신을 혼미하게 하지 말라고 한다. 하지만 이 말은 어떤가.

> "인간은 욕망으로 빚어진 생명체다.
> 욕망이 있어서 숙명이 있고, 숙명이 있어서 할 일이 있게 된다.
> 그리고 할 일이 있기에 비로소 인간다워지는 것이다."
>
> – 우파니샤드 –

젊은 날 꿈이라 불리던 우리들의 욕망이지만 그것 때문에 우리 는 숙명적으로 할 일을 찾을 수 있었다. 성공하고 싶어서 밤을 새워 공부를 하고 일을 하던 우리는 외롭고 힘들어서 진저리를 쳤었다. 그리고 사랑이라는 이름으로 사람을 만나고 가족을 만들었다.

그러면서도 여전히 외로웠지만 그래도 세상이 무너져도 단 한 명으로 내 옆에 있을 존재가 가족이라는 믿음으로 살아남았고 훨씬 성숙한 인간의 모습으로 이곳까지 올 수 있었다.

여전히 우리의 외로움은 떠나지 않고 우리를 짓누르고 있고, 각자의 이기심의 감옥에 갇힌 우리들의 사랑이 상처 받고 신음하고 있지만 이곳까지 온 우리 앞의 생은 그래도 살 만하다.

인간이라는 존재는 어쩔 수 없이 외롭다는 것을 젊음이 알아야 할 필요는 없다. 일부러 알려 하지 않아도 알게 되는 숙명과 같은 진실이기에 그들에게 미리 알리고 싶지 않다.

아직은 젊은 모든 이들에게, 가슴을 후벼 파는 관계의 아픔을 기꺼이 감당할 용기가 남아있는 이들에게 말하고 싶다.

마음껏 사랑하라, 꿈을 좇으라, 그대의 욕망이 이끄는 일에 몰입하여 무언가를 이루라.

그래야 숙명처럼 다가온 평생의 할 일을 찾을 수 있고 그곳에서 성공을 만난다. 사랑과 성공은 관계의 아픔을 피해 얻어질 수 있는 게 아니다. 사랑 속에 있어도 때때로 외롭고, 성공적인 야망의 길 위에서도 끊임없이 우리를 힘들게 하는 것은 홀로 결정해야 하는 순간 만나게 되는 절대적인 고독감이다.

그 길 위에서 넘어지고 깨져 실패한 때, 도저히 새로운 시작을 할 수 없는 그때, 사람들로부터 받은 상처가 너무 깊어 진실로 위안이 필요할 때 그때 기억하라. 인간은 본디 외로운 존재임을……

　힘이 될 것임을 믿는다. 지금의 나처럼 넘어져 깨진 무르팍에 피가 섞인 먼지를 툭툭 털고 다시 일어날 힘을 얻을 수 있음을 믿는다.

나, 어제 너와 같았고
너, 내일 나와 같으리라

어느 묘지의 묘비명이다. 이 한 줄에 정신을 놓고 잠시 멍하니 있었다.

내일을 꿈꾸는 청춘들에게 어제를 살아버린 난 이미 지나간 세대다. 인생에 마침표를 찍을 날이 그들을 앞질러 내게로 올 것임을 안다. 하지만 버릴 수 없는 생에의 집착이 내 속에서 악마의 속삭임보다 더 끈질기게 나를 유혹하고 있다.

'나이는 숫자일 뿐이야, 주눅 들지 마.', '너의 인생은 아직도 치열한 현재진행형이야. 포기하지 말아야 근사한 인생을 살 수 있어.', '보다 독립적일 것, 보다 씩씩하고 세련될 것.'

나에게 주는 주문에는 끝이 없다. 그것은 현실 속의 내가 나이가 들어가고, 저항할 힘을 잃고, 삶에 대한 치열한 전의와 전략마저 부실한 탓이다.

길 위에서

어제 내가 꿈꾸던 그것들이 오늘 내 앞에 깨어진 채 나뒹굴고 있다. 산산이 부서진 꿈의 조각들을 퍼즐처럼 끼워 맞추며 다시 날 수 있을 거라 믿고 있지만 사실은 자신이 없다. 그래서 흘러간 세대를 모른 척하는 오늘의 젊음들에게 '너, 내일 나와 같을 거야'라는 말로 협박을 한다. 내가 신발 끈을 다시 동여맨다고 젊은 그들과 경쟁하여 그들의 자리를 빼앗고자 함은 추호도 없다. 공존하며 윈-윈할 방법을 찾고자 한다. 그들에게 인생을 먼저 산 사람으로서의 멘토가, 롤 모델이 되길 소망할 순 있지 않겠는가. 그러니 날 몰아내지 말라는 간절함일 것이다.

세련되고 섹시한 생존기술을 가져야 젊은 그들과 어울릴 수 있음을 안다. 늙은 티를 내며 조언을 가장한 잔소리만 늘어놓는다면 누가 반기랴. 그들의 언어로 소통해야 하는 것은 비단 정치를 하는 사람만이 필요한 것은 아니다. 소설가 이외수 씨가 '존버 정신'을 들고 나왔다. '존나게 버텨라'란다. 어렵고 힘들다고 고민하는 어린 청춘들에겐 고상한 척하고, 학자연하는 언어는 웃기는 가식인 게 현실이다. '존나게 버텨라'에서 젊은 청춘들은 비로소 멘토의 말로 받아들이는 모양이다.

삶의 모든 곳에 존재하는 파워게임의 역학관계에서 희생양이 되길 원치 않는다면 왜 내가 그들에게 필요한지, 어떤 이해관계로 젊음들과 있는지를 파악해야 한다. 그것이 보다 세련된 삶의 기술이고 나이 든 나의 전략일 수밖에 없다. 나이 들었다고 지레 겁을 먹고, 아니면 허울뿐인 체면 때문에, 그들 속에 끼어 일을 하려는 누추함이 싫다고 도망치려 하는 나약한 나를 붙들어야 한다. 차라리 젊음들의 무모하리만치 용감한 패기 앞에서 도망칠 수밖에 없다면 도망치기 전에 해 볼 수 있는 것은 모두 해야 하는 게 삼십육계 줄행랑의 전법이다. 은퇴라는 이름으로 조용히 뒤로 물러나기 전에 할 수 있는 모든 것을 해보자. 그리고 그들의 멘토로서 나를 필요로 하는 접점에서 그들과 만나고 싶다. 그들이 주역인 세상에서의 나의 존재가치는 보다 더 세련되게, 보다 더 섹시하게, 그들의 언어와 생각으로 다가가서 입지를 다지는 시대적 역발상과 혁신적 사고를 가져야만 가능한 일이다.

너, 내일 나와 같으리라……. 내가 무시한 삶의 선배들이 내게 한 말이었다.

슬로우 푸드가 유행하듯이 지금의 내 인생 행보는 천천히 걷고 조금 느리게 살아야 할 것 같다. 살날이 많지 않기에 서두르는 게 아니라 그럴수록 천천히…….

젊은 날 나는 항상 시간에 금을 그어놓고 스케줄에 맞추어 살지 않으면 불안했다. 그리고 그것은 나이 든 지금까지도 내 일상의 전반을 지배하고 있어서 바쁘지 않으면 불안한 이상한 증후군마저 앓고 있다.

지금 나는 안다.

끈기 있게 포기하지 않고 다시 도약하려면 예전과 다른 방법으로만이 가능하다는 것을.

나를 지배하고 있던 많은 쓸데없는 생각들로부터 자유로워야 한다. 바삐 앞만 보며 달려오면서 수없이 지나친 것들 속엔 내가 미처 사랑하지 못한 것들, 관심을 두지 못한 많은 것들이 길 위에 버려져 있음을 안다.

"나는 서두르고 싶지 않다. 서두름은 20세기를 살아가는 사람들의 마음을 좀먹는 독약이다. 무언가를 재촉하고 서둔다는 것은 그것에 더 이상 관심이 없다는 것이다. 다른 것에 눈을 돌리고 싶다는 것이다."

— 로버트 퍼시 —

나 혼자만이 아니었던 모양이다.

성마르게 앞으로 나아가기만을 바라던 조급함과, 시작과 동시에 언제나 끝을 준비하던 나는 마치 내일 죽을 사람처럼 서둘렀다. 그래서 실수를 했고 절대 놓치지 말아야 할 가치를 잃기도 했다. 나이가 주는 교훈은 그동안의 서두름으로 얻은 것들이 알맹이가 빠진 것임을 알게 했다.

천천히 그러나 세련되게, 좀 더 독립적으로, 씩씩하기를 소망한다.

나, 어제 너와 같았다……. 성마른 젊음들을 보며 매번 어제의 나를 본다. 사랑과 성공을 한 번에 빨리 갖고 싶어 안달을 하던 어제의 나를 만난다.

무엇이든 갖고 싶던 그때 나를 지배하던 꿈, 성공에 미치도록 목이 말랐고 성급했다. 모든 길은 로마로 통한다 했던가? 젊은 시절의 우리 삶의 모든 길은 사랑으로 향해 있었다. 그리고 그 사랑은

길 위에서

젊었던 우리에게 성과 결혼이라는 역학관계 속에 존재했다.

지금을 살고 있는 혈기왕성한 젊은 아들들을 보며 그때의 나를 반추한다. 그리고 사랑 때문에 아파하는 젊음들과 안정된 기반 위에 시작해야 할 결혼 때문에 고민하는 그들을 보면서 그때는 몰랐던 것을 나는 지금은 안다.

사랑은 언제나 관계에 기초를 두었고, 성은 젊음에게 본능이었으며, 결혼은 현실을 기반으로 각기 다르게 살아 움직이는 생물들이었는데, 나는 그 셋을 하나라고 생각했고 완전한 그것을 갖길 원했다. 그들은 각기 다른 살아있는 생물로 움직이고 있었는데 젊었던 나는 사랑, 성, 결혼의 완전한 삼위일체를 원했다. 그리고 그 꿈이 얼마나 어린 생각이었는지를 지금은 안다.

일도 마찬가지였다. 하나를 이루면 그 다음 것을 하기 위해 그 동안 심혈을 기울인 그것을 버리고 뒤도 돌아보지 않고 떠났다. 언제나 넘어야 할 산이 앞에 있었고, 극복해야 할 도전들이 있어서 서두르지 않으면 뒤처진다는 강박증이 나를 몰아 세웠다. 시간이 없었다.

그리고 갖고 싶어 했던 그것을 손에 넣는 순간부터 그것은 갑자기 관심이 없어졌다. 일도, 사랑도, 성공도, 그 모든 것이 그랬다. 달리면 달릴수록 더 배가 고파서 허전했다. 그렇게 나이를 먹고 오늘 이곳에 있다. 그러자 갈 길이 바쁜 청춘들이 길을 비키라고 한다.

우리는 지는 태양일 뿐이다.

앞을 향해 질주하는 젊음들에게 길을 비켜주면서 천천히 가자며 나를 위로한다. 내 속엔 아직도 질주 본능이 남아있는데, 발걸음을 붙드는 나이가 생경하다.

질주해 달려온 인생길에서 내가 놓친 것들을 하나하나 찾아볼 시간이다. 천천히 걸음을 늦추고 내가 관심을 두지 못했던 일들과 사람들 속에 아직도 성공이, 사랑이 있으리라 믿는다. 그것은 세련되고 섹시하게 천천히 접근해야 한다.

발걸음을 늦추고 천천히 가자고 나를 다독인다.

전속력으로 달려가는 젊음들에게 길의 중앙을 내주고 갓길로 들어선 나이다.

내가 기성세대라 몰아붙이며 안일한 타협 속에서 삶을 이어가는 우리들 부모들을 무시할 때 그들은 내가 부모가 되면 알 것이라 했었다. 천천히 걸어가는 그들의 야망이 죽어버린 삶을 경멸했었다. 그들이 내게 말했었다. '너, 내일 나와 같으리라'고…….

맞다. 나, 지금 그들이 알았던 삶의 지혜를 배우고 있다. 천천히, 걸음을 늦추라며 내 속의 미친 질주 본능의 고삐를 잡아채고 있다. 내가 꿈을 찾아 질주하던 길은 지금 내 것이 아님을 안다.

하지만 돌이켜 보면 어디에도 나만을 위한 길은 없었다. 그러나 고민하며 꿈을 부여잡고 뛰어가면 길은 만들어지는 것임을 경험으로 배웠다. 그것은 또 다른 나를 일깨운다. 천천히 걸어가며 내 존재감이 묻어나는 길을 만들면 그 길을 내 인생의 후배들인 우리 아이들이 달릴 것이다. 그리고 영특한 그들은 조만간 인생길의 중앙

길 위에서

에서 밀려난 나의 회한을 알 것이다.

때때로 한 줄의 글이 온종일 의식을 붙들고 놓지 않는다. 그게
오늘이다.

'나, 어제 너와 같았고, 너, 내일 나와 같으리라.'
두려운 말이다.

절실한 희망의
스토리를 위하여

　머리를 비우면 그 텅 빈 공간에 채워질 새로운 생각들과 그것을 위한 창조적 에너지가 나오지 않을까? 몇날 며칠을 마음을 비우기 위해 노력했다. 그도 안 돼서 또다시 바람처럼 킹스 캐니언 그 깊은 산속으로 캠핑을 갔다 왔다. 그러자 마음속이 한결 비워지고 그로 인해 인생을 받아들이는 나의 태도에 겸손함 또한 생긴 듯하다.

　왜 나에겐 피하고 싶던 재수 없는 일들이 일어나서 나의 꿈을 한 방에 가게 했는지, 진정으로 원치 않은 일이 꼬리를 물고 일어나는 머피의 법칙이 나를 노리고 있었던 건가 하는 의심을 떨치지 못하고 있었다. 그러나 바람처럼 다녀온 그곳에서 모든 것이 결국은 머리마저 뜨거워 기회를 잃어버린 나의 문제라는 것을 알았다. 주변에서는 내 인생 후반기에 낀 3재 때문이라며 위로했지만 새로운 의미의 3재인 재주·재수·재미까지 없는 나에게 실패는 예견된 것이었는지도 모른다.

사실 그 모든 것을 만든 것은 나의 미숙한 열정과 조급증이었다. 빨리빨리 성공해야 했고, 돈을 벌어야 했으며, 남보다 늦으면 미칠 것 같았던 조급증이, 피하고 싶었던 운 나쁜 일들을 내 인생으로 끌어들였다. 그리고 난 손쉬운 자기 합리화의 방법으로 머피의 법칙을 탓했다.

그러나 소심한 자의 조급증이 스트레스에 대한 저항지수를 낮추고 작은 스트레스에도 크게 반응하면서 내 조급증은 과부하를 일으켜 결국은 일을 망치고 희망을 뭉개버렸음을 부인할 수는 없다.

'머리는 차게 가슴은 뜨겁게'라는 말을 알면서도 머리도, 가슴도 뜨겁기만 했던 시간들. 그러니 무엇을 하고 싶은지는 알았는데 어떻게 해야 실패하지 않는지는 몰랐다.

"경영의 성과는 문제를 해결함으로써가 아니라 수많은 기회를 이용함으로써 얻어진다."

경제학자 피터 드러커의 말을 난 피부로 체험했다.

창업을 하는 순간부터 닥치는 수많은 난제들을 어떻게 해결해야 하나를 두고 많은 밤들을 지새웠다. 언제나 괴물처럼 입을 벌리고 있는 재정적 곤란은 많은 현금을 은행 세이빙에 가지고 있다고 줄어들지 않았다. 환자를 끌어오기 위한 마케팅의 문제는 SNS나 인터넷 포털사이트에 광고를 내고 에이전시를 고용한다고 만족스럽게 해결되진 않았다. 그리고 지나고 나서야 알았다. 문제를 해결한다고 골똘한 나머지 보지 못하고 지나친 수많은 기회들 속에 성공요소들이 있었음을…….

머리를 차게 하고 그 기회들을 이용할 줄 알았어야 한다. 나는 가슴만 뜨거워서 열정만 앞섰지 어찌하면 실패하지 않는지를 보지 않았다.

감성만 작동하고 이성이 마비되어 있던 지난 시간들을 지나 지금 이렇게 여기에 있다.

감성은 어떻게 선택할지를 판단하고 이성은 어떻게 얻을 것인가를 결정하는데 언제나 뜨거운 감성이 나를 지배한 시간들이었다. 어떻게 원하는 것을 얻을 것인가, 선택에의 결정과 추진력의 요체인 차가운 이성이 내게 결여되어 있었음을 인정한다.

다시 인생의 길 위에 서면서 절실한 희망의 스토리를 차가운 이성으로, 머리를 비워내는 과정을 거쳐 쓰고 싶어 한다. 뼈아픈 자기 반성은 마음을 비우기 전에 머리를 먼저 비웠어야 한다는 것이다.

일을 사랑처럼 감성에 매달려 하고, 과부하된 열정으로 머리마저 뜨겁게 달구어져 마비된 이성이 냉정함을 잃은 것이다. 그래서 피하고 싶었던 재수 없는 일들이 연속적으로 나를 괴롭히는 머피의 게임에 휘둘리고 말았다.

이제 머리를 비우고 현실에 바탕을 둔 희망의 스토리를 쓸 준비를 해야 한다. 그것이 나이가 들어가는 것을 염려하며 젊음을 흉내 내는 열정보다 우선될 일이다. 내 인생의 스토리텔링은 냉정한 이성을 바탕으로 현실을 파악하고 치밀한 전략 위에서 시작하는 이제부터라는 것을 잊지 말자. 전의만 있고 전략이 없는 무모한 도전은 안 된다.

길 위에서

누군가 꿈은 '긍정적인 착각'이라고 했다. 희망도 꿈처럼 우리들 생의 원동력이며, 우리들 삶을 앞으로 나아가게 하는 기적의 에너지원이다. 이루어질 수 없는 꿈조차도, 감히 가슴에 품을 수 있음으로 우리는 행복하다. 언제나 꿈을 향한 나의 희망은 명품의 이미지로 다가와 있다. 세련되고 섹시한 명품 이미지의 미래의 삶을 나는 갈망한다. 원래 명품이란 그 물건 자체보다는 우리들 기억 속에 각인된 이미지를 사는 게 아니던가. 이 세련된 미래를 향한 희망이 주는 행복감, 그것을 사기 위해 기꺼이 우리들은 비싼 대가를 지불하기를 원한다.

그 속에서 몇 번을 실패했든 상관없이 우리는 여전히 희망의 스토리를 갈망한다. 명품의 삶으로 우리들의 기억 속에 각인된 희망의 이미지는 그처럼 중독성이 강하다.

비록 허상이 양념처럼 버무려진 꿈이라한들, 불가능한 요소들이 군데군데 박힌 희망인들, 그것들은 여전히 우리를 뜨겁게 달구는 기적의 에너지원이다. 꿈과 희망이 내 감성을 달구는 젊음의 시절의 시행착오를 뚫고 이곳까지 왔다면 지금은 머리를 비운 이성의 차가움으로 새로운 꿈과 희망의 스토리를 쓸 시간이다. 이젠 무엇을 하고 싶은지의 감성이 지배하는 선택의 문제가 아니라, 하고 싶은 것을 위해 어떻게 하겠다는 이성이 지배하는 결단의 문제만이 남아 있을 뿐이다.

의과대학 시절 그 많은 공부에 짓눌릴 때, 매일매일 새로운 과목의 시험을 보며 살아야 할 때 가능한 한 빨리 지난 시험으로 꽉 찬 머리를 어떻게 비우고 새로운 과목의 시험범위에 더 빨리 집중

하는가가 관건이었다. 새로운 시험이 닥칠 때마다 최고의 성적을 올리는 방법은 시험 직전에 머리를 최대한 비우는 것이었다. 최고 점수에 대한 기대는 머리를 얼마나 빨리 효율적으로 비워내어 백지 상태를 만들어 새로운 정보를 방대하게 구겨 넣는가에 달렸었다.

비우면서 집중하는 것. 그것을 한동안 잊고 있었다. 마음을 비워야 얻을 수 있는 것, 머리를 비워야 최대로 집중할 수 있는 것들을 잊고 살았다. 우리들은 주입식 교육방법의 역효과로 창의성을 잃었다. 그러나 분명한 것은 기존에 많은 선구자들이 정립하고 밝혀낸 지식은 알아야 그다음의 창의성 발현이 가능한 것이고 그 시기의 우리는 학문적 토양을 이룰 기본적인 지식의 습득에 시간을 투자해야 하는 것. 그것은 당연한 일이었다.

지금 우리가 부르는 역발상의 지혜라는 것들이 사실 오래된 진실들 속에, 우리가 잊어버린 것들이다. 삶에 대한 지혜의 보석에 먼지가 쌓이고 때가 끼면서 어느새 진부한 일상들이 우리의 삶을 지배한다. 그 속에서 우리들의 희망도, 꿈도 진부한 공부처럼 빛을 잃었다. 모두가 믿고 있는 고정관념의 틀에 우리의 희망을 가두었다. 이제 그것을 깨지 않으면 새로운 희망의 스토리를 쓸 수 없는 시간을 살고 있다.

노인들을 생산성 저하의 주범으로 몰고, 사회 복지자금을 축내는 원흉으로 몰아 사회의 기생충 취급을 하는 시대다. 젊은 그들도 조만간 나이 들 것임을 알면서도 지금 당장 그들의 일자리를 잡고

길 위에서

있는 나이 든 기성세대는 물러가라고 한다. 그러나 이런 시대적 고정관념이 오류일지 모른다는 것을 잊고 있다.

지금 일본에서는 오히려 고령인구에서 경제의 성장 동력을 찾는 희망의 스토리를 쓰고 있다고 하지 않던가. 실버산업을 통해 일자리를 늘리고 노년층의 부를 청년층에 이전시키겠다는 역발상의 지혜는 사실 오래전 인간들 세상의 진리였다. 누구도 나이든 부모를 공경하지 않을 수 없던 시대가 있었다. 부모의 부가 자식들에게로 전수되고 젊음들에게 절대적인 권위를 갖던 시대가 있었다. 잊힌 그것을 새로운 시대에 거꾸로 찾아 사회 문제의 해결책으로 새로운 희망의 스토리를 쓰는 사회가 있다.

우리가 지금 절실하게 원하는 희망의 스토리도 이렇게 올 것이다.

차가운 이성으로 어떻게 할 것인가를 결정하고, 결단을 내려 행할 때 현실화된다. 실천이 없는 생각만으로 이루어지는 것은 없다.

진부한 것들 속에 매몰된 진리들을 역발상이라는 기법을 이용해 끄집어내어 현실에 적응시키는 것도 새로운 창의성이다. 절실한 희망의 스토리를 위해 우리가 그동안 옳다고 믿었던 것들을 머리로, 냉정하게, 뒤집어 생각해 보는 것도 나쁘지 않은 방법이다.

감성으로 지배되는 열정을 가슴에 품되, 일의 실행은 철저히 냉정해야 머피의 법칙으로부터 자유로울 수 있다. 머리를 비워내고 가슴을 바람에 식히니 새로운 희망에 대한 지혜가 보인다.

물은 99도가 될 때까지
끓지 않는다

누가 있어 이 징그러운 세상을 사는 외로움을 같이 할까.

징글맞게 외로움이 떨어지지 않을 때가 있다. 무엇을 해도 소용이 없을 때가 있다.

오늘이 그랬다. 외로워서 걷고, 머리 큰 자식들의 무관심이 괜히 억울해서 걷고, 쓸데없는 잡념으로 가득 찬 머리를 비우기 위해 걸었다.

그리고 전화가 울렸다.

"당신 오는 데 아파트 수리 들어갔어. 우리 나이에 전원주택도 필요하니까 한 곳에 정말 좋은 곳이 있는데 살까? 바로 옆에 계곡물도 있고 잔디도 가꾸어져 있는 좋은 집이야. 당신 글쓰기도 좋아."

마음 둘 곳 없는 이 세상에 아직 날 생각하는 남자 하나, 남편이 있었다.

모든 것이 가까이 있어서 마음만 먹으면 콘서트며 영화며 즐길 것이 즐비한 이곳 어바인에 있으면서도 거머리처럼 붙어 떨어지지 않는 외로움 때문에 '징그럽게 외로운 인생'을 불평하며 거의 울기 직전이었다. 그런 오늘의 내게 지구 반대편 한국에 있는 남편의 존재가 나를 위로한다. 부모가 무능하여 짐이 되면 자식은 고려장 형식으로 부모를 내다 버릴 수 있지만 같이 늙어가는 부부는 절대로 서로를 버리지 못한다는 말이 문득 떠오른다.

"그래, 부부밖에 없다. 요즘 왜 부쩍 쉽게 화나고 마음이 좁아지는지 모르겠어. 늙는 모양이야. 소소하고 하찮은 것들에 집착해서 마음을 다치는 멍청한 짓을 하니 말이야. 애들이 나랑 함께 레이크에서 열리는 콘서트에 가지 않는다고 혼자 화가 나서 있었는데 이제 좀 위로가 돼. 우리 자식이니 욕 좀 해야겠다. 다 소용없는 나쁜 놈들이야. 조만간 누군가의 남자로, 남편으로 되어 우릴 모른 체하겠지?"

참 어리석게도 징징거렸다.

인간이 본래부터 외로운 존재라는 것을 알면서도 끊임없이 사람에 대한 기대를 버리지 못하는 이것은 나에게 고질병이 된 듯하다. 외로움은 나를 내면의 가장 어두운 밑바닥에 묶어두고 있다. 그것은 나의 열등감, 나약함, 냉정함에 연결되어 있다. 내 외로움 때문에 나약함을 느끼고 그것을 감추기 위해 냉정함의 가면을 쓰는 게 나다.

"아직 전원주택이 필요할 정도로 난 늙지 않았어. 사업적인 용도가 아니면 사지 마. 아직 전원에 살 마음의 준비가 안 된 사람이야.

아직도 날 위한 스포트라이트를 기대하고 있어. 언제 철들래 하고 나를 나무라겠지만 할 수 없어."

애꿎은 남편은 내 외로움의 분풀이 대상이 되어버렸다.

한동안 나는 경제적, 정신적 루저가 된 기분으로부터 자유롭지 못했다. 이곳에 와서 몇 년을 리버사이드에 들어가서 바닥부터 일으켜 세운 일들과 투자한 건물들을 잃으면서 경제적 루저가 되었다고 자책하고, 시력과 치아 기능 등 전혀 예측치 못한 신체적 기능이 문제를 일으키는 것을 겪으면서 나이를 의식해야 했다. 그리고 더이상 젊지 않아서 우울한, 괜히 젊음 자체를 부러워하는 정신적 루저가 되어가고 있는 듯했다. 그것이 날 징그럽게 외롭게 했다.

그 모든 것들로 인해 지금 인생의 가장 겸손한 시기를 보내고 있지만 시도 때도 없이 달라붙는 외로움의 고질병은 사소한 것에도 버럭 화를 내는 노인네의 그것과 다르지 않아 스스로 외롭다.

거기에 나이까지 내 발목을 잡았다. 도대체 언제까지 이런 루저의 모습을 버릴지, 외롭다며 징징대는 못난 짓을 그만할지 한심하다.

나이가 핑계가 될 수 없으며, 실패하여 깨진 것이 변명이 될 수 없다는 정언 명령적 화두에 소스라치게 놀라 정신을 차린다. 징징대지 마라.

적어도 온몸으로 시도한 용기는 헛되지 않으며 남편의 등 뒤에 숨어 그의 피땀을 공짜로 향유하고자 하던 비겁한 기회주의자는 아니었다. 그러니 용기를 가져라.

용기 있는 자에게서 나는 멋진 아우라를 기억해라.

길 위에서

리더는 감히 시도할 용기와 그것을 이루고자 하는 의지가 있어야 하고, 외로움을 감내하는 것마저 멋있어야 한다. 삶의 힘듦을 피하지 않는 마초 냄새를 풍기는 리더들이 섹스어필한다. 남성 쇼비니스트나 여성 페미니스트의 한계를 넘어선 용기 있는 멋진 사람들은 우리들의 본능을 자극하는 섹스어필과 아찔한 매력이 있다. 여기엔 남녀의 구분이 있을 수 없다. 그러니 징그럽게 외로운 세상을 손잡고 걸어갈 가족으로 온 그들의 존재만으로 행복하라.

그냥 길이 보이지 않으면 그걸 인정하는 것이 바른 길이다.

나이 드는 것, 젊음들이 세대 차를 이유로 함께 놀아주지 않는 것을 받아들일 일이다.

잃어버린 길도 역시 또 다른 길이었음을 알지 않은가?

사업을 하다 길을 잃었든, 어쩔 수 없는 세월의 추격으로 젊음

의 길을 잃었든, 그것도 내가 달려온 길이었다. 그 길에서 원하는 것을 거머쥐지 못한 루저가 되었을지라도 내 인생의 일부가 된 길이다.

어리석은 나는 루저임을 인정하기가 정말 어려웠다.

'더 이상 젊음들과 이기기 위한 승부를 하면 안 된다. 그것은 나이 든 기성세대가 할 일이 아니다. 그러니 뒤로 물러날 준비를 하라.'

그 모든 생각들이 '아니다, 다시 할 수 있다. 나이는 숫자일 뿐이다.'라는 징그럽도록 고집 센 아집과 싸웠다. 그러니 짜증이 나고 작은 일에도 화가 나고, 모든 것에 불만족스러워서 사는 게 고단했을 것이다. 그래서 선한 마음으로 나를 위한 전원주택을 사겠다는 남편의 선한 의도를 곡해한다.

고마우면서도 배배 꼬인 내 한쪽의 열등감 때문에 이 사람마저 날 루저 취급해서 일찌감치 시골의 전원주택으로 가서 글이나 쓰고 살라는 건가 하는 발끈함으로 그의 호의를 받아친다. 냉정함을 가장한 오기를 부린다.

이처럼 외로움은 내게 주기적으로 찾아오는 달거리 생리 같다. 이런 나를 그 사람은 안다.

"울지 마라
외로우니까 사람이다
살아간다는 것은 외로움을 견디는 일이다."

─ 정호승 ─

남편이 위로의 말을 누군가의 시로 대신한다.

길 위에서

그래, 그것으로 됐다. 이 징그럽게 외로운 삶을, 세상을, 그래도 함께 살아내는 우리가 부부라는 이름으로 함께이니 루저인들 어떠랴. 서로 의지하면 될 것을.

Part 3

어둠이라 말하기엔 ,
아직 그리
어둡진 않다

삶이란 한 번에
날아오를 수 없는 가파른 길

신은 우리들의 고통 속에 존재한다.

킹스 캐니언 깊숙이 박힌 모로락의 가파른 계곡을 오르며 삶을 생각했다. 해발 만 피트 상공의 정상은 백두산 높이보다 높은 곳에 있었다. 레드우드로 빼곡한 거대한 나무들의 나라를 통과하고 그 거인의 나라 한복판에 우뚝 솟은 봉우리는 삶이란 지금 내가 걷듯 한 발 한 발 앞으로 내딛으며 올라가는 길이지 한 번에 날아 올라갈 수 있는 게 아님을 이야기하고 있었다.

그랬구나. 인생이 한 방에 역전될 수도 있다는 꿈을 버리지 못하던 나에게 가파른 계단을 오르는 신발 속에 있는 발의 고통이 신을 갈망하게 한다. 인생 한 방을 꿈꾸던 그것이 얼마나 허황된 것인지 보라고 한다. 숨이 차고, 아래를 내려다보면 천 길 낭떠러지에 다리가 후들거리는 길. 방법은 앞만 보고 묵묵히 올라가는 길 뿐이다. 돌아보지 마라. 그냥 무소의 뿔처럼 묵묵히 가라고 산은 말한다.

한 발 한 발 올라가는데 내 신발 속의 발은 물집이 잡혀 신음을 뱉어냈다. 아프다. 그런데 안 아프다. 신발 속의 물집이 잡힌 발바닥을 통해 신을 만나는 기이한 경험을 했다. 신 속에 깃든 신이 내게 말을 걸었다. 아픔조차도 삶의 중요한 일부고 신발 속에 놓인 내발로 걷는 그것만이 삶의 계단을 오르게 하는 올바른 길이라고 말을 했다. 한 번에 날아오르는 길이 있다면 그곳엔 신이 존재하지 않는다고 말한다. 한 발 한 발 발을 딛는 '신 속에 깃든 신'의 말이다.

모로락을 오르며 물집이 터지는 발가락의 고통 속에서 신을 만난다.

명상의 도시 세도나가 옆에 있다. 빨간 땅의 나라에 빨간 거인 나무들의 세상.

"재스민. 명상센터에 가볼래요? 고요히 사막의 땅 위에서 해가 넘어가는 것을 보며 앉아 있으면 삶을 알 수 있을 것 같아요. 왜 우리는 살아야 하는지. 우리들 속에서 일어나는 온갖 잡념을 걷어낼 방법은 없는지……."

성공한 비즈니스 우먼인 수의 말에 난 놀랐다. 누구나 부러워하는 정상에 선 삶을 영위하는 그녀가 아니던가.

"돈은 치일 만큼 많아요. 그것을 갖기까지 어느 정도 고난의 길을 걸어왔는지 사람들은 모르죠. 내가 가진 것이라고는 돈과 걱정, 허무함이에요. 끊임없이 내 마음에서 치고 올라오는 불안감의 정체를 알 수가 없어서 세도나 행을 택했어요. 삶이란 한 번에 오를 수 있는 게 아님을 알기에 참고 여기까지 왔는데 수시로 나를 괴롭히는 근원을 알 수 없는 불안감과 우울함을 어찌 해결해야 할지 모르겠어요. 하와이의 마우이 섬을 헤메고 이디오피아의 원시림을 여행해도 해결이 안 돼요. 문제가 여기에 있으면 해결책도 여기에 있을 걸 믿고 이곳에 왔어요. 삶이란 한 번에 오를 수 없는 가파른 길이라는 말이 맞아요. 성공도 그렇지만 마음의 평안도 마찬가지에요."

우리 모두는 서로 각기 다른 목적을 갖고 킹스 캐니언과 세도나의 명상지를 찾았다.

그러면서 지나간 시간을 되돌아본다. 난 내 문제와 정면으로 부딪치고 싶었다.

인생은 선택의 연속이고 선택을 한다는 의미는 기꺼이 참아내야 할 고통을 수반한다는 것을 몸으로 배웠다. 절대로 요행으로 오

길 위에서

는 행운은 없으며 이제까지 한 번에 인생의 계단을 올라 위로 수직 상승하는 우연은 나에게 오지 않았음을 안다. 그래서 나는 모로락, 그 가파른 돌산을 올라가는 길에서, 물집으로 고통 받는 발이 있는 '신발 속의 신'이 하는 이야기를 이해했다.

선택은 고통이다. 고통을 감내할 준비가 된 만큼 높이 올라가는 거다. 어떤 것이 옳은 선택인지에 대한 답을 아는 사람은 아무도 없다. 옳다고 믿을 수밖에 없다. 모로락에서 만난 신의 말이다.

한 발만 헛디뎌도 천길 낭떠러지인 게 우리가 사는 세상이다. 더 높이 오르고 싶은 자는 그만큼 심한 고소공포증을 감내해야 한다. 정답이 없는 게 우리의 삶이다. 우리의 선택만이 답이 되는 게 삶이다. 그리고 선택과 실패는 쌍둥이처럼 함께 다니며 우리를 절벽 아래로 굴러 떨어지게 한다.

인생이라는 가파른 길을 오르며 때때로 우리는 입으로 산을 오르려 한다. 말로 모든 것을 해내고 그럴듯한 성공담을 지어내고, 말로 인생을 살려고 한다. 그런데 그 입은 우리에게 화의 근원으로 다가와 우리의 앞길을 막아선다. 화가 입으로부터 나온다는 옛말이 정확히 과녁을 맞춘다. 발로 오르기보다 입으로 오르며 인생의 가파른 길을 한 번에 오를 지름길을 안다며 속이는 사람들. 신은 입속의 혀가 아니라 신발 속의 발에 존재함을 배웠다. 현란한 말과 열정으로 떠드는 허황된 열기 속이 아니라 땀과 눈물로 얼룩진 노력과 실행 후에 찾아온 실패 속에 삶의 성공이 존재한다는 것을 이제야 알았다.

오르막길에 우리의 발이 물집 잡혀 고통스러울 때 저절로 튀어

나오는 신의 존재. 말을 잃고 고통에 진저리를 친다. 그게 선택을 하고 그에 따른 고통을 감내하는 사람들이 만나는 신의 모습이다.

　한 번에 날아오를 수 없는 가파른 길이 인생이기에 도중에 넘어지고 깨어지는 것은 당연지사 아니던가. 그렇게 한두 번 넘어져 무릎이 깨졌다고 언제까지 징징거리며 어리광을 부릴 건가, 언제까지 입으로 변명을 늘어놓으며 가야 할 길의 고통스러움을 피하려 하는가……. 그게 지금 모로락에서 만나는 나의 모습이다. '지금 난 널 용서한다. 그것은 비겁한 날 포기하는 게 아니라 있는 그대로를 받아들이고자 함이니 다시 일어나 걸어라…….' 내가 오르고 있는 바윗길이 내게 주는 말이다.

　기다려야만 하는 시간을 아끼기 위해 새치기를 하고, 피할 수 없는 세월의 흔적을 막기 위해 얼굴에 화장을 한다. 조금 빨리 가려다 스피드 티켓을 받는다. 순서를 밟아 올라가야 함을 알면서도 한 번에 날아오를 방법이 없는지 두리번거리다 정작 노력해야 할 시간을 버린다. 그런 비겁한 나를 버리지 못해 안타깝다.

내 속에 숨은 또 하나의 얼굴이 기어 나와 마스킹을 한다. 체면이라는 이름으로, 열등감을 감추기 위한 추악한 이중성의 또 다른 얼굴이 기어 나와 아닌 척 고상을 떤다.

도대체 언제까지 이중성을 버리지 않을 건가.

'실패를 인정하라, 루저는 루저다. 그것을 인정해야 그대 발밑 신 속의 신을 만난다. 삶이란 한 번에 날아오를 수 없는 가파른 산이다. 이곳에 와서조차 신발 속의 신을 만나지 못하면 불쌍할 뿐이다.' 옳은 말이다.

항우울증 치료제
– 프로작을 찾아서

"인생은 흘러가는 것이 아니라 채워지는 것이다. 우리는 하루하루를 보내는 것이 아니라 내가 가진 무엇으로 채워 나가는 것이다."

– 존 러스킨 –

우울함을 더하는 말이다. 위로받고자 읽은 책에서 열등감만 더해지고 죽고 싶을 만큼 무력감을 느낀다. 전형적인 우울증. 치료가 필요하다.

'세상은 이렇게 저렇게 흐르고
나는 결국, 나일 수밖에 없다.
C'est la vie그것이 인생이다'

연말을 앞두고 집으로 배달된 조간신문 문화 면의 헤드라인이었다. 경쾌한 답. 우울증이 해소되다.

우울함을 떨쳐버리기 힘든 날은 차를 몰고 멀리 LA의 코리아 타운까지 책을 사러 나간다. 한국말로 된 지식과 필력, 마음을 담은 책 한 권만큼 내 우울증을 달래는 약은 없다. 시든, 역사든, 경제학적 트렌드에 대한 책이든 내 스타일에 맞는 필체를 가진 작가를 만나면 난 그의 책을 있는 대로 사가지고 돌아온다. 말에 굶주리고, 생각에 허기진 나에게 나와 비슷한 생각을 간결하면서도 확신에 찬 언어로 쏟아내는 작가를 만나는 날이면 반가움에 잠마저 설치며 그의 책을 섭렵한다. 그러면서 나는 인생의 우울함을 벗고 새로운 활력을 얻는다. 마약과 같은 매직이다.

책이 주는 위로에 중독된 난 못 견디게 힘든 날이면 지독하게 운이 좋아야 만날 수 있는 한 권의 책을 찾아 로스앤젤레스 한인 타운까지 나가는 수고와 번거로움을 마다하지 않는다. 이것이 나의 우울증 치료제를 찾는 요즘의 행태다.

우울한 심사를 달래고 다시 힘을 주는 책들은 의외로 밀리언셀러의 책도 아니고, 이름으로 먹고사는 유명작가의 것이 아니라 책방 구석에서 찾아낸 먼지 뒤집어쓴 어느 이름 모를 작가의 글인 때가 많다. 한국 책 값에 관세를 포함한 거금을 주고 사기가 아까울 만큼 낡은 책일 때라도 그의 글체가 내 마음을 움직이면 주저 않고 지갑을 연다. 효능 있는 항우울증 치료제에 목이 타는 나는 바닥에 나뒹구는 먼지 묻은 알약 하나를 주워 들 듯 그런 책을 집어 든다. 하지만 그런 책 한 권을 만나기가 쉬운 일은 아니다.

얼마 전 가까운 가든 그로브에서 사온 책들은 효과가 없었다.

길 위에서

그냥 이 책 저 책 집어넣어 왔더니 마음이 가지 않는 것들이어서 심드렁해진 마음에 책상 위에 밀쳐 놓아버렸다. 그리고 며칠을 약이 없어 금단증상을 일으키듯 한국 책에 배가 고파서 불안증을 앓았다. 어느 스님이 쓴 책이 마음을 위로한다기에 사 들고 와서 펼쳐들었는데 읽을 때뿐인 브레인 캔디여서 안타까웠다.

'그래서 어쩌라고요?'라는 것에 답이 없었다. 그냥 마음만 비우라, 욕심을 버리라고 그는 타일렀다. 도대체 내가 무슨 욕심을 그렇게 부렸는가…….

마음을 바꾸면 극락이란다. 그럴까? 책을 읽는 동안 나는 우울함을 달래려면 우선 받아들여야한다며 그의 말에 긍정했다. 조곤조곤하게 여성스럽게 이야기를 하는 그 스님에게 마음이 갔다. 그러나 우울증을 치료할 프로작은 아니었다.

얼마 전 해병특전대 옷을 입고 나와 남자는 무릇 이래야 한다는 듯 마초 이미지로 대통령 선거에 뛰어든 한국의 한 후보를 보면서 '웬 성별 나누기? 남자와 여자로 나누어 누가 이기나 보자는 건가?'라는 꼬인 심사로 속이 편치 않았던 나였다. 그런데 반대로 이번엔 지극히 여성스럽게 이야기하는 그가 겸손해서 마음을 열었을 것이다. 그러나 그의 너무 여성적인 페미니즘이 불편했다. 남성 위주의 쇼비니스트도 여성의 감성을 건드리는 페미니즘도 내 우울함을 위로하지 못한다. 희망이 없고 식욕마저 떨어지며 잠을 못 자는 전형적인 우울증을 앓는 날은 프로작 같은 치료제가 절실하다. 지금 의사에게 간다면 그는 분명히 자살의도가 있었는지를 물을 만큼 증상이 심각하다. 우울증 환자의 입원 기준이 되는 이 질문에 아니라고 할

수 없는 지금의 정신 상태가 나를 프로작 같은 책을 찾아 그 먼 길
마저 나가게 한다.

내가 이렇게 한국 책에 연연해하는 것이 나이 탓일 수도 있고
미국에 오래 있다 보니 모국에 대한 환상이 생겨서인지도 모르겠다.
그 정도가 요즈음은 지나치게 심하다. 지난 십여 년 눈길조차 주지
않던 한인 교회를 찾고, 수 시간을 넘게 운전해서 한국어로 된 책
한 권을 사러 나가는 일을 마다하지 않는다. 그것을 나는 감성의 우
울증으로 진단했고, 한국의 말과 정서로 내 속 깊은 곳을 어루만지
는 책들은 남의 나라에 와서 고군분투하며 살면서 생긴 우울증의
치료제가 되곤 했다.

그런데 불행하게도 요즘의 한국에서 유명한 책들에서는 읽고
나면 더 허기 가지는 이상한 공복감을 느낀다. 읽을 때는 위로가 되
는데 읽고 난 후엔 말할 수 없이 허전하다. 그들의 말을 곰곰이 생
각하면 도대체 할 수 있는 일이라는 게 없는 무력감 속에 빠진다.
어떤 이는 책에서 요란하게 꿈을 꾸라고 외치는데 방법에 대한 티
끌만 한 힌트조차 찾을 수 없는 구호만 무성하다.

어떤 이는 글은 읽는 동안은 행복한데 읽고 난 후엔 더 심한 우
울증과 무력감 속으로 몰아넣는다. 모두가 머리를 깎고 산으로 갈
수도, 목회를 하면서 방황하는 영혼을 구원하는 목회자가 될 수는
없지 않은가? 스님은 산속의 나무나 풀잎처럼 욕심을 버리고 청초
하게 살라하고, 목회자는 하나님의 나라를 바라보며 살라고 한다.

불행히도 나는 지금을 살고 싶은데, 그래서 어찌할지 몰라서 우

울한데, 그들은 엉뚱한 말만 하고 있다. 난 도대체 답을, 꿈을, 어디서 찾으라는 건가……. 그래서 우울하다.

　나이 앞에서 절망하면서도 비상을 꿈꾸는 사람이나, 한창의 푸르름에도 불구하고 불확실성의 세계 앞에서 우울한 젊음들에겐, 말뿐인 요란한 구호나, 욕심을 버리라고 조곤조곤하게 설득하는 말보다는, 실질적인 삶에 대한 지혜가 절실하다. 우리의 우울한 영혼에 대한 치료제 역할을 하는 그런 프로작을 원한다.

　37세의 젊은 여성이 야후의 새 CEO로 부임했다. 그녀의 인터뷰를 월스트리트저널에서 읽으며 내 무기력한 우울증이 치유되는 경험을 했다. 그녀는 말했다.

　"아무것도 할 수 없다고 느끼는 순간들을 모두가 가지며 그 무기력한 순간에 자신의 모든 것을 던져야 돌파구가 생긴다……. 그것은 때때로 좋은 일이 올 수 있다는 징조다."

　한 알의 성능 좋은 프로작을 그녀의 아름다운 말에서 얻었다.

　아무것도 할 수 없을 만큼 나이에, 실패에, 주눅 들고 돌파구를 몰라 죽을 만큼 우울했었는데 '그때가 바로 모든 것을 던져야 할 때'라고 그녀가 말한다. 욕심을 버려라 하는 말보다 훨씬 좋은, 삶에 의욕을 주는, 나를 다시 살 수 있게 하는 처방이었다.

　또 하나 보석 같은 그녀의 말.

　"똑똑한 사람과 함께 일하는 곳에서는 정말 놀라운 일이 일어날 수 있고, 완전히 다른 수준의 도전을 경험하게 된다."

아, 내가 원하던 매직을 그녀는 경험했던 것이다.

지난 날, 수없이 절실하게 내가 원하던 것. 나에게 비전이 같은 똑똑한 파트너 한 명만 있어도 성공할 수 있으리라는 확신 속에서도 기어이 난 그런 행운을 가질 수 없어 절망했었다. 내 옆에 똑똑한 사람 한 명만 가졌어도 인생이 달라졌으리라는 것은 통한으로 남아 있다.

"창의력이란 자유롭고 여유 있는 분위기보다는 오히려 압박감을 느끼는 스트레스 속에서 생기며 대부분의 실력 있는 개발자들이 그런 압박감을 즐긴다."는 똑똑한 그녀의 말에 난 전적으로 공감한다.

젊은 그녀 때문에 동네의 호숫가를 몇 시간을 걷고 또 걸었다. 외로워서 걷는 게 아니라 그녀의 말들 속에 나를 던지고 몰두해 있었다. 언제 내가 우울했는지 모를 만큼 골똘한 생각을 하게 했다. 수일 전, 수십 불을 주고 산 책은 읽고 난 후에 오히려 나를 무력감에 빠뜨렸는데 신문에 난 기사 몇 줄은 나를 뜨거움으로 몇 시간을 걷게 했다.

삶에서 이길 방법을 찾을 수 있을 것 같은, 패자부활전에서 승기를 잡을 수 있을 것 같은 기대감으로 가슴이 벌렁벌렁 뛰는 황홀감 같은 매직마저 경험케 한다. 짜릿함으로 가슴이 뻐근하다. 그녀의 말이 내 머릿속과 가슴에 뜨거운 피를 돌린다.

나는 오늘 제대로 된 항우울증 치료제를 맞았고, 그 약효는 제법 오래 갈 것 같다. 운이 좋은 날이다.

꿈이 있다는 하나만으로
오늘 행복하고 싶은 그대

　세상에서 상처 받고 도저히 뚫고 지나갈 길을 모를 때, 우리를 살게 하는 것은 꿈이다. 이때의 꿈은 실현 가능성을 고민하는 것조차 사치스럽게 한다. 그냥 꿈일 뿐이라도 인생의 고비 고비에서 우리를 가로막고 서 있는 벽 앞에 설 때마다 절망에서 구하는 것은 내일은 괜찮을 거라는 희망이다.

　인생이 바닥으로 곤두박질친 때 한줄기 빛으로 그것은 우리 앞에 있다. 꿈을 꿀 수 있는 것만으로도 행복할 수 있는 인생의 위기를 겪고 나면 우리는 인생에 대한 겸손을 배운다. 실행이 없는 꿈이란 망상에 불과하다며 의기양양하게 서둘러 나아간 그곳에서 보기 좋게 한 방을 맞고 고꾸라진다. 그리고 상처 입은 몸으로 현실의 어두운 동굴로 기어들어와 웅크리고 앉은 때, 어둠을 뚫고 나아갈 길을 보이는 유일한 빛이 꿈이라는 이름의 희망이다.

　꿈의 실현을 위해 세상으로 나갈 때, 전략을 세우고 그것이 먹힐 때, 그리고 성공의 가능성을 보게 될 때, 우리의 자만은 하늘을 찌른다. 실행을 앞두고 가졌던 그 많은 리스크에 대한 고뇌와 두려움을 성공에의 도취로 잊는다. 그리고 행운의 여신을 품고 하늘을 날다 어느 순간 버블이 터지고 우리는 나락으로 떨어진다. 그곳은 절망과 열등감으로 가득 찬 춥고 어두운 암흑의 장소다.

나는 그렇게 세상과 연락을 끊고 살았다.

리버사이드에서 그 많았던 부동산을 한 번에 잃어버린 충격이 너무 커서 동쪽으로는 머리도 돌리지 않은 채 어바인에 칩거한 지

길 위에서

벌써 두 해다. 며칠 전 한 문자 메시지가 세상을 향해 굳게 걸어 닫은 내 문을 노크했다.

"그대, 행복한가요? 일 년 전, 소리도 없이 사라져 어바인에 틀어박히더니 행복했나요? ○○은행의 장 지점장에게서 그대의 근황을 들었습니다. 난 지금 죽을 만큼 힘들어요. 모든 것을 버리면 되는데 그러질 못하고 있어요. 홀연히 사라진 그대가 미워서 찾지 않았는데 내가 죽을 만큼 힘드니 그대가 생각나네요. 잘 있나요? 꿈 한 조각만이라도 있으면 오늘 난 행복할 거예요. 어찌해야 내가 빠져나갈 길을 볼까요?"

수 초이 씨의 문자였다. 육십 대 초반의 여성 사업가. 엘에이 윌셔 근방에 수많은 건물과 땅을 소유하고 대규모 콘도를 짓는 등 남다른 스케일의 사업을 이끌던 여장부. 그러나 항상 세련되고 섹시한 여성 본연의 모습을 잃지 않아 내가 좋아했던 사람이다. 아들은 변호사, 딸은 스탠포드 의대의 교수로 반짝거리는 별을 달고, 유능하고 심성 착한 유태인 남편은 그녀의 든든한 삶의 방파제 역할을 했다. 그런 그녀가 도저히 마음을 다잡지 못해 지금 팔로알토의 딸 집에 있다고 했다.

미국의 월 스트리트에서 시작한 미친 광풍의 금융위기 쓰나미에 나 같은 피라미가 먼저 당하고 큰 물고기 사업가인 그녀에게도 거대한 파도가 닥친 듯했다. 그동안 비축해두었던 수백만 불의 예비비도 2년간의 꽉 막힌 경제위기 속에서 눈 녹듯 사라지고 건물들

하나하나가 지금 물에 잠기고 있다고 했다. 망가지는 마음과 몸의 고민을 피해 비벌리 힐스의 집을 떠나 스탠포드 대학의 딸 집에 마음을 피신한 그녀가 꿈이 있다는 것만으로도 살 수 있을 희망을, 오늘만이라도 행복할 수 있을 꿈을 이야기하고 있었다.

나보다 훨씬 실리적이고 강인한 여장부였던 그녀는 언제나 꿈보다는 실현 가능한 현실에 무게를 두는 명석한 비즈니스 우먼이었다. 꿈보다는 현실을 중시하던 그녀가 지금 삶의 희망으로서의 꿈을 말하고 있다.

끝도 없이 추락하는 사업 속에서 현실의 고통을 털어내기 위해 자원봉사도 하고, 여러 단체에 후원금을 보내지만, 그런 노력들이 마음에 따뜻함을 주어도 잠시뿐, 열정적으로 삶에 대한 뜨거운 불을 지피며 갈망을 잡아끄는 동력은 되지 못했다고 한다. 이렇게 힘들어지니 자신을 다시 살게 할 한 조각의 꿈이 너무나 절실하다고 말한다. 바닥부터 다시 시작해도 결코 두렵지 않을 수 있는 뜨거운 꿈 하나를 붙들고 싶다고 한다. 그런 꿈 하나면 오늘이 얼마나 행복할지를 얘기하고 있다.

이해했다. 뜨겁게…….

삶에 대한 겸손을 배우기 위해 몸을 혹사시키는 봉사활동도 좋지만 그녀나 나에겐 우리를 살게 하는 건 그런 착하기만 한 봉사활동이 아니라 이기적인 성공 갈망 유전자임을, 다시 머리를 짓누르는 스트레스 속일망정 내일은 잘될 것이라는 가능성을 잉태한 꿈임을 나는 안다.

길 위에서

"수 초이 씨 힘내세요. 내가 바닥에 떨어져 보니 그 말이 무엇인지 알아요. 지금, 전 아무것도 할 수 없을 것 같던 절망의 시간을 보내고 비워낸 열망의 공간에 새로운 꿈을 담고 있는 중이에요. 우리가 바라는 것은 단순한 돈의 양, 성공의 크기가 아니죠. 그렇다고 미친 듯 열중하는 자원봉사나 취미생활에의 몰입에서 행복을 찾을 수 있는 성품을 타고나지 못했죠, 저나 그대나."

삶이 공정할 거라는 기대를 버린 지 오래다.

남자들이 주도권을 쥐고 흔드는 사업의 세계에서 그녀는 여성성을 잃어버리지 않으면서 강했다. 실력도 없으면서 마초인 체하는 남자들의 기를 죽일 만큼 강한 카리스마를 가지고 있었다. 그녀가 수많은 은행 관계자나 변호사들과 대면하면서, 턱없는 블랙메일에 시달리면서도 꿋꿋하게 버티는 것을 나는 보았다. 그런 그녀가 나는 좋았다.

실력이 부족한 마초들과 여자들에게 공동의 적은 그들이 억지로 무시하고 싶어 하는 성공한 여자들이다. 그런 여자들은 기가 너무 세고 남자같이 드세서 매력이 없다고 무시해버리고 싶어 한다. 그런데 여성성을 잃지 않으면서 강한 수 초이 씨는 언제나 그들의 시기심 너머에 있었다. 여성적인 자태와 약함을 가장해 마초적 남자들의 보호본능을 이용해서 사업을 하지 않으면 살아남기 힘든 LA 바닥에서 그녀는 언제나 예외적 존재였다. 그녀는 강했고 아름다웠다. 여성성을 잃지 않으면서 강한 카리스마가 있었다.

그렇게 강인했던 그녀가 지금 그녀를 다시 일으켜 세울 한 조각 꿈과 돌파구로서의 길을 묻고 있다. 자신의 약점을 보이면 끝인 비즈니스 세계에서 뼈가 굵은 그녀가 모를 리가 없는 빈틈을 내게 보이고 있다. 그러나 진정으로 강한 자만이 그리 할 수 있음을 난 안다.

"마음을 비우고 한동안 텅 빈 채로 살았어요. 아무것도 할 수 없을 것 같은 시간이 가자 겸손해지기 시작했죠. 그리고 마침내 무엇이든 할 수 있고, 어디에든 갈 수 있다는 생각이 들었어요. 그러자 내 가슴에 꿈이 들어올 공간이 생겼어요. 그렇게 갖게 된 한 조각 꿈이 오늘 저를 살아있게 합니다. 가끔은 이 작은 한 조각 꿈이 새로운 시작을 위한 씨앗이 되고 꽃을 피우리라는 기대감으로 기쁘게 잠을 잡니다. 한동안 전 잠을 잘 수도 먹을 수도 없었어요. 수초이 씨가 길을 찾는 방법을 물으시지만 저도 몰라요. 그런데 이거

아세요?

　아무렇지도 않은 척 가면을 쓰고 살다가도 어느 때는 와인 한 잔에 제가 무너지곤 합니다. 그럴 땐 가라지의 내 오피스에서 목 놓아 웁니다. 내 아들들이 놀라고 걱정하지만 울음이 내 참아왔던 감정의 찌꺼기를 씻어내곤 합니다. 그렇게 홀가분해지면 다른 길을 보이고 있는 빛을 봅니다. 이렇게 지난 시간들 속에서 때로는 와인 한 잔이 내 강퍅한 감정과 절망의 바위를 녹인다는 사실을 알았어요. 그러니 비벌리 힐스의 집으로 가시면 남편도 들어오지 못하게 서재 문을 잠근 채 한번 울어보세요. 카타르시스와 함께 어쩌면 새로운 길도 볼 수 있는 행운을 가질 수 있을 겁니다."

　꿈이 있다는 이유 하나만으로 오늘 행복하고 싶은 그녀에게, 길을 찾는 그녀에게,
　내 백 마디의 말보다 설득력이 있는 어느 시인의 말 한마디를 보낸다.

'울음 끝에서 슬픔은 무너지고 길이 보인다.'

– 신현림 –

꿈이란 유배된 현실에서
그리워하는 것

"내 영화의 끝엔 성실이 있고, 진실이 있고, 평화가 있다. 내일이 나에게 무엇을 가져다줄지 여전히 자문하고 있다. 거기엔 실패나 성공에 의해 얻을 수 있는 즐거움이 있다. 그것을 향해 열려있다면 그 모든 것들이 내게 특별한 의미로 다가올 것이다."

– 미국 여배우 드류 배리모어–

할리우드의 전형적인 악동이며 플레이보이 잡지에 누드로 나오기까지 한 젊은 여배우의 말이라고는 믿어지지 않게 인생이 녹아든 말이다. 젊은 그녀가 꿈에 대한 많은 것을 생각하게 한다.

매 순간마다 크던 작던 현실 속에서 우리의 꿈은 배반을 당한다. 수없이 많은 시도와 노력이 물거품처럼 부서지고 현실에서 외면당한 때 우린 또다시 꿈을 그리워한다.

도전에서 얻을 수 있는 실패가 성공만큼의 즐거움을 줄 수 있으리라고는 아직 모르겠다. 너무 아픈 탓이다. 그러나 현실에서 철저히 외면당한 때 우리에게 다가오는 강렬한 빛은 꿈이라는 환각제다.

"어떻게 그렇게 차분하게 대응할 수가 있나요? 정말 괜찮아요?"

은행의 워크아웃 통지를 들고 내 앞에 선 멜리사의 푸른 눈이 닥쳐올 쓰나미를 예상하듯 흔들리고 있었다.

"괜찮아요. 그냥 처리해줘요. 직원들 급여와 실업 수당 서류들 잊지 말고……."

"재스민……. 이 그랜빌 빌딩만이라도 구해 봐요."

어두운 그림자로 무거웠던 월말 미팅을 끝낸 후 답답함을 떨치기 위해 차를 몰고 모하비 사막 쪽으로 나왔다. 이 길의 끝에 라스베이거스의 호텔 스트립이, 닥터 보이드의 서머린 저택이 있으리라는 것 외엔 내게 다른 생각은 없었다. 머리를 비우려 노력했다. 그러나 항상 고민과 불행은 혼자 오지 않는다는 것을 일깨우듯 울리는 셀폰.

"재스민, 법원 통지문 어쩔 거예요? 루즈벨트 아파트 단지가 날아갈 상황인데 어디예요? 와인 한 잔 하며 방법을 찾아보게 얼른 올라와요. 제임스도 옆에 있어요."

"다누타 변호사님. 내 친애하는 두 분 벗들이 오피스에 모였군요. 멜리사에게 내가 힘들다는 얘길 들은 모양이군요. 난 괜찮아요. 어차피 나와 인연이 없는 건물이라면 날려야지요. 그런데 속이 정말 아프네요. 베가스로 가며 도대체 뭐가 잘못된 건지, 나를 배반한 현실이 뭔지는 생각해 봐야겠어요. 그래야 다시 재기할 꿈이라도 꾸죠. 지비오! 날 배반한 현실을 위해 건배! 꿈을 찾아 잠시 떠났다 옵니다. 월요일에 봐요."

지방검사장 출신의 변호사 다누타. 강하고 센 백인 변호사로 정평이 났다. 그녀의 둘도 없는 친구 제임스는 흑인 청소년을 위해 일하는 민권 변호사. 돈 안 되는 일만 하는 가난한 흑인 변호사를 백인 사회에 끌어들인 건 막강한 인맥의 다누타였다. 피도 눈물도 없이 언제나 팩트만을 가지고 상대를 주눅 들게 하며 독설을 날리는 다누타는 냉정했지만 내게만은 진심을 보이고 따뜻했다. 비록 내 건물에 둥지를 튼 건물주와 임차인의 관계였지만 우리 셋은 친구가 되었다. 테메큘라 와이너리의 멋진 레스토랑과 뉴포트비치의 최고급 리조트까지 난 그들로 인해 새로운 세상의 문턱을 넘는 즐거움을 나눌 수 있는 행운을 얻었다.

그런데 금융 위기라는 예기치 않은 일이 터지고 난 곤경에 빠졌다. 그들이 모를 리 없었다. 그동안 두 사람은 백인 주류 사회에

이방인으로 굴러 들어와서 고군분투하던 나의 든든한 친구이자 마음의 위안이었다.

"헤이, 큐티. 운전 조심하고 베가스로 가기 전에 있는 핸더슨 우리 동네로 가요. 그린벨리 파크에 있는 카지노 호텔이 스트립보다 마음 편히 쉬었다 올 수 있는 곳이니…… 혼자 위험한 스트립에 들어가지 말고…… 나도 굉장히 가난한 변호사고 어려운 거 알죠? 수임료가 센 다누타가 아니면 흑인 민권 변호사가 여기서 버틸 재간이 없음을 그대가 알 텐데?

잘나가던 재스민이 미국을 강타한 서브프라임 위기라는 현실에게 강하게 한 방 맞았군요. 힘냅시다. 어둠이 지나면 빛이 다시 찾아오니…… 나도 은행채권자 서류 봤는데 루즈벨트 건물은 포기하는 게 나아요. 이렇게 힘들 땐 바짝 엎드려요. 곧 쓰나미가 지나갈 거예요. 변호사인 나도 집을 잃은 거 알잖아요. 힘냅시다. 꿈이 있으니……."

제임스가 내게 꿈을 이야기하고 있다. 날 구할 동아줄. 꿈.

그래, 헛된 꿈인들 어떠랴. 또다시 꿈을 꾸자. 팍팍한 현실을 이길 유일한 방책이고 힘이다.

이 데스벨리 길의 4시간 드라이브가, 사방의 황량한 사막이 내게 새로운 꿈을 꾸게 할 것임을 믿는다. 철없는 할리우드 배우조차 실패 속에서 즐거움을 찾을 줄 아는데, 나를 배반한 현실 앞에서 쪼그리고 앉아 울 수는 없지 않은가.

다시 꿈을 꾸기 위해 나는 길 위에 섰다. 걱정하는 친구들의 말을 이어폰으로 들으며…….

"내 영화의 끝엔 언제나 성실과 진실이 있다. 내일이 내게 무엇을 가져다줄지 궁금하다."라는 어린 여배우의 고백이다.

성실과 진심을 다한 꿈을 꿀 일이다.

현실이 날 배반하니 정말 견디기가 힘들다. 세상으로부터 철저히 버림받고 유배된 느낌.

정신적인 고아. 이곳에서 살아나갈 유일한 동아줄은 꿈.

길 위에서

꿈을 위한 전쟁

"그럼요. 닥터 김. 이 학교 사업이야말로 미국 주류사회에 제대로 진입할 수 있는 사업입니다. 호세 아길라. 저 사람은 대단한 경력자입니다. 웨스트우드 직업학교를 세워 천만 불에 서밋 그룹에 판 제니퍼 황의 파트너였구요. 이곳에 의료기사를 양성하는 직업학교를 세우면 일 인당 연방교육비 보조를 받고 어느 정도 궤도에 올리면 M&A 시키고 손 떼면 됩니다."

"아니요. 난 일이, 사업이 필요해요. 돈을 벌고 떠나자고 하는 건 아니에요."

"그렇겠죠. 지속적으로 하셔도 됩니다. 가치 있는 일이니까요. 저희 회사가 그걸 도와 드릴 겁니다."

그들과 나의 치열한 두뇌싸움이 벌어지고 있었다. 서로 계산하고 재며 머릿속은 분주히 계산기를 두드리고 내 눈은 그들의 얼굴과 언행이 사기꾼인지를 파악하느라 바빴다.

모든 것이 핑크빛이었다.

이곳에서 성공하고 싶다는 강렬한 열망과 맞물리면서 불행히도 내겐 다른 어떤 것도 눈에 보이지 않았다. 한인 타운 안이기에 모국어로 상담할 변호사들도 즐비하다는 생각이 실수임을 아는 데는 그리 오래 걸리지 않았다. 변호사가 내 사업을 보호할 거라는 어리석은 미망……

신문을 도배한 광고의 허구를 믿지 말아야 함을 처절하게 깨달아야 했다. 한인 타운의 우물 안 개구리 같은 그들의 실력이 탁월하지 못했고 이런 사업을 수임한 상법변호사 또한 그곳엔 없었다. 실력 없는 것이 죄악이 되는 건 의사뿐 아니라 변호사도 마찬가지임을 뼈저리게 통감해야 했다. LA 타임즈에서 대서특필한 한인 여성 제니퍼 황의 성공스토리는 사실은 주류사회 속의 일이었다. 백인 벤처 사업가 남편의 활약으로 이루어낸……

길 위에서

　그렇게 내 꿈의 시도는 실패라는 강한 펀치를 날리고 나를 무릎 꿇리고 떠났다.

　언제나 꿈이라는 이름으로 시도한 사업은 위험과 사기꾼을 동반했다. 이곳, 미국에서의 꿈은 그랬다. 현실에 기반을 둔 꿈을 만들겠다고 마음을 먹고 뛰어드는 순간부터 나는 위험했고 수없이 달라붙는 불나비 떼 같은 협잡꾼들의 간계와 시비에서 살아남아야 했다. 치열한 자기 준비 없이는 현실에서의 꿈의 실현은 고난의 연속이고 말처럼 행복하지만은 않았다.

　십여 년의 학교 도서관에 파묻혀 홀로 고독하게 공부한 후에야 가지게 된 의사나 변호사 자격증 등이 사기꾼의 범접을 금하는 울타리가 되지만 현실의 사업엔 그런 울타리가 없다. 진실의 가면을 쓰고 오는 사람들 속에서 사기꾼을 골라내기가 쉽지 않다. 그들은 너무나 멋진 목소리와 매너로 다가오는 경우가 많다.

꿈은 꿀 때가 아름답다.

어느 고시원의 벽에 '지금 잠을 자면 꿈을 꾸지만 지금 공부하면 꿈이 이루어진다.'라고 쓰여 있었다고 한다. 젊은 날 그 꿈을 믿으며 공부했고 누군가는 나에게 꿈을 이루었다고 하지만 정작 나는 아직도 현실 속에서의 진정한 꿈의 성취를 꿈꾼다. 언제나 꿈은 멀리 있고 이겨내야 할 현실은 가까이 있었다.

간절히 원하면 꿈은 이루어진다고도 한다.

하지만 간절히 원하는 그것은 불타는 열정으로 가득한 전의를 필요로 했고, 그보다 더한 치밀한 전략을 필요로 했다. 그것은 기꺼이 위험 속에 몸을 던지지 않으면 얻을 수 없는 것이기도 했다. 차라리 그것은 전쟁이었다. 요행으로 얻어지는 꿈은 없었다. 도전과 실패는 쌍둥이처럼 붙어 다님을 보았다.

현실에서 부딪쳐야 할 위험과 넘어야 할 모험들에 비하면 공부는 오히려 쉬웠다. 그것은 자기 자신만을 이겨야 하는 싸움이지만 현실에서의 꿈을 위한 싸움은 상대방이 있어서 녹록지 않다. 끊임없는 시기와 모략이 나를 넘어뜨리기 위해 기다리고 있었다.

리버사이드에서의 차터 스쿨과 요양병원 설립을 위한 준비도 마찬가지였다.

예일대를 나온 베트남 2세 하이엔의 명석한 두뇌와 한 팀이 되는 행운을 얻었지만 넘어야 할 거대한 산은 외부에 있었다. 계획을

길 위에서

추진하면서 나는 많은 사람들을 만나야 했다. 그러면서 시의 정치판에 깊이 끼어들게 되고, 기득권을 가진 토착세력들과 친분을 쌓으면서 난 또 다른 꿈을 위한 전쟁도 이곳에서는 해볼 만하겠다는 확신을 가졌다. 그곳은 나에게 시의원도 되고 시장도 할 수 있겠구나 하는 새로운 꿈들을 갖게 했다. 그래서 옆에 사람이 필요했다.

하지만 새로운 세계에서 만나는 그들은 모두가 이해관계로 내게 왔으며 그들의 우정 어린 배려를 기대하는 어리석음이 화를 자초하기도 했다. 내가 필요했던 사람들과 함께 온 위험들. 일부는 사기꾼이었고 일부는 협잡꾼이었으며 일부는 오래전 무심히 보낸 이메일 한 줄로 돈을 요구하는 치한이기도 했다. 지역사회 유지의 얼굴로 온 공화당원도 있었고, 상술과 계략에 능한 이미지대로의 유대인 노인도 있었으며, 한국에서 코스닥을 쥐고 흔들던 작전세력이었다는 한국인 사업가도 있었다. 그들 모두가 내 꿈의 실현을 위한 징검다리로 필요의 옷을 입고 내게 왔다. 위험의 불씨와 함께……

그리고 몇 년 후 나는 알았다. 내가 찾는 그것이, 꿈이라 불렀던 그것이 없다는 것을.

십중팔구는 시행착오를 겪으며 실패를 하고, 10 중 1~2만이 꿈을 쟁취한다는 통념에서 난 예외 없는 십중팔구의 패배의 그룹에 끼었다. 전쟁에서의 패잔병에게는 변명의 여지가 없다. 그렇게 또 하나의 꿈을 위한 전쟁에서 난 졌다. 전의만 앞서고 전략이 부족했다. 열정만 앞서고 치밀함이 부족했다.

꿈은 꿈이라 부를 때 아름답다. 현실로부터 유리된 것이기에 미

치도록 갖고 싶다. 그런데 현실 속으로 내려오는 순간 그것은 살아
내야 할 것, 잘 싸우고 버텨야 비로소 얻어지는 것으로 전환된다.
꿈은 위험과 협잡꾼들 속에서 만신창이가 된 몸으로라도 기어이 살
아남았을 때에야 우리의 손에 거머쥐게 되는 그 어떤 것이다. 그냥
꿈이라 부르기에 그것은 너무 많은 위험을 내포하고 있다. 쉽게 회
자되고 있는 꿈은 너무 피상적이고 순진하다.

　　그것은 전쟁이다.

　　기꺼이 나를 포기하고 공부에, 일에, 매달리는 것부터 시작하
여 현실과 '맞짱'을 떠야 하는 용기와 지략이 없으면 여지없이 패하
고 마는 전쟁이다. 삼국지를 독파하고, 오늘의 성공자인 스티브 잡
스의 책과 오디오를 끼고 살았지만 꿈과 함께 필연적으로 함께 오

는 위험을 피할 방법을 찾기는 쉽지 않았다. 수많은 다른 얼굴로 오는 사기꾼들의 가면을 벗길 지혜를 얻기는 더욱 어려웠다. 엔젤 투자를 가장해서 들어오는 쥐꼬리만 한 돈에 회사의 지분을 빼앗기는 협잡을 당하고, 컨설팅 명목으로 돈을 챙기는 협잡꾼들은 필요악이었다. 필요 때문에 일을 시키고 적인 줄 알면서도 손을 잡아야 하는 것은 원수를 갚기 위해 악마와 손을 잡는 연극 스토리 속에만 존재하는 게 아니었다. 필요악은 세상 도처에 널려있고 그것이 꿈으로 가는 현실 속 한가운데서 나와의 일전을 기다리고 있었다. 난 수많은 패배를 했다. 하지만 아프지만 성숙했다.

마음이 마음을 속이고
사랑이 사랑을 한다

시의원 아트게이지가 시장 선거에 나섰다.

리버사이드의 요지에 위치한 내 건물의 잔디에서 주민들을 향한 연설과 펀드 레이징을 위한 파티가 있었다. 아트의 아내 케이시와 딸 린지를 처음 만났다. 린지는 자신이 한국인 피 4분의 1을 가졌다고 했다. 어떻게 그게 가능했을까 하는 의문이 아트 보좌관의 귀띔을 통해 해결이 됐다.

"아트의 첫 번째 결혼은 2분의 1 한국인 여성이었어요. 착실하고 생활력이 강했지만 아트의 성공엔 별다른 도움이 안 됐죠. 5년 전 이혼했어요. 린지는 아빠와 함께 살게 됐고요. 지금의 케이시는 이곳 주류사회에 막강한 네트워크를 가진 가문이죠. 서로가 필요했어요. 전형적인 백인 부부 사이에 웃고 있는 동양적인 모습의 린지가 이상하지만 행복해 보이지요.

케이시 덕분에 아트는 시의원이 되고 린지는 연방사회 복지시

설에서 일하게 됐죠. 모든 게 완벽해요. 재스민에겐 이해되기 어렵지만 때로는 마음을 속이고 사랑에 빠지기도 하니까요."

"……."

어디 사랑뿐일까…….

마음이 마음을 속이는 일은 여전히 일어나고 있다. 하루에도 여러 번 사소한 일에 목숨을 걸고 달려들고 스스로 상처를 받는 게 우리다. 그 속에서 희망이 절망으로 바뀌기가 일쑤다. 언제나 희망의 편에 서야 함을 알면서 절망 속에 서성거리며 마음으로 마음을 팔아넘긴다. '인생이란 별게 아니야, 편하게 살자. 사랑? 누군가를 사랑하는 뜨거운 열정이 얼마나 지속될 것 같아? 그러니 잊어. 인간은 본디 외로운 존재야. 정말 못 견디게 사랑이 그리우면 사랑이 사랑을 하게 내버려두자. 밸런타인데이. 사랑이 사랑을 하는 날도 있어.'라고 마음을 속인다.

그러니 자신의 성공을 위해 케이시를 만나 사랑을 나누며 사는 아트를 나무랄 수가 없다. 마음을 속인다고? 누가 자신의 마음에 완전히 솔직할 수 있을까?

난 괜찮아 하며 마음을 속이자 모든 것에 거짓말을 할 수 있게 되고 때로는 그것이 진짜인 듯 괜찮아지지 않던가. 나를 성공으로 이끌 위치의 사람이라면 사랑이 사랑을 하도록 내버려둔들 어떠랴. 상대방에 눈이 멀어 열정적이었던 우리의 사랑이 식고 더 이상 서로에게 뜨거움을 느끼지 못할 때 우릴 붙들고 있는 것은 사랑 자체다. 사랑을 사랑하는 것……. 우리의 삶 도처를 관통하는 일상을 허무

하지 않게, 불안하지 않게 살아내는 유일한 길은 오늘만이 진짜라며 마음을 속이는 것도 마찬가지다. 그렇게 마음을 속이지 않으면 오늘의 허무함을 배겨내기가 쉽지 않다.

'도대체 내 인생이 여기서, 이런 모습으로 끝이란 말인가, 사랑이, 성취가, 더 이상 불가능한가……'라는 허무함은 마음이 마음을 속임으로서만 가라앉힐 수 있는 것들이다.

'충분해. 나이도 들었고 젊음들에게 양보함이 옳아. 나이 들어 너무 나대면 흉해……' 그렇게 마음을 속인다.

책 속의 멋진 남자에 빠지고 영화 속의 배우에 빠지면서 마음을 사랑 속에 담근다. 그러면 며칠은 그 사랑 때문에 행복하다. 아무도 모르는 내 속의 열망을 홀로 배출할 수 있는 안전한 곳이 책 속의 남자와 사랑을 나누는 것. 사랑이 사랑을 하게 하는 것이다.

지금 나의 생존의 문제는 공부나 일의 문제가 아니라 현실과의 납득할 만한 타협의 문제에 닿아있다. 현실 속에서 배반당한 꿈들의 파편이 내 의식에 박혀 아프다. 현실 속에서 대면해야 하는 나이나, 피할 수 없는 여건들이 넘지 못할 벽처럼 괴물로 다가와 있다. 그 앞에서 인생에 대한 사랑과 꿈이 시들어가고 있다. 살아남기 위해 마음이 마음을 속여야 하는 현실, 사랑이 사랑을 하게 해야 그나마 삶의 고단함을 이기게 되는 게 이즈음의 나이다. 그 현실 앞에서 난 고백한다.

'산다는 것은 소리 죽여 마음으로 우는 것, 마음이 마음을 속이

길 위에서

는 것을 허락하는 것이다.'

한때 우리 모두는 현실 앞에서 소리 죽여 울며 이룰 수 없는 꿈을 버렸다. 내가 매달리던 사랑도 꿈속에 있었고 그것은 죽을 만큼의 뜨거움으로 나를 태우는 것이었다. 그런데 난 알아버렸다. 모든 것을 걸어야 가능한 위험한 그것은 이곳에 없다는 것을…….

그것은 어쩌면 우리가 겁내 하는 죽음조차도 이곳엔 없는 어떤 것이라고 날 이해시킨다. 껍데기에 불과한 몸이 죽을 뿐이다.

살아있는 동안 사랑 없이는 삶을 살아내기가 팍팍하고 고단하기에 우리는 사랑이 사랑을 하게 허락한다. 함부로 꿈을 그리워하고 현실 너머의 그것을 가지려 했기에 고단하고 고통스러운 것이라고 마음을 속인다.

아트를 이해한다. 성공을 위해 사랑이 사랑을 하게 하며 케이시를 얻고 그가 원하는 성공을 얻었다.

가짜 사랑, 가짜 꿈들은 도처에 널려 있어 우리를 현혹시킨다. 하지만 정말 그것이 가짜일 뿐일까? 너무나 진짜 같은 사랑의 모습을 하고 우리를 유혹하는데…….

젊음의 한때 우리는 따뜻하고 배려 있는 모습으로 상대를 포장한 후에 용기를 내어 연애를 하고 결혼을 한다. 그런데 조만간 우리는 알아차린다. 그것이 헛된 것이었음을, 내가 받길 원하는 이상의 배려와 헌신을 주지 않으면 얻을 수 없는 게 우리들 현실 속의 사랑의 모습이다. 그래서 가짜의 얼굴을 하고 들어온 사랑들은 조만간 그 맨얼굴을 들이댄다.

이기심과 빼앗기고 싶지 않은 욕심과 상대방의 것을 착취하고 싶어 나쁜 짓을 서슴지 않는다. 마음을 속이며 아이들 때문에 살기도 하고, 차마 입 밖에 내지 못할 자존심인 경제적 곤란 때문에 사랑을 속이며 산다.

그러다 어느 순간 마음의 텅 빈 공터에 바람만이 무성하고, 무너뜨릴 수 없는 고요가 우리들 마음의 공터를 지배할 때 우리는 삶을 이어가기 위한 거짓이 필요하게 된다.

마음이 마음을 속이지 않으면 살 수 없는 시간들이 다가온다.

우리들 마음의 공터에 휘몰아치는 사나운 모래바람을 잠재우려면, 무섭도록 아무것도 없는 적막한 고요를 깨뜨리려면, 사랑이 사랑을 하게 해야 한다. 그래야 살 수 있다. 그래야 오늘에 목숨을 건 불나비가 아니라 그래도 내일은 진짜 사랑이 있을 것을 기다리는 봄나비 정도는 될 수 있다.

"영원히 살 것처럼 꿈꾸고, 내일 죽을 것처럼 오늘을 살라."

24세에 생을 마감한 제임스 딘의 말이다. 그가 사랑했던 세 가지는 배우로서의 연기와 자동차, 그리고 애인 피어 안젤리였다고 한다. 사랑이 사랑을 하는 오늘을 사는 내가 아트게이지의 파티 속에서 그를 생각한다.

세련되고 섹시한
생존기술을 탐한다

    언제나처럼 조지타운의 엠 스트릿은 세련된 옷차림의 인파로 북적인다. 언더아머의 조깅복조차도 멋지게 차려입을 줄 아는 사람들. 대학 타운이기에 젊음들은 그 자체로 아름다운 건 당연하다. 그러나 조지타운의 매력은 나이 든 사람들조차 세련되고 섹시한 사람으로 만나게 되고 뒤를 돌아보게 하는 아우라가 있는 곳이다. 세계의 정치인이 모이는 워싱턴 D.C이기 때문일까?

    포토맥 강을 따라 이어진 스타벅스에 앉아 오늘 참으로 멋진 노인 커플을 만났다. 카키 바지에 라벤더 색의 셔츠를 입은 70대의 노신사는 범접할 수 없는 카리스마를 가졌지만 예의 바르고 멋진 미소를 가졌다. 분홍색으로 코디한 70대 여성은 화장으로 범벅된 얼굴이 아님에도 충분히 아름다웠다. 예의를 갖춰 따뜻한 미소를 머금고 젊은 바리스타에게 원하는 커피를 주문하는 모습이 너무나 세련됐다. 그들로 인해 젊음으로 시끌벅적하던 커피숍이 세련이라는 다른 옷을 걸친 듯 변했다. 커피를 받아들고 손을 잡으며 길에 주차된 빨간색 페라리를 타고 떠나는 이들을 보며 범접할 수 없는 카리스마와 섹시함을 느낀 건 나만이 아니었던 듯하다. 테이블에서 수다를 떨던 젊은이들마저 수다를 멈추고 선글라스 너머로 그들을 향하는 눈빛을 볼 수 있었다.

나이가 들면 정말 어려운 게 섹스어필인데 이들은 어쩌자고 저리도 멋진 섹시함으로 늙을 수 있었을까……. 모두 같은 생각이었을 것이다.

많은 대학가를 다녔다.
예일은 너무 고풍스러워 사람들조차 차분했으며 섹시함을 논

할 수 있는 도시가 아니었다. 하버드는 너무 복잡한 투어 도시 같았고 스탠포드는 심각하고 말없는 너드들의 인상이 자연 속에 있었던 듯하다. 도시와 사람이 중후하면서도 세련되고 때로 섹시함을 갖고 나를 흔든 건 동부 워싱턴 D.C의 조지타운이었다. 이곳엔 섹시하면서도 세련된 아우라의 나이 든 사람들이 있었다. 워싱턴 정가에서 일하는 이들 탓이었을 것이다. 세계의 정치판에서 뛰려면 적당히 연륜이 있어야 하고 외교적으로 세련되어야 하며 남의 주목을 받기위해 섹시함으로 무장해야 했으리라는 짐작…….

지금의 난 어떤가.

무언가를 다시 시작하기도, 그만두기도 이상한 그런 시간을 살고 있다. 개밥의 도토리가 되어 이리 밀리고 저리 밀리는 쓸모없는 인생이 될까 봐 식은땀을 흘리면서도, 아니다, 나이는 숫자일 뿐이고 아직 젊다고 스스로 세뇌를 하고 있다. 분명한 것은 지금 죽을지 언정 개밥의 도토리처럼 살 수 없다는 사실과, 어떤 수를 써서라도 젊은 세대들이 대세인 주류의 길에서 밀려나 뒷방 늙은이는 될 수 없다는 것뿐이다. 그런 나에게 오늘 만난 70대 커플의 아우라는 충격이었다. 버릇없는 젊음조차도 예의를 갖추게 하는 카리스마가 있었다.

그냥 이대로 살 수만은 없는 게 지금 나의 고민이다. 현실과 싸울 전의만은 불타고 있지만 불행하게도 어떻게 해야 하는지에 대한 구체적인 전략이 없다.

외모를 바꾸고, 깊은 배려를 품어야 하며 당당함을 길러야 한다. 말은 적게, 미소를 갖고, 타인에겐 친절을 베풀어야, 세련될 수 있다. 실력을 기르고 일에 몰입해야 섹시할 수 있다.

예전에는 화려하고 주목받는 일에, 사회적인 인정의 기준으로 일의 종류를 가렸다. 하지만 알게 되었다. 일할 수 있는 것만으로도 충분히 행복할 수 있는 시간이 왔다는 것을……. 젊음은 그 자체로 서툴고 미숙함이 풋풋한 매력이지만 지금의 나는 세련이라는 옷이 필요한 나이가 되었다. 오늘의 저들처럼…….

독립적이면서 마초 냄새가 풍기는 똑똑한 남자에게 끌리듯. 아름다운 미소를 가진 실력 있는 여자의 세련된 배려에 끌린다. 그것은 나이를 초월한다. 독립적인 삶의 자세를 갖고 남을 안을 수 있는 가슴팍의 넓이를 넓히는 일이 필요하다.

마음의 넓이를 넓혀 오픈하고, 긍정적이고, 유머를 담을 수 있어야 한다. 남의 도움에 목을 매거나 신데렐라 콤플렉스에 젖어들지 않을 일이다. 내 스스로 만들지 않은 공짜 인생은 어느 곳에도 없다. 이 모든 생존기술에 세련과 섹시함을 더해야 멋있는 노년을 가질 수 있다.

섹스어필! 가장 여성스러우면서도 강한 카리스마에 끌린다. 지금 나는 어떻게 그것을 얻을 수 있는지를 고민한다.

많은 철학자들이 중용의 도를 말하고 좌로나 우로나 치우치지 않는 균형감각만이 인생을 순탄하게 사는 길이라고 충고하지만 세련과 섹시를 탐하는 지금의 마음을 흔들지는 못한다. 이것도 저것도 아닌 중도의 길이 기회주의로 받아들여지는 것은 그들의 깊은 철학을 이해하지 못하는 내 미숙함 때문일 것이다.

세련된 삶의 자세란 위험을 무릅쓰는 카리스마 위에 피어나는 꽃이다.

십중팔구는 실패를 하는 현실에서 기어이 다시 일어나 재기의 발판을 마련하는 데 망설임이 없는 용기를 자양분으로 하는 꽃이다. 어려운 고비를 이겨내고 스스로 자신의 인생 위에 우뚝 선 사람들을 볼 때 그들의 아우라 속에서 나는 가슴마저 두근거리게 하는 세련된 이끌림인 섹스어필을 경험한다.

진정한 리더란 외로움을 감내하는 것마저 멋있어야 한다. 그런 삶의 냄새가 풍기는 사람들이 섹스어필한다. 거기엔 남녀의 구분이 있을 수 없다. 사회는 끊임없이 남자와 여자를 가르고 그 테두리 안에 가두려고 하는 시도를 멈추지 않는다. 그러나 그 정해진 규칙을 깨는 남자와 여자가 아름답다.

남자 편만 드는 남성 쇼비니스트나 마초가 아니면서, 여자 편만 드는 페미니스트도 아닌 그 둘을 함께 보듬고 있는 사람들이 우리들의 본능을 자극하며 섹스어필로 다가온다.

나이만큼 삶을 살면서, 무엇이든 할 수 있을 것 같던 열정의 뜨거움과, 아무것도 확실한 것이 없어 힘들고 괴로운 불확실성의 젊음의 어두운 터널을 함께 지나면서 우리는 삶의 진짜 모습과 대면했다. 그것은 우리를 겸손하게 했지만 절망을 심어주고, 나이가 주는 겁박에 주눅이 들게 했다. 그 속에서 우리는 늙고 초라해진 몰골로 있다. 그것을 덮을 세련됨과 섹시함이 그래서 필요하다. 늙고 냄새나는 사람에게 아무도 가까이 오지 않는다. 밝고 꿈이 있고, 세련된 늙음은 그래서 생존의 문제다.

요즈음 부쩍 나는 세련되고 섹시한 모습과 아우라를 탐하는 습성이 생겼다.

오늘처럼 그런 사람들을 만나면 한동안을 부러운 얼굴로 바라본다. 명품의 실버들이다. 그것은 다름 아닌 그들의 세련됨이다. 모습과 말투, 그 모든 것에 깃든 범접하기 어려운 카리스마다. 비싼 명품가방과 옷, 화장품이 결코 포장할 수 없는 아우라에 대한 탐욕이 끝도 없이 깊어지고 있는 날이다.

길 위에서

Part 4

나의 인생은 안녕한가?

비극이 꼭 비극만은 아니다. 실패가 꼭 실패만은 아니듯……

NO MATT HOW DIFFICULT IT MAY SEEM, PURSUE YOUR HOPES AND DREAMS.
아무리 어려워 보일지라도, 희망과 꿈을 향해 나아가길

그것은 또다시 '나'

아침 일찍 라구나 비치를 드라이브하면서 문득 화장으로도 삶의 주름을 감출 수 없는 중년의 여자, 내가 세상을 건너는 모습을 보았다. 많은 갤러리들과 태평양의 수평선을 마주하며 테이블을 놓은 식당들. 조금만 가면 아름다운 리츠 칼튼 리조트다. 우리들의 브런치 장소인 잭슨은 검은 에프론을 장착한 멋진 백인 청년들이 손님 맞을 준비에 여념이 없었다. 몇 주 전만 해도 그 길을 걸으며 풍경의 일부로 녹아들어 즐기던 난 지금 차 안에서 이방인이 되어 그것들을 바라본다. 한 폭의 그림 같은 예술 도시의 풍경 위에 내 삶이 오버랩 된다.

내 나이 스무 살 무렵엔 직업도 결혼도 앞날도 결정된 것 하나 없이 막막하기만 했다. 인생의 진검승부가 펼쳐진 30, 40대에는 주도적인 내 삶을 살았다. 그렇게 원하던 의사가 되고, 결혼을 하고

아들 셋을 낳아 소원하는 서울 서초동의 동네에 둥지를 틀었다. 내가 돈을 벌어야 하는 목적이 뚜렷했었다. 적어도 돈이 없어서 하고픈 일을 못하는 인생은 되지 않겠다는 강렬한 소망이 젊은 내 피를 뜨겁게 했다. 그런데 어느새 중년이 된 내가 미국 서부 태평양 연안의 도시 라구나 비치 위에서 나이 든 여자로 인생의 강을 건너고 있다…….

삶은 재촉도 하지 않았는데 재빨리 나를 혐오해 마지않던 늙은 여자로 만들어 놓았다.

아직도 짧은 치마를 입을 수 있을 만큼 종아리는 탄탄한데 체면 때문에 미니스커트를 밀어내는 나이. 열심히 양치를 하건만 노쇠한 티가 묻어 누렇게 바래버린 치아가 웃는 것을 주저하게 만드는 나이.

길 위에서

맨땅에 헤딩하듯 세상과 부딪치며 온몸으로 살아도 거칠 것이 없
던 이십대 무렵의 나는 마흔 살의 늙은 여자가 되기 전에 죽으리라
고 다짐했었다. 그때 나의 젊음은 마흔이 넘은 여자들을 시들어버
린 세상의 속물로 간주해 버리는 경박함을 갖고 있었다. 돈 잘 버는
남편의 등에 업힌 프리라이더들. 강남의 어디 어디에 살며 압구정
이나 대치동 어느 어느 학원을 꿰며 자기들만의 세계 속에 남이 들
어오는 걸 막는 사십 대의 그녀들은, 내 젊음의 회색빛 인생에 비해
턱없이 많이 갖고 있어서 그 밝은 인생에 극심한 질투를 느꼈었다.
오직 자기애와 제 주머니나 채우려는 탐욕만 가졌다며 그들을 매도
했다. 오직 이십 대의 팔팔한 젊음만이 갖는 혈기로 나의 누추함을
가리려 노력했었다. 비록 어느 것 하나 정해진 것이 없이 불안하지

만 삶의 모퉁이를 돌아서면 그들보다 나을 것이라는 생각으로 교만했다. 내가 갖지 못한 것을 이미 선점하고 있는 그들에 대한 열등감이 묘한 새디스트적인 정신적 학대와 섞여 나이 사십이 되면 죽어야 한다고 생각했던 내가 오십이 훌쩍 넘은 나이로 여기에 있다.

우리들 모두는 느닷없이 상상과는 다른 서른을 맞기도 하고, 오십의 나이를 맞기도 한다. 삶은 재촉하지 않아도 우리를 삶의 나락으로 인도한다.

직업도 아이도 남편도 거주지도 정해진 자기들끼리의 새장 안에서 성공했다고 말해지는 나이인 쉰을 넘은 여자들에게도 인생이란 순간마다 자신에게로 향하게 하는 현실의 시간이 있다. 새로운 것을 시도하는 순간마다 고장 난 방향키로 인해 번번이 똑같은 자리로 되돌아와야 하는 현실이 기다리고 있는 그것은 이십 대나 오십 대나 다르지 않다. 그것은 우리에게 또 다른 힘든 '나'지만 쉬운 것은 어디에도 없다는 것. 한 방에 인생을 '훅' 가게 하는 사건들이 도처에 널려 있다는 게 오십을 넘은 여자가 알게 된 인생이다.

암이나 뇌졸중 등 질병은 예고도 없이 찾아와 삶을 한순간에 망가뜨린다. 지진이나 쓰나미는 피땀으로 이룬 우리의 사회를 한순간에 소멸시킨다. 그 어떤 것도 만만하게 인간의 생각으로 이길 수 있는 것은 없다. 중요한 것은 '오늘, 지금'이라는 것이다.

돈 많은 남편과 아이들, 비싼 동네에 집을 갖는, 예쁘게 치장된 새장을 소유한 여자. 남편의 성공에 무임승차한 예쁜 새장 속의 여

길 위에서

자를 우리는 부러워한다. 모든 젊은 여자들의 로망이 거기 새장 안에 있다. 하지만 세상에는 스스로 새장 밖에 머물며 살 수 밖에 없는 여자들도 있고 스스로 새장을 박차고 나온 여자들도 있다.

모두들 안락하고 편한 삶을 추구하는데 스스로 새장 밖을 뛰쳐나오기는 결코 아무나 하는 일은 아니다. 차라리 처음부터 새장 안에 들어가 본 적이 없는 새가 날것의 야생에서 살아남는 법을 안다.

예쁜 새장을 가진 남자를 만나기 위해 밀고 당기기의 기술을 익히고, 결혼시장에서의 간판을 위한 대학에, 외모지상주의…… 그것들은 우리들 젊음의 한때를 유혹한다. 너무나 달콤한 유혹이기 때문이다.

모두들 그곳을 향해 날아오른다. 내 30대 초반도 예외는 아니었다.

"마흔의 여자는 어떤 즐거움으로 세상을 건널까?"라며 궁금해하는 그 시기에 난 내가 만든 새장 밖을 나가기로 결심했다. 그럴듯한 직업도 있었고, 아이들도, 남편도 있는 안락한 새장을 떠나기는 쉽지 않았다. 그러나 그때의 나는 나이 마흔이 주는 삶의 무게가 너무나 처연해서 세상이 만들어놓은 한계와 틀을 넘어서고 싶다는 일념뿐이었다. 하지만 주변의 예상대로 남편의 그늘을 나와 새로운 나라 미국에서 시작한 사업은 얼마 가지 않았다.

스스로 먹이를 구해야 한다며 용기 있게 비상했지만 항상 나는 위험에 노출되어 있었다. 하이에나들의 먹잇감이 될 뻔한 적도 너무나 많았다. 마침내 세상에 부딪치며 고장 난 인생의 방향키는 나를 제자리로 돌려놓았다. 그리고 여기저기 상처 입은 날갯죽지로 떠났던 곳인 나의 둥지로 다시 돌아왔다. 많이 아프고 견디기 힘들었다. 간절히 원했던 비키니 같은 섹시한 삶을 얻지 못했다.

하지만 나는 새장 밖의 세상을 향한 나의 도전을 후회하지 않는다. 비록 넘어지고 깨져 피를 흘렸지만 그것은 자유를 위한, 온전한 인간으로서의 독립적 삶을 위한 비싼 수업료였다. 그것은 아찔하게 위험했다. 상처 입은 몸으로 맨 처음 떠났던 자리로 다시 돌아왔지만 이전의 나는 아니다.

이제 나이 쉰다섯의 여자가 자기에게로 돌아온 모습으로 세상을 건너고 있다.

조만간 고요하고 척박한 시골에 자신을 들이밀어 넣을 준비를 하면서 부와 명예를 누리던 생활을 온전히 버리고 나에게 있는 재능을 남을 위해, 불확실한 삶 앞에서 주눅이 들어있는 젊음들을 위해 봉사하며 남은 인생의 세상을 건너고자 한다.

그것은 또다시 '나'다.

> "오래된 사과나무에서 아주 잘 익은 사과가 어린 사과나무 옆에 떨어졌다. 어린 사과나무는 그 잘 익은 사과에게 말을 건넸다.
> '안녕하세요, 사과님. 당신도 하루 빨리 썩어서 나처럼 싹을 틔우고 나무가 되었으면 좋겠어요.'
> 그러자 익은 사과가 말했다.
> '이 바보야, 썩는 게 좋으면 너나 썩어. 너의 눈에는 내가 얼마나 빨갛고 곱고 단단하며 싱싱한지 보이지도 않니? 난 썩기 싫어. 즐겁고 멋지게 살고 싶어.'

길 위에서

'하지만 당신의 그 젊고 싱싱한 몸은 잠시 빌려 입은 옷에 불과해요. 거기에는 생명이 없어요. 당신은 아직 모르지만, 생명은 오직 당신 안의 씨 속에 있어요.'

'씨는 무슨 씨가 있다는 거야. 바보같이.'

익은 사과는 그렇게 말하고 입을 다물어 버렸다."

— 톨스토이: 인생이란 무엇인가 —

또다시 나에게로. 그것은 썩기 위한 준비다.

잠시 빌려 입던 젊음의 옷도 가고, 지금 내가 입은 이것에도 영원한 생명은 없다.

짧지만 끝내주게 섹시한, 아찔한 삶을 원했던 그때도 갔다.

오직 내 안의 또 다른 나와 만나 새로운 삶을 꽃피울 용기를 갖게 되길 기도하는 여자가 태평양 연안의 라구나 비치 도로에서 세상을 건너고 있다.

사는 게 힘든가?
– 공허한 소리로 젊음을 위로하다

산책을 하는 내내 우리는 말이 없었다.

"잠시 앉았다 가요."

"…….힘드니?"

"그냥요…….."

사우스 레이크 위로 캘리포니아의 아름다운 석양이 지고 있었다. 온통 하늘이 주홍빛으로 물들고 채 물들지 않은 반쪽은 청명한 푸른빛을 띠며 우리를 맞고 있었다. 다섯 마리의 오리 가족이 유유히 호숫가를 떠가고 캐나니언 거위들의 도도한 모습 위로 석양이 지고 있었다. 맞은편의 반스앤노블 책방의 외등이 외로움을 물씬 풍기며 켜지고 있다.

가슴과 머릿속을 꽉 찬 생각들과 그로 인한 스트레스가 가슴에 통증을 일으킬 만큼 힘들었던 모양이다. 간혹 뱉어내는 긴 한숨 속에 배인 고달픔을 읽는다. 한창 젊은 혈기로 하늘을 날고도 남을 시

길 위에서

기에 시험을 앞두고 고군분투하는 젊음이 불확실한 인생 앞에서 힘
들어하고 있다. 미래에 대한 불안감이 호숫가의 저녁 그림자처럼
어둡다.

이 젊음보다 몇 세대를 더 살고 이미 인생의 갈 길이 정해진 나
는 그 확실성으로 힘들지 않을까? 천만에다.

"사는 게 별건지는 모르겠는데 왜 사는 거죠? 죽은 다음의 세상
이라는 게 있기는 있을까요? 죽으면 그만이지……."

"경, 난 인생을 알 만큼 성인이 아니야. 그런데 옛날 로마의 아

우렐리우스라는 현명했던 황제가 그의 명상록 속에서 이런 말을 했
어. 인생은 하나의 점이고 끊임없이 흘러가는 것이라고. 그래서 우
리는 한 번뿐인 일회적인 삶이라면 '다시 태어나면 무엇을 하겠다'
라는 말을 하지 않도록 전력을 다해 살 필요가 있는 거야. 대강대강
이 순간을 보내버리는 어리석음은 없어야 할 거야."

"어차피 인생이 하나의 점이라면 반대로 이렇게 힘들게 악착같
이 살 필요도 없잖아요? 이딴 시험이 무슨 의미가 있어요?"

"선택은 네 몫이야. 하지만 넌 정말 가치 있게 살고 싶고, 성공
적인 미래를 꿈꾸잖아? 분명한 것은 힘들어도 지금만이 미래를 바
꿀 수 있는 유일한 시간이라는 거야. 지금은 만인에 대한 만인의 투
쟁처럼 보이는 그 험난한 경쟁에서 이기는 길밖에 없어. 나무가 아

닌 숲을 보며 새로 다가올 너희들 시대의 패러다임을 준비해야 해. 무엇을 바꾸겠다고 고민할 때는 이미 늦는 거야. 다가오는 미래의 물결은 쓰나미처럼 너를 덮칠 거야. 미래의 트렌드를 미리 파악하고 노력하는 길밖에 없어. 시간이 언제나 널 기다리지 않는단다."

한국의 고3들은 비교적 어린 나이에 공부에 길들여진 무리 속에서 수능이라는 괴물과 싸우고 사회적 이해 속에 있으니 행운이다. 그러나 홀로 자신의 의지 하나 믿고 공부라는 벽에 도전하며 나름 세상의 모든 곳에서 몰려온 이십 대의 젊음들과 경쟁하는 의대 시험이 급기야 우울증마저 일으킬 만큼의 스트레스를 주는 모습이다.

백인 청년들은 흑인들에 대한 의대 가산점에 분노하며 인종적 역차별을 소리 내어 말하고 있고 흑인들은 부모의 돈으로 수학과

과학에 기계처럼 공부벌레로 길들여진 아시안과의 경쟁이 불공평하다며 서로를 노려보는 피 터지는 약육강식의 의대 입학 전쟁을 홀로 치르고 있다. 왜 힘들지 않으랴…….

사는 게 힘들기는 이제 막 번지점프를 하듯 현실에 뛰어든 청춘이나 나이 든 나나 마찬가지다. 우리는 황당한 미래를 꿈꾸는 것도 아니고 단지 우리의 능력 안에서의 가능하고, 타당하며, 좋아할 수 있는 미래를 꿈꿀 뿐인데 시간은 턱없이 지나가고 손에 쥔 것은 없다. 지금 현재의 시간을 아끼라는 말밖에 할 말이 없다. 문득 시간이 무어란 말인가 하는 의문이 들었다.

따지고 보면 시간이라는 개념도 인간이 만들어낸 하나의 가상에 불과하다. 시간은 우리가 만들어낸 환상의 세계일지 모른다. 빛나는 미래를 위해 오늘을 희생하라고 한다.

정말 그래야 하는 건가? 미래는 이미 우리 곁에 와 있고 단지 널리 퍼져 있지 않을 뿐인데 오늘을 희생해서 내일을 기다리라는 나의 충고가 의미를 상실한다.

'오늘을 살라'와 '미래를 위해 오늘을 희생하라'를 어찌 이해해야 하는지 갈피를 잡지 못하고 있다. 분명한 것은 우리가 만든 가상의 시간을 비껴나서 유일하게 존재하고 있는 것은 바로 '지금'이라는 사실이다. 과거나 미래는 우리가 볼 수도 만질 수도 없지만 지금 이 순간만큼은 우리가 존재하고 있고 삶으로 느낄 수 있다.

오늘이 모여 미래가 된다. 그러므로 어떤 이유로도 현재를 헛되이 써버리면 빛나는 미래는 없다. 그냥 앉아서 미래를 기다리는 것으로 현재의 시간을 써버린다면 조만간 맞게 될 미래라는 현실 앞에서 우리는 누추해진 자신과 만나야 한다.

지금 사는 게 힘든 젊은 청년 경. 꿈은 높은데 그 빛나는 미래가 오기나 할 건지의 불안함으로 인해 힘이 든다.

안다. 하지만 지금의 순간을 헛되이 보내는 것은 죄악이다. 미래를 버리는 것이기 때문이다.

우리들 생이 '두 번이란 없다'는 사실을 우리는 알고 있으며 지금이 모여 우리가 꿈꾸는 미래의 '그 언젠가'가 된다는 것을 안다.

'인생무상'이라는 석가의 말은 '하나의 점처럼 왔다 가는 게 인생'이라는 아우렐리우스의 철학과 닿아 있다. 사는 게 힘들지만 우리는 연습도 없이 태어나고 실습도 없이 죽어간다. 힘들지만 그것을 이기는 길은 오직 그 힘든 것을 통과하는 것으로만 극복될 수 있다. 다른 피할 길은 애초에 없다.

고통을 극복하는 유일한 길이 고통 속을 통과해야 하는 것이듯 삶을 바로 사는 방법도 오늘을 최선을 다해, 생산적인 무엇을 하면서 지금을 보내는 일밖에는 없다. 생산적인 그 어떤 일은 공부일 수도, 일일 수도, 봉사일 수도 있다.

현재라는 찰나의 순간들은 수많은 지문과 흔적을 남기면서 과거로 흘러간다. 공부에 지친 젊음의 흔적을 통해, 오늘의 삶에 남긴 내 지문을 통해 미래는 그렇게 우리에게 온다. 누군가는 '미래학이란 이들 지문과 흔적에 대한 과학적 수사 분석이다'라고 했다.

끊임없이 흘러가는 생명의 강줄기 속에서 우리는 정말 잠시의 지금을 살다 소멸할 뿐이다. 그 잠시의 지금이 우리 앞에 놓인 생이다. 우리들에게 이 잠시의 순간은 참으로 긴 지금들로 이루어져 있어 젊은 그대는 이십여 년이라는 지금을 버렸고 나는 오십여 년이라는 지금을 버렸다. 우리 앞에 얼마만큼의 지금이 남아 있을지는 누구도 모른다. 힘이 들지만 열정으로 고민하고 일하고 공부하며 지금을 보내야 함이 옳다.

> "두 번이란 없다.
> 우리는 연습 없이 태어나서 실습 없이 죽는다.
> 어떤 하루도 되풀이되지 않으며
> 서로 닮은 두 번의 입맞춤은 없고
> 하나 같은 두 개의 눈맞춤이란 없다."
>
> – 쉼보르스카 –

사는 게 힘들어 말을 잃은 젊음에게, 어느새 해가 지고 난 일몰 후의 호숫가에서 위로보단 두 번 삶이란 없다는 위협적 어조로 어깨를 툭 치며 힘내길 강요하고 있다. 나에게 주는 말이다.

힘드니? 나도 힘들다.

모데라토 칸타빌레
– 삶을 잠시 멈추고
햇빛 속을 걷는다

    형광등 불빛의 오피스를 나와 햇빛 속을 천천히 걷는다. 가속도가 붙어 위험했던 삶이 속도를 줄이며 멈춘다.

    삶의 모든 순간이 업 앤 다운으로 채워져 있건만, 풀 스피드로 달리는 것만 알 뿐 서서히 속도를 낮추어야 내리막길이 덜 위험하다는 걸 몰랐다.

    끊임없이 몰아세워 지금 여기까지 왔는데 정작 서야 할 곳에서 멈추는 법을 몰라 허둥거렸다. 천천히 걸어야 보이는 사랑이나 인생이 있음을 난 몰랐다.

    복잡하고 시끄러운 우물 안 개구리의 나라를 떠나 풍요롭고 따뜻한 미국의 한적한 도시로 와서 천천히 걷는 모데라토의 삶을 배우고서야 인생에 대한 깊은 생각을 하게 되었다. 뉴포트 비치의 한적한 바닷가. 우드브리지의 호숫가. 보머 캐니언의 들판. 그 모든 것에 깃든 모데라토 칸타빌레. 그것은 허모사 비치의 열정. 베벌리 힐스 스파고의 풍요롭고 세련된 스타카토의 삶과는 다른 향기로운 삶을 말하고 있었다.

나는 브레이크 없는 인생을 살아 왔다. 항상 액셀러레이터만 밟아온 삶의 자동차는 브레이크가 녹이 슬어 멈추어 서려 하자 온갖 잡음을 내면서 손에 움켜쥔 핸들마저 삐거덕거리게 한다. 앞만 보고 달리다 보니 방향을 잃어버리고 달리는 목표지점에 대한 확신이 없어졌다. 그래서 행복함도 모른다. 인생의 점검이 필요한 시점인데 멈춰 서는 게 이리 힘들 줄 몰랐다.

인생의 한 시기를 쉬고 있는 요즘의 나에게는 끊임없는 죄책감

길 위에서

과 두려움이 엄습한다. 어떤 때는 그 불안함 때문에 경기가 일어날 만큼의 조급함으로 손이 떨린다. 아무것도 하지 않고 있다는 사실이 주는 공포가 나를 집어삼키려 한다. 한적하고 아름다운 호수와 바다가 있는 이곳에서 낯선 모데라토 칸타빌레의 느린 삶에 불안을 느낀다. 옆집 척과 메리의 한적한 삶을 보면서 그들을 이해하지 못하고 있다.

속도의 삶에 중독된 나는, 나이는 먹어가고, 더 이상 젊지 않은 삶과 얼굴의 나이테 앞에서 재수가 없어 여든이나 아흔까지 살아야 한다면 지금 이 상태의 준비로는 오래 사는 게 재앙이 될 수 있다는 생각이 쓰나미처럼 밀려와 밤잠을 설친다.

이것은 일중독으로부터 오는 금단현상이고, 시간을 무언가로 바삐 채우지 않으면 불안해서 경기마저 일으키는 패닉어택, 공황장애다.

인생의 성공에 대한 억제할 길 없는 허기, 공복감 때문에 불안한 나의 인생이 저물고 있다. 그리고 불행하게도 무엇으로도 채워지지 않는 게 삶임을 이제야 알게 되었다.

한때는 사랑만이 우리를 구원하리라 믿었다. 영원히 감동하고, 사랑하고, 희구하고, 전율 할 수 있길 소망했다. 전력 질주하면 사랑이든, 성공이든 손에 넣을 수 있으리라 믿으며 앞만 보고 액셀러레이터를 밟아왔다. 40마일이든, 100마일의 속도든 달리는 속도의 차이가 있을 뿐 브레이크를 밟으면 삶이 멈추어 설 것 같은 불안함으로 우리는 차마 서지 못했고, 멈추는 방법을 배우지 못했다.

'죽은 듯 살지 말고, 죽을 듯 열심히 살아라.'가 젊은 영혼을 유혹했다.

그런데 아직도 허기가 진다. 결코 채워지지 않은 공복감이 잠 못 들게 한다.

그럼에도 불구하고 사랑이라 하는데……. 다시 사랑에 탐닉하면 이 공복감이 채워질까?

육체적인 이끌림에 탐닉하는 Lustic love일까? 강렬한 정서적 이끌림을 의미하는 Attrection일까? 아님 도저히 무슨 일이 있어도 내 것이길 소망하는 Attachment 집착일까? 어떤 사랑이 날 구원할까? 몇 살까지 사랑을 말해야 누추하지 않을까?

나이를 의식하고 점잖게 인생의 운전석에서 내려와야 하는 건 아닐까? 아직 한 번도 제대로 사랑도, 성공도 해 본 적이 없는데?

누군가는 80세가 넘어서도 여전히 세계 제일의 부자 반열과 사업의 경영자 위치에서 내려 올 줄 모르는 워렌 버핏을 보고 나이를 의식하지 말라 한다.

그런데 불행하게도 더 이상 젊음이 아닌 나는 숨이 차고, 체력의 한계를 느낀다. 죽을 것처럼 힘든데 길은 보이지 않는다.

멈춰야 볼 수 있는 현재를 건너고 있는 중이다. 그래서 천천히 햇빛 속을 걸으며 억지로 삶의 속도를 늦추는 법을 시도한다. 모데라토 칸타빌레, 조금 느리게 살기. 고장 난 브레이크를 밟는 중이다. 속도를 멈추면 보이는 사랑들이, 삶의 새로운 의미들이 따뜻한 햇볕 속에 녹아 있다. 불행히도 성미 급한 우리가 속도를 늦출 줄 몰라 일생에 단 한 번 만날지 모를 사랑을 흘려보내고는 나이라는 주름살 사이에 갇힌다.

그 무엇으로도 채워지지 않는 허기감은 달리면 달릴수록 더 배고픈 법이다. 멈추어 서서 속도를 늦추면 신진대사도 조금 늦추어져서 허기진 것도 좀 덜해지리라 믿는다.

모데라토 칸타빌레로 천천히 사는 게 필요한 인생의 현재를 지나고 있다.

그동안 수없이 많은 인생의 변곡점을 지나왔다.

지금 보면 한참 어렸던 나이 서른 즈음에, 난 더 이상 청춘이 아닌 나이에 주눅 들었고, 살아남을 일에, 스스로를 책임져야 할 생의 무게에 눌려, 사랑은 이미 허망된 꿈이라며 그것을 접어 서랍장 깊숙이 넣고 현실과 타협해야 한다고 생각했다. 결혼을 하고 현실과 타협하는 법을 배우고 맞게 된 40대. 이미 삶을 되돌아보는 순간 소돔과 고모라의 소금기둥이 되어버림을 알고 두려웠다. 뒤돌아 보면 죽는다고 생각했다. 그리고 맞이한 50대, 바라던 인생이, 꿈꾸던 그 찬란한 미래가 어디로 갔는지 흔적조차 찾지 못하는 나이가 되면서 다른 삶을 찾아 마지막 시도를 꿈꾸지만 세상은 이제 우리를 세상 밖으로 나가라 한다. 현재 삶의 주역인 젊은이들에게 기꺼이 자리를 내어놓는 게 미덕이라고 등을 떠민다. 뒷방 늙은이로 들어가는 초입에 선 우리에게 세상은 온통 잿빛이고 아프다고 소리라도 내면 정신병원에라도 가야 할 모자란 인생이 되어버렸다.

여전히 허기진 배는 채워지지 않았는데 삶의 속도를 늦추고 햇빛 속을 걸으며 지나온 생을 돌아본다. 어찌 이리도 낯선가…….

시간은 아픔을 통해 우리를 가르친다.

햇빛 속을 천천히 오래 걸었다. 처음엔 불안하던 그것이 어느 순간 다른 편안함으로 다가왔다. 인생 또한 와인을 음미하듯 천천히 살아야 할 시기임을 깨닫게 한다. 그것은 경쟁이 아니라 삶을 완성해 가는 또 다른 길을 제시한다.

꿈을, 행복을 쫓아가면서 멀리 달아나기만 하는 그것에 매일 우울하고 허기졌는데, 그것을 놓으려 하자, 갑자기 꿈이 내 속으로 들어오는 것을 느낀다. 행복이라는 블루버드를 쫓아 달리던 젊은 날 동안 내가 가졌던 열정과 실패 속에 있던 삶의 허망함이, 지금 행복이라는 허상의 것을 놓아버리자 희망이 내 안으로 날아든다. 내일은 괜찮을 거라고 속삭인다.

잠시 삶의 속도를 늦추었을 뿐인데…….

길 위에서

죽는 법을 배운다면
사는 법도 배우겠지

'장마가 오는 것을 개미가 먼저 알며, 무너질 위험이 있는 건물에서는 쥐가 먼저 짐을 싼다.'

개미나 쥐들처럼 내 앞에 닥쳐올 불행이나 죽음의 그림자를 미리 알 수는 없을까? 아침 운전을 하다 문득 머릿속으로 들어온 생각이다. 죽음이란 삶을 잃어버린 것이라고 하지만, 오히려 고통이나 번민이 없는 또 다른 세상으로 옮겨가는 것은 아닐까? 그런 세상이 있다면……. 그러나 그냥 하루하루를 별 의미 없이 보내는 것을 살아있는 삶이라 할 수는 없다.

내게 움직이는 비행기나 배, 자동차 안은 내적인 대화를 이끌어내는 곳이다.

매일 아침 습관처럼 스타벅스를 향해 차를 몰고 가면서 매일 다른 생각들과 인생에 대한 아이디어가 나를 붙들어 매곤 한다. 생각이 실타래처럼 얽혀서 풀어지지 않을 때, 무언가는 해야 하는데 대

안이 없을 때 나의 아침 드라이브 길은 1시간을 넘기기가 일쑤다.

우드브리지 동네를 가로지르며 있는 바랑카 파크웨이 양쪽의 레이크는 고요하다. 인공으로 만든 호수지만 나무 다리며 최대한 자연을 끌어들여 만든 아름다운 곳이어서 오리들과 뉴포트 비치서 날아오는 갈매기 떼의 휴식처다. 호수가 산책로 곳곳에 죽은 가족을 기념해서 심은 나무들과 벤치. 한국인 할머니의 이름도 있다. 그곳을 지날 때마다 난 삶과 죽음의 경계를 걷고 있다고 생각한다. 많은 돈을 기부하며 자식들은 그 호숫가에 사랑하는 엄마 이름을 남기고 싶었을 것이다. 그러면서 그녀를 통해 그들의 삶을 생각할 것이다.

길 위에서

내 오피스가 있는 어바인 스펙트럼. 실리콘밸리에서 넘어온 젊은 두뇌들이 진을 치고 온갖 아이디어의 소프트웨어나 인공지능, 사물 인터넷 사업에 골몰해 있다. 빨주노초파남보의 무지개 색으로 간판을 건 인근의 구글과 함께 인터넷산업의 절정기를 사는 수많은 젊은이들이 개미들처럼 밤낮없이 몰두해 있다. 저것이 미국을 지키는 저력임을 소름 끼치게 느끼게 하는 한 구석에 소냐와 나의 사무실이 있다. 우린 둘 다 조만간 짐을 싸야 하는 사양산업에 있음을 안다. 장렬하게 전사하자라고 결심하고 소냐는 동부의 유명한 존스홉킨스 의대의 간호학과로, 난 한국의 병원으로 돌아가기로 한 요즘이다. 아이러니하게도 사업을 접으려 하니 성공할 방법이 보였다. 그래서 마음잡기가 힘들었다. 그런 상념에 빠질 때면 사무실을 지나쳐 라구나 캐니언 길로 들어서고 한동안을 생각에 빠져 차를 몰기도 한다. 그런 시간을 통해 생각을 정리하는 행운을 누리기도 한다.

유니버시티 길 옆, 타나카 농장의 딸기밭을 도는 순간 그들이 장식해놓은 할로윈 펌킨패치의 RIP^{Rest In Peace; 편히 잠드소서}라는 글자에서는 문득 죽음을 생각했다. 죽는 법을 배운다면 사는 법도 알 수 있을 것 같다는 생각이 들었다. 10월 마지막 날의 할로윈 데이를 위해 귀신들과 해골, 죽은 자들의 모습으로 장식한 펌킨 패치에서 인생을 위한 철학적 가치를 생각하는 행운의 시간을 갖다니…… . 이렇듯 우리들 삶의 도처에 우리가 찾는 인생의 답들이 숨겨져 있는데 그 답을 찾는 보물찾기의 게임은 쉽지가 않다.

어찌 살아야 하는지가 요즘의 나를 못내 괴롭히는 명제인데 예

나 지금이나 답을 알 수 없는 건 마찬가지여서 많은 시간 우울했었다. 어찌 이리도 나의 이성이나 깨달음의 정도는 이십 대나 지금이나 성숙될지를 모르는지 안타까웠다.

이렇게 나이 드는 게 겁이 난 요즘, 많은 것을 뒤집어보는 습관이 생겼다.

그것은 지난 시간들 내가 열정을 쏟아 부은 일에서 실패를 경험하면서 스스로를 분석하기 시작하면서, 그리고 진정으로 창의적인 아이디어가 절실해지면서 내게 붙은 습관이었다. 하늘에서 뚝 떨어진 듯 기발한 아이디어를 갈망했는데, 사실은 새로운 것은 언제나 우리의 일상 속에 숨어있다는 것을 깨닫고 난 후였다. 진작 그것을 알아차렸다면 없는 머리를 쥐어짜며 떠오르지 않는 아이디어에 기

죽어 절망함 없이 현실 속의 모든 것을 뒤집어보며 살아날 방도를 찾을 수 있었을걸…….

그것이 오늘 아침도 죽는 걸 안다면 사는 법도 알 수 있을 거라는 뒤집어보는 생각에 이르게 했다.

우리 안에 있는 이성적인 것과 충동적인 상반된 것 중에 우리들은 많은 것을 이성보다는 충동적인 감정으로 일을 결정하는 일이 더 많음을 나는 안다. 첫인상으로 사랑을 만나고, 직원을 뽑고, 직관으로 삶의 밝음을 보려 노력하고, 느낌으로 우리는 동지와 적을 구분한다. 동물적 본능의 냄새를 따라 모험에 배팅을 한다.

물론 이때 운 좋게 우리의 동물적 감각이 이성에 의해 확인을 받으면 그것은 확신으로 변한다. 그 확신은 가슴을 뛰게 하는 강력한 힘을 갖고 있다. 무릇 이성이란 원래 느리게 생각하는 것이고 감성이나 충동은 빠르게 움직이기에 우리의 모든 판단이나 결정이 먼저 첫인상이라는 감정에 의해 결정되는 것이다. 직감을 믿고 배팅을 했다 실패할 때도 많았고 그 직감이 행운을 가져온 적도 있다. 그래서 문득 떠오르는 생각의 파편일망정 함부로 버리지 못하고 되씹거나 한 번쯤 돌려서 생각해보는 습관이 그때부터 들었다. 언제나 고민의 끈을 놓을 수 없던 삶의 문제도 죽음으로부터 물음을 시작해야 한다는 것을 알았다.

지금 나를 두렵게 하는 많은 것들이 과연 죽음 앞에서 무슨 의미를 가질까를 생각한다면 사소한 것에 목숨을 거는 무모한 짓은 하지 않을 것 같다.

죽는다는 것도 그리 특별할 것이 없는 그저 삶을 잃어버리는 많은 사건 중의 하나일 뿐이라는 것을 최근 알게 되었다. 죽는 것 말고도 삶을 잃어버리는 것은 우리들 도처에 널려 있다.

위험도 없이 그저 안전하게 살고 싶어 하는 것. 매일 똑같은 일에 매달려 도전이 무엇인지 모른 채 그저 하루하루를 살아가는 것. 사랑으로 가슴 뛸 일도 없이 오늘이 그날인 그저 그런 날로 시간을 때우는 것. 그런 우리의 많은 날들이 진정으로 살아있는 삶은 아니다.

지루함과 피곤함이 배어나는 무료한 일상을 사는 것과 죽은 것이 무엇이 다를까?

진정으로 살아 있는 삶을 살아야 진정으로 죽을 수도 있을 것 같다. 고민하고 번뇌하는 것들 속에, 위험을 무릅쓰는 잠 못 이루는 날들 속에 가슴을 뛰게 할 성공도 사랑도, 삶도 마그마 같은 뜨거움으로 녹아 있는 것이 아닐까.

죽는다는 것은 고통이나 번민이 없는 또 다른 세상으로 옮겨가는 일일 뿐이라고 불교는 말한다. 나 또한 나이가 들면서 낭비할 수 있는 시간이 없어 불안하고, 삶이 나락으로 떨어져 가는 것을 목격하면서 언제든 죽음과 대면할 준비가 되어야 한다는 생각을 하고는 한다.

처음에 그것은 비감했었다. 하지만 달리 생각하면 그것은 비장한 슬픔이 아니라 새로운 삶에의 용기와 열정을 주는 것이라는 것을 달리는 차 안에서 알게 되었다.

길 위에서

언제든 죽을 수 있다면 사소한 것에 목숨 걸지 않을 것이고, 순간을 최선을 다할 것이며, 그 어떤 악조건도 두려워하지 않을 것 같다. 왜냐하면 진짜 두려운 것은 살아본 적이 없는 삶이기 때문이다.

얼마가 남아 있을지 모를 인생의 빈 공간을 채울 것을 고민할 시간이다. 인생의 빈 공간을 채우기에 가장 좋은 것을 누군가는 책 읽기라 하고, 누군가는 사랑, 봉사의 삶이라고 한다. 일을 하면서 내가 잠시 몸담고 살았던 이곳에 무언가 유익한 존재로 왔다 간다면 좋겠다.

우리가 떠난 후 남겨진 우리의 자식들이 잠시라도 우리를 그리움으로 기억할 수 있다면 좋겠다. 우리 모두는 남겨진 존재다. 죽음 말고 또 다른 죽음은 삶을 잃고 사는 것. 그냥 남겨진 존재로 살다 소멸하는 것이다. 그걸 원할까, 나는?

시간은 계속 흐르고
인생은 무엇인지 물음표만 는다

샌디에이고에서 주말을 보냈다. 다운타운의 가스램프 길에서 브런치를 먹고 라호야에서 물개들을 보았다. 아침에 들른 이태리 식당의 나이 든 지배인의 권유 덕택이었다.

"마담, 인생을 자신 있게 살게 하는 세 가지가 무언지 아나요?"

주문한 미모사를 건네며 말을 이었다.

"좋은 가족, 좋은 배우자, 좋은 옷차림이에요. 잘생긴 아들들을 가졌군요. 좋은 아침입니다. 자신 있고 멋진 인생을 위하여, 지비오! 돌아가는 길에 라호야에 들르세요. 바다 물개들이 해변에 누워있는 그곳에서 인생을 만날 겁니다. 삶은 그것과 연애하듯 살아야 합니다."

예순이 넘은 그는 인생을 알았을까? 이태리 식당 특유의 맛있는 냄새 속에서 삶이 무엇인지 내 자신에게 묻고는 답을 모른 채 난감한 내가 보인 걸까? 그는 깨달음으로 이끄는 일요일 아침의 그루였다. 삶을 연애하듯 살라……. 인도에만 그루가 있다고 믿었는데

우리들 도처에 인생을 가르쳐주는 이들이 있음을 몰랐다.

할 말이 없다면 침묵을 배워야 할 나이라고 요즘의 나는 입을 닫고 있었다. 그럴수록 머릿속은 수많은 생각과 말들로 터질 것 같았다.

내가 아는 우리들 시간속의 운명은 항상 두 얼굴을 가지고 있었다. 한쪽은 어둡고 우울했으며 한쪽은 밝고 따뜻했다. 어둡고 우울한 시간 속에 갇혀 지내다가 우연히 만나는 삶의 밝음이 힘든 삶을 살아내게 하는 원동력이 되고 있었다. 오늘 아침, 비 내리는 남부 캘리포니아의 우울함 속에 만난 이태리 노인의 말이 나를 밝음 속으로 이끌었다.

시간이 계속 흘러 나이가 들어가면서 꿈도 방황도 결이 삭자 현명하게 사는 것에 관심을 갖는다. 현명하게, 구차하지 않게 나이가

길 위에서

들어간다는 것은 가진 돈이나 사회적 지위가 아니라 우리의 얼굴과 말과 행동에 있음을 알게 되었다.

돈이란 삶의 가장 화려한 꽃이라고 믿었다. 하지만 돈의 화려함으로도 가려지지 않는 게 나이 들어가는 인생의 얼굴이다. 행복해야 한다고 믿었다. 오늘이 어제 같은 틀에 박힌 일상에서 행복을 찾을 순 없었다. 그러나 행복하지 않은 일상이 불행한 건 아니었다. 사랑처럼 행복도 일순간 바람처럼 지나가는 포만감에서 느끼는 감정이라는 것을 알아차렸다.

늙는다는 것은 살아가는 것이고 이 세상 누구에게나 공평하게 온다. 이때 우리의 눈에 들어오는 현명한 사람은 밝은 얼굴에 사리에 맞는 생각을 하고, 많이 들으며, 침착하고 따뜻한 대답을 할 줄 아는 사람이다. 그리고 더 할 말이 없는 때 침묵할 줄 아는 사람이었다.

우리는 성공이 돈의 척도로 순위를 매겨지는 시대를 지나왔다. 좋은 학교를 나와 성공적으로 결혼을 하고 돈을 버는 게 정답이라는 사회를 살아왔다. 법으로 규정된 게 아니면서 모두가 믿어버린 정답사회에서 돈과 행복, 성공은 언제나 정답이었다. 그것을 기준으로 살아온 삶의 가치판단을 받아야 하는 위치에 서야 하는 나이가 되었다. 내가 이룬 부나 사회적 명성, 성취가 얼마만한 가치가 있는가가 내 삶의 성패를 가른다. 누가 만든 정답인가. 과연 난 행복한가……. 시간은 흘러가건만 인생은 아직도 의문투성이다.

흐르는 시간 속에서 남은 시간을 세어보는 횟수가 잦아지면서 맹렬한 도전의식을 품기에는 기운이 딸린다. 어느새 누우면 죽는다는 공포를 경험하는 나이가 되었다. 힘찬 어조로 다른 사람을 설득시키려 수없이 많은 말을 하기보다는 침묵하는 게 더 나은 전략임을 배우는 나이다.

이곳 미국에서의 문화 차이는 어떠했던가…….

학교든 회사든 침묵하는 사람은 그들에게 이중적 인간이었다. 나이와 체면을 핑계로 말을 아끼며 쭈뼛거리는 나는 그들이 이해할 수 없는 동양 여자였다. '예, 아니오'의 자기 의사가 분명해야 일을 추진할 수 있었다. 공부하고 일하는 곳에서 침묵은 적합한 삶의 태도가 아니었다. 자기를 드러내는 자신감을 갖고, 실수를 두려워하지 않는 용기를 갖는 게 합당한 삶의 방식이고 또한 젊음이었다.

지금 내 나이는 침묵을 배워야 할 시간이라고 강요하는데 가슴은 번지점프를 할 수 있다고 한다. 도대체 난 어쩌란 말인가? 삶은 어려운 답을 요구한다.

젊은 시절의 패기가 그리워서 하루의 시간을 한 치의 틈도 없이 꽉 찬 스케줄을 짜고 그 속에 나를 들이밀어 넣는 용감무쌍한 시도를 하기도 한다. 하지만 시간이 흐르면서 안다. 더 이상 젊지 않음을.

실천은 더뎌지고 반성은 늘어가는 시간 위에 있다. 나이를 먹어가는 것을 뼈아프게 온몸으로 느끼고 있다. 그래서 우울하다.

쭈글쭈글해진 삶이 슬프고 어두운 얼굴로 변해서 시들고 신 레몬처럼 먹을 수 없을 것 같을 때라도, 그것을 갈아 설탕을 넣어 달콤한 레몬에이드를 만들 수는 있지 않을까? 우리에게 온 인생은 누

구에게나 공평하기에 나이에 맞는 레몬에이드를 만드는 도전마저
포기할 수는 없지 않을까? 질문은 늘지만 난 답을 모른다.

> "인생에는 때때로 번지점프가 필요한 시간이 있다. 그 높은 곳에서 아
> 래를 향해 두려움 없이 뛰어내릴 수 있는 용기는 마음가짐으로 만들어
> 지는 게 아니라 철저한 연습에서 온다. 철저한 습관과 연습에서 오는 확
> 신이 용기를 만든다. 사랑도 많이 해본 자가 더 잘하고, 두려움도 극복
> 해본 자에게 더 관대하다."
>
> — 칼리 피오리나 —

시간은 흐르고 있고 인생이 무엇인지 물음표만 늘지만 그럼에
도 불구하고 삶에 밝고 따뜻한 운명을 불러올 용기마저 버려선 안

된다는 것이, 바위에 누워 삐익 소리를 내는 라호야의 바다물개들에게서 들은 것이다. 마음으로 보니 세상의 많은 것들이 내게 구루로 다가왔다. 의문투성이의 인생 앞에서, 인생의 물음표만 늘어가는 나이 앞에서도 인생의 조언을 주는 구루를 만나는 일은 열린 마음 덕분일까, 아님 절실함 때문일까?

우리 인생의 어둡고 절망적인 운명을 밝고 긍정적인 얼굴로 이끌어 가는 게 운명의 바다를 노저어가는 항해술이다. 그곳에서 수없이 많은 번지점프를 해야 할 순간을 만나지만 그것은 철저한 연습위에 갖게 된 용기로만 극복할 수 있다.

시다고 버릴 수도 있는 레몬 같은 인생에서 달콤한 레몬에이드 같은 성공적인 인생을 만드는 것은 나이가 주는 절망감을, 여전히 물음표만 느는 인생에 대한 비관적인 생각을 멀리하는 일이다.

인생이 우리를 겸손하게 하지만 '할 수 없다'는, '더 이상 젊지 않다'는 한계가 아니라 우리들 각자의 열정과 능력의 한계를 다시 정의하는 일이다. 그리고 스스로 길을 만드는 일이다.

인생이 무엇인지 물음표가 늘어나는 나이지만 적어도 한 가지 답은 안다.

오래 살기보다는 풍요롭게 살아야 한다는 거.

샌디에이고의 이태리 식당 지배인이 준 가르침이다.

길 위에서

지울 수 없는 희망,
포기할 수 없는 미래

"작은 고통은 우리를 화나게 하지만, 커다란 고통은 우리를 자기 자신으로 되돌아가게 한다. 금이 간 종은 탁한 소리를 내지만, 그것을 아예 두 동강을 내버리면 다시 맑은 소리를 낸다."

– 장 폴 리히테르 –

미국에서 일구었던 그 많은 건물을 잃으면서 '이 또한 지나가리라'는 말을 붙들고 죽고 싶을 만큼 창피한 굴욕의 터널을 지났다. 허리케인처럼 한순간의 광풍이 휩쓸고 간 폐허 위에 서서 맞는 고요는 모든 것이 지나가는 것임을 알게 한다. 그것은 폭우를 뚫고 지나본 자만이 아는 말이다. 화도 낼 수 없을 정도의 큰 고통 속에서 비로소 나는 나 자신으로 돌아갈 수 있었다.

그리고 바닥보다 더 낮게 웅크려야 폭풍우를 피할 수 있음을 본능으로 알았다.

공포와 수치심으로 세상과의 연락을 끊고 찌그러져 있던 웅크

림 속에서도 나를 이끄는 희망이라는 북극성만은 놓치지 않으려 애썼다. 곧 일어날 거야. 진짜로 포기하지 않은 한 진짜 실패한 건 아니니까 납작 엎드려 폭풍이 지나갈 때까지 기다리자며 나를 달랬다.

히말라야를 등반하는 위대한 등산가들에게 죽음의 빙하와 크레바스를 건너는 순간만 있는 건 아니다. 베이스캠프에서 라면을 끓여 먹으며 등반하기 좋은 날씨를 기다리는 그 따분하고 하릴없는 일상도 위대한 등반 여정의 일부이지 않던가.

그 모든 일상 속에서도 희망의 북극성을 보고 있는 한 우린 아직 꿈의 여정 속에 있는 것이다. 앞이 보이지 않는 터널 속에 있어도, 버릴 수 없는 희망은 우리의 삶을 이끌어가는 북극성이다. 희망 없이 우린 내일을 말할 수 없다.

꿈과 욕망이 뒤섞여 때때로 브레이크가 고장 난 차처럼 우린 만족을 모른다. 그리고 크게 한 방을 맞고 휘청거리며 일상이 무너지는 지경에 이르러서야 미련을 버려야 함을 깨닫는다. 이때, 내 잔이 반밖에 차지 않아 슬픈 것일까, 내 잔이 반이나 차서 기쁜 것일까의 태도가 운명을 바꾸리라는 것을 깨닫는다.

요즈음 부에나 파크로 조각을 배우러 다니면서 전혀 생소한 삶을 가진 한국 사람들을 만나게 되었다. 홍대 미대 출신의 샌디는 강아지 한 마리와 육십 대 후반기를 보내는 외로운 인생이지만 그래도 각양각색의 수강생들과 만나 공예를 가르치고 틈만 나면 피워 무는 담배로 적적함을 달랜다.

하나밖에 없는 딸은 이혼한 아버지의 경제적 도움을 받기 위해 산타모니카에 가 있고, 변변한 위자료 없이 이혼한 그녀는 스스로 경제적 독립을 해야 하는 삶이 녹록지가 않다.

경제적 곤란, 홀로 살아야 하는 외로움 때문에 다 늙은 나이에 다시 잡은 그림인데 그것이 팔리지 않아 그녀는 가구 리폼으로 생계를 꾸려간다. 그림을 전공하고 포스트모더니즘적인 삶을 멋스럽게 살아온 그 모든 것들이 이혼과 함께 사라졌다. 아무렇지도 않게 누렸던 물질적인 풍요를 그리워하는 자신을 보는 게 고통이다. 그래서 담배를 피워 무는 횟수가 잦아졌다. 교회에 매달려 신앙생활을 하지만 가슴 속 공허감과 잃어버린 풍요에 대한 기억을 지우지 못해서 한때는 구차한 생을 그만둘까를 생각한 적도 있다고 고백한다. 이해할 수 있을 것 같았다.

"재스민, 당신의 결혼은 안녕한가요?"

나무 깎기에 몰입 중인 내게 던진 그녀의 질문에 순간 당혹감을 느꼈다.

"사는 게 무언지 포기할 수 없는 미래가 나를 힘들게 하네요. 성공도 사랑도 가진 것이 없는데 속절없이 나이 든 내 인생 앞에서 가슴이 무너지네요."

샌디의 처연함이 내 입을 열게 했다.

"우리들 모두는 자신만이 짊어지고 있는 짐이 있어요. 내 결혼이 안녕한지 난 몰라요. 하지만 포기할 수 없는 희망이라는 이름으로 나도 살아요."

"개밥의 도토리 같아요. 내 인생이……."

샌디의 말이다.

사람이 조금씩이라도 나아지는 환경에선 희망을 가지고 더 나아질 미래를 꿈꾸지만, 한순간에 이혼과 함께 떨어진 나락, 곤궁해진 생활은 미처 준비가 안 된 사람들에게 치명적인 절망감을 안긴다. 아무리 유능했든, 재능이 넘치는 예술가였든 상관없이 결혼 속에 매몰되어 붓을 놓은 지 이십여 년. 다시 시작하고 그것으로 생계를 이어가기란 녹록지 않은 일이다. 결혼하기 전의 생기발랄하고 시대의 멋쟁이던 홍대 미대 여학생. 멋진 재미교포를 배우자로 두었던 그 화려했던 젊음. 그것에 대한 미련……. 그러나 다시 잡은 어설픈 그림으로 생계를 유지해야 하는 현실. 개밥에 도토리 같다는 샌디의 절망감을 이해한다.

내가 내 결혼이 안녕한지 알 수 없듯 인생에는 정확한 답이 없다.

샌디의 비관적 절망감은 지난주 스텔라가 수강생으로 오면서 달라졌다.

사십 대 후반의 스텔라가 유방암으로 수술을 하고 항암치료를 받으며 죽음의 고통을 이겨내기 위해 그림을 배우러 왔다. 스텔라의 빠져버린 머리와 대패로 깎인 듯 밀어버린 평평한 가슴은 여성성을 잃어버린 절망감으로 그녀를 힘들게 했다. 어떻게 해서든 죽음만은 미루고 싶은 간절한 희망으로 두 번째 항암 사이클을 거부하고 세븐스 데이, 제칠일 안식교의 자연치유요법에 매달리는 스텔라의 고통을 지켜보면서 샌디는 자신을 비참하게 하고 화나게 하는 경제적 빈곤함이 얼마나 작은 고통이었는지 깨달았다.

그녀는 죽음과 대면하고 있는 스텔라가 오로지 자기 자신에게만 집중하고, 하루하루를 일 년처럼 쓰면서 밝게 웃으려 피나는 노력을 하고 있는 것을 보았다. 포기할 수 없는 내일 때문에 화를 낼 수가 없다고 말하는 스텔라를 보며, 그녀는 힘들고 짜증스러운 일상의 삶에서 너덜너덜하게 빛바랜 희망을 찾아내 먼지를 닦아 자기 앞에 세워야 함을 알았다.

이혼으로 자유를 얻고, 그 대가로 맞은 물질적인 궁핍이 다시 붓을 잡고 그림을 그리게 했으니, 젊은 날 가졌던 열정을 다시 한번 품을 수 있다는 생각으로 현실을 받아들이는 태도를 바꿔야 희망의 싹이 틀 수 있음을 알았다. 아직 인생의 잔이 반밖에 차지 않았으며 스텔라가 그리도 살고 싶어 하는 내일을 이렇게 불만투성이로 버릴 수는 없다고 생각했다.

이혼과 함께 온 경제적 궁핍으로 인한 고통 때문에 화가 났던 샌디는 자신에게 온 운명을 맞아들이는 태도를 스텔라를 통해 바꾸었다. 희망을 얘기하기 시작했다.

부디 고통스럽지만 항암치료를 멈추지는 말라고 그녀를 설득하기도 하고, 안식교 목사의 설교를 맹신하고 자연치유에 매달리는 스텔라를 꾸짖으며, 얼마 남지 않은 삶을 담보로 하는 무분별한 치유캠프의 위험천만함에 화를 내기도 했다. 그리고 하루하루를 살아내는 스텔라의 고통에 비해 자신의 고통이 얼마나 사소했는지를 깨달았다. 그녀가 그리도 살기를 갈망하는 오늘이 자신이 불평으로 버리는 오늘임을 알았다.

작은 고통은 우리를 화나게 하지만 어찌할 수 없는 큰 고통은 우리를 자신에게로 돌아가게 한다. 탁한 소리만을 내고 있는 금이 간 종은 차라리 두 동강을 낼 때 청명한 소리를 찾는다. 지울 수 없는 희망이 우리에게 포기할 수 없는 미래를 선물하는 계기가 된다.

스텔라를 통해 그동안 머뭇거리던 절망감을 두 동강을 내고 내다버리자 완전히 달라진 자신이 다시 맑은 소리를 내고 있음을 본다며 내 미술 선생 샌디가 놀라워하고 있다.

나도 그렇다.

삶은 언제나 늘
그 자리에 있다

메멘토 모리memento mori. 죽음을 기억하라!

죽음은 삶을 극명하게 한다.

마음을 줬던 환자들 몇 명의 죽음을 보면서 돌아서서 나오는 내가 휘청거리고 있다.

환자에게 정을 주지 말 것을 배운 의사가 아니던가.

마음이 아리다. 정서적 우울감을 어찌할 바를 몰라 마신 와인 한 잔에 짧은 잠을 청할 수 있었다. 그리고 삶을 생각했다.

언제 끝날지 모르는 삶이 초라하게 망가지지 않기 위해서 남은 삶의 길이와 상관없이 무언가 의미 있는 일을 해야 한다는 또 다른 강박증이 몰려온다. 일의 의미에 대해 고민 중이다. 돈을 벌고 성공하기 위한 일 속에서 열정과 재능을 발견해야 일의 의미가 극대화된다. 제한된 시간을 살다 가는 것이 우리의 삶인 것을 잊고 산다. 그래서 시간을 낭비한다.

삶은 늘 그 자리에 있고 변하는 건 잠시의 삶을 살다 가는 우리들이다. 우리는 누군가의 남겨진 존재로 살아가다 남겨진 누군가의 기억이 될 것이다. 나이가 든다는 것은 조만간 우리가 죽을 것이라는 것을 이해하는 것이다.

생명의 거대한 강줄기에 한 방울의 물로 왔다 가면서 조만간 사라지리라는 죽음에 대한 기억은 하루하루의 심심하고 무료한 일상에 절박감으로 다가와 삶을 극명하게 불타게 한다. 낭비할 시간이 없기 때문이다.

젊었을 땐 죽음을 이해하기가 쉽지 않았다. 그것이 너무 멀리 떨어져 있었기 때문이다. 하지만 나이가 들면서 죽음은 더 이상 멀리 있지 않음을 알게 된다.

길 위에서

어바인 시의 노인복지를 책임지고 있는 앤은 쉰여섯 살의 커리어 우먼이다. 요즈음 그녀는 일을 할 수 있는 날이 얼마 남지 않았음을 절감한다. 삶을 위한 돈의 문제가 아니라 수십 년을 아침이면 출근할 곳이 있었고 여름이면 두 달씩 유럽을 여행하던 휴가도 돌아갈 일자리가 있어서 행복했었다. 그런데 은퇴를 하고 일을 그만둔다면 무엇을 해야 할지 상상이 안 돼서 불면증에 시달릴 만큼의 고민 중에 있다. 취미를 만들고, 손으로 할 수 있는 기술을 배우고 싶어 한다. 영원할 줄 알았던 직장에서 은퇴라는 이름으로 사라져야 한다.

미국의 자랑스러운 네이비, 해군이었음을 명예로 아는 퇴역 장교 출신의 밥은 일흔이 넘은 전형적인 중산층 백인 신사다. 아내 웬디와 은퇴 후의 삶을 매년 세계여행을 하고, 매일 오전은 무보수의 커뮤니티 봉사활동을 하며 보낸다. 최근 70세의 아내, 웬디의 건강이 악화되면서 얼마나 더 건강한 삶을 살 수 있을지를 고민한다. 삶은 언제나 여기에 있는데 자신들에게 주어진 삶의 시간이 끝나감을 느낀다고 말할 때 나는 숙연했다. 하지만 밥은 이미 삶을 알아버린, 죽음조차 이해한 사람에게서 묻어나는 긍정적인 차분함으로 나를 놀라게 했다.

이렇듯 오십 대 이후가 되면 앤처럼 딱 10년만 더 일할 수 있을 뿐이라는 비장함의 무게가 삶을 짓누르고, 칠십 대 이후가 되면 밥처럼 어쩌면 딱 10년만 더 사람처럼 살 수 있을지 모른다는 죽음의 문제와 직면하게 된다. 그래서 사람들은 나이가 들어가면서 의미가 퇴색한 남은 생에 대해, 죽음의 그림자에 대한 이해로 우울해진다.

지레 겁을 먹고 나이를 핑계로, 때로는 현실을 핑계로 도전하고 위험을 감수하는 것을 포기해버린다. 숫자로 표시된 나이에 자기를 맞추고 살아내지 않은 날조차 이미 다 살아버린 듯 살면서 우리는 신을 향해 영생을 묻고 있다.

겸허히 무릎을 꿇고 신이 자신을 세상에 보낸 이유를 묻는다. 하지만 신앙심이 깊지 않은 사람은 그곳에서 답을 찾기가 쉽지 않다. 그래서 용감한 몇몇이 신에게가 아니라 자기 자신에게로 질문을 돌린다.

나에게 열정으로 살 젊은 삶이 아직 남아 있는지, 그것이 언제인지, 그리고 자신이 왔다 간 삶에 의의를 갖게 하기 위해 남은 삶을 무엇을 할 수 있는지를 묻는다.

자기 자신에게로 질문을 돌리면 답은 오히려 명료해진다.

메멘토 모리! 죽음을 기억할 때 할 일이 명료해지듯…….

죽기 전, 버킷리스트로 적어둔 100가지의 하고픈 일들은 의미를 잃는다. 시간이 없다. 2번 이하는 잊어야 한다. 1번을 위해 전력을 쏟기도 부족한 것을 알아차릴 때 비로소 우린 시시한 일상으로 낭비할 시간이 없음을 깨닫는다. 조만간 사라질 인생이 나다. 그리곤 내가 가진 날 중의 가장 젊은 순간이 바로 지금, 아직 살지 않은 오늘이라는 사실에 전율을 느낀다.

우리에게 주어진 삶의 길이는 전체의 영속적인 삶에 비하면 먼지처럼 하찮을지도 모른다. 죽기 전까지 나의 인생을 바꿀 수 있는 기회가 오기는 할까? 새로운 일에 대한 숨 막히는 열정이 내게 남아 있기는 한 걸까? 다시 사랑을 할 수 있을까?

나에게로 향하는 이들 물음들이 삶의 한순간을 살아낼 뿐인 나에게 답을 하라고 한다.

나이가 들어 인생을 어렴풋이나마 알게 되면서 나는 내 부모의 남겨진 존재로 살다, 내 뒤에 남겨진 젊음들의 부모로 떠날 존재라는 것을 깨닫는다.

마음이 조급해진다.

우린 다시 사랑이라는 걸 할 수 있을까?

"재스민, 난 아직도 산악자전거를 타고, LA 피트니스에서 근육을 만드는 운동을 해요. 웬디가 건강이 나빠져서 사랑을 할 순 없지만 난 아직도 성에 대한 열망으로 가슴이 뜨거워요. 그래서 애인도 있지만 웬디를 사랑하는 마음엔 변함이 없어요."

세상에! 어쩌자고 일흔이 넘은 노신사 밥은 나에게 이것을 고백한단 말인가? 내가 웬디를 아끼는 마음이 어떤지를 알면서…….

"난 조급해요. 내가 어느새 칠십 살을 넘긴 노인이 되리라고는 상상도 못했어요. 모레노 밸리의 병원에서 일하는 내 딸 레베카의 친구인 아키코와 사랑에 빠졌어요. 스물 셋의 나이 차이는 문제가 되지 않았어요. 아키코는 내게 원하는 게 없어요. 시민권자이기에 신분을 위해 나에게 접근하지도 않았고, 퇴역한 해군 장교기에 돈이 많은 부자가 아님을 그녀는 알아요. 단지 우린 그냥 서로를 사랑해요."

하긴 이혼한 아시안 여자의 입장이라면 이왕이면 부자인 백인 남자와 결혼을 전제로 했어야 한다. 이곳에서 여자의 사회적 지위가 얼마나 부자인 백인 남자인가로 결정된다는 위선적 사회통념을 간파한 영악한 여자들은 그 기회를 버리려 하지 않는다.

"하지만 레베카의 충고에 아키코와 헤어지려 해요. 내 딸의 많은 말들이 날 설득하지 못했는데 한 가지만은 잊히지 않았어요. 남겨진 자기들에게 의미 있는 아빠가 되길 원한다는 말……. 삶은 이제 그들의 몫이고 난 조만간 떠날 거예요. 그 애들에게 엄마를 두고 외도한 아빠로 남고 싶진 않아요."

"고마워요. 나에게의 물음 대신 스스로에게 물어 답을 얻었군요. 난 답이 없었어요."

정말 그랬다.

어떤 때에는 인생에 대한, 성취에 대한 억제할 수 없는 공복감이 밀려와 잠을 설치는 날이 많아진다. 누군가는 욕심을 내려놓으라 하고, 누군가는 뒷방으로 물러나 은퇴의 삶을 즐기라 한다. 천둥번개가 치듯 요란하고 광기 어린 열정이 못 견디게 그립다. 삶을 진정으로 살아보고 싶다.

죽은 듯 조용히가 아니라, 죽을 듯 뜨겁게 살아보고 싶다.

삶은 언제나 그 자리에 있고 조만간 내가 떠나면 다음의 시대가 그 자리를 채울 것임을 안다. 우리는 스스로를 향해 무엇을 해야 하는지를 물어야 한다. 우리가 머무는 삶의 순간을 왜 운명이, 신이, 날 지금 이런 모습으로 살게 하는지를 물으면 답이 없다.

길 위에서

늘 이곳에 있어 왔던 삶의 극히 한 부분을 살다 가면서 사라지는 건 우리기에 질문을 할 곳은 우리들 자신에게다. 어떤 삶을 원하는지…….

"인생의 의의는 사람이 신을 향해 무엇 때문에 자기를 이 세상에 보냈냐고 물을 때는 매우 난처하고 해결하기 어려운 과제가 되지만, 자기 스스로를 향해 무엇을 해야 하는지를 물으면 매우 간단해진다."

– 톨스토이 –

오늘이 그날이다. 나를 향해 무엇을 할지를 묻고 있다.

Part 5

우리들 삶의 중심엔 ,
결국
사랑만 남는다

나는 정말 필요한 사람이고 싶었다.
그러나 삶은 나를 손님으로 머물고 가길 원한다.

멘탈 레이프
(Mental Rape)

"어쩌자고 시험을 그렇게 치렀는지 이해가 안가요. 전혀 시험에 대한 오리엔테이션도 없이 무작정 치른 언어능력시험에서 상상할 수도 없는 창피한 점수를 받았어요. 이것을 생각할 때마다 내가 정신적으로 강제 추행을 당한 것만큼이나 수치스러운 황당함을 느껴요. 나의 안이함이 초래한 멘탈 레이프예요. 말할 수 없는 창피함과 죄책감이라는 사고 후유증에 시달리고 있지만 내 교만이 자초했으니 회복해야죠……."

생전 처음 받아 본 창피한 MCAT미국의 대입시험 성적은 이 청년에게 깊은 스카scar를 남긴 듯하다.

멘붕이라는 유행어는 들어보았지만 멘탈 레이프는 아주 극단적인 표현이었다. 전혀 예상치 않은 질문을 받거나 상황극 앞에서 당황해서 일어나는 경악을 멘탈 붕괴라고 하는 듯 했다. 그러나 이 젊음이 사용한 언어는 극단적인 단어인 레이프강간이었다.

얼마나 수치스러운 트라우마를 가졌던 걸까? 마음이 아린다.

인생을 살면서 입 밖에 낼 수조차 없는 실수나 사고로 수치를 느껴보지 않은 사람이 얼마나 될까. 특히 이 젊음이 멘탈 레이프라고 표현하는 자기 스스로에게 갖는 수치심은 우리들 의식 깊숙이 가라앉아 있다 뜬금없이 수면 위로 떠올라 우리를 홀로 창피하게 한다.

얼굴이 붉어지고 황당한 헛웃음을 만들지만 그것은 우리의 독기를 증폭시키는 네거티브 자극제로 작용하기도 한다. 그 유명한 오프라 윈프리가 그랬다. 어린 시절 당했던 성적 트라우마가 오늘의 그녀를 키웠다고 고백한다. 수치를 잊기 위한 피나는 노력, 트라우마를 치유하는 유일한 길은 죽을 만큼 몰입하고 노력해서 성취하는 것밖에 없었다고 한다. 인생의 가장 강력한 네거티브 자극제였다.

젊은 청춘이 이럴진대 인생을 더 오래 산 우리들은 어떤 수치심으로 우리 자신을 채찍질하며 살아가고 있을까를 생각했다. 우리 스스로를 창피하게 하던 그 모든 것들이, 삶에 대한 겸손을 배우게 하고 부단히 노력하면서도 남 앞에서는 자신을 낮추게 하는 동기들을 가지게 했을 것이다. 젊은 날 우리를 당혹스럽게 하던 그 많은 인생의 실수가, 그것을 극복하려 노력하던 열정의 크기만큼 지금의 우리를 만들었음을 안다.

지금은 까마득히 잊어버린 황당하리만치 수치스러웠던 내 경험은 무엇일까를 생각하는 계기를 이 젊음이 주고 있다. 차마 말할 수 없는 창피스러운 기억, 지금도 나를 열심히 노력하게 하는 정신적인 자극제가 되던 사건은 무엇이었을까…….

"누구에게나 말할 수 없는 수치와 모멸감을 느끼는 삶의 경험이 있어. 네 엄마인 나 또한 그런 트라우마의 연속이야. 그것을 감추기 위해 위선을 떨고, 정직하고 바른 인생을 살아온 것처럼 너희들의 잘못을 꾸짖지만 사실은 그렇지 않아.

인생을 살수록 우리의 정신을 추행하는 장본인이 바로 자신이라는 것을 안단다. 더 슬픈 건 멘탈 레이프를 당하면서도, 나를 속이는 일이 많아지는데도, 부끄러움을 느끼는 것조차 무뎌진다는 것. 그것을 극복하기 위해 독기를 품고 너처럼 노력하는 곳에 발전이 있고 행운의 여신이 찾아오건만, 차라리 잊어버리고 생각하려 하지 않지.

아픔을 잊는 가장 쉬운 방법이 망각이기 때문이야. 그러나 자신의 실수에는 관용이 없어야 네거티브 자극제가 되지. 그래서 와신상담^{쓰디쓴 쓸개의 맛을 보며 다시 일어나기 위해 노력하다}이라는 말이 생겼을 거야."

사는 순간순간 성취의 기준은 높고 그것에 도달하지 못하는 자신의 능력을, 어처구니없는 실수를 보면서 우리는 우리의 무능에 대한 창피를 감춘다. 스스로 합리화의 감옥에 자신을 가두고 남을 탓하고 불공평한 세상에 비난의 화살을 돌린다. 그리고 자신은 죄책감으로부터 빠져나간다. 발전이 없는 이유다.

처음엔 그리도 창피스럽던 것들이 어느 순간 창피함을 잊는 몰염치를 경험한다.

나이가 들면서 온갖 합리화로 자기를 포장하기 시작하면서 우리는 자신을 속이는 법에도 능숙하게 된다. '괜찮아, 괜찮아'로 자신을 위로하면서 우리는 마지막으로 용서하지 말아야 할 자신에게조차 관대해 버리면서 수치심을 잃어버린다.

남들이 위로하는 것은 받아들이되 자기에게만은 엄격해야 발전할 수 있는 동기를 스스로에게 부여할 수 있다. 우리 스스로에게 너무 관대하면 앞으로 나아갈 수 있는 노력에 태만하게 된다. 본질적으로 편안함을 찾는 우리를 나태로부터 끌어내는 것은 우리가 가졌던 정말 수치스럽던 순간을 자신의 눈앞으로 끌어내 대면하는 것이다.

남들과의 비교가 아니라 벌거벗은 자신 앞에서 갖는 솔직함이다.

멘탈 레이프가 될 만큼의 어리석은 실수를, 게을러서, 철저한 준비가 없어서 맞은 황당한 결과를 솔직히 받아들이고 그것을 교정하는 것이 진정한 치료의 지름길이다. 정신적 트라우마를 가진 환자들의 치료에 동일한 사고에 반복, 노출시키면서 그것에 대한 대항능력을 쌓아 이겨내게 하는 것이 치료인 것처럼 우리의 수치스러운 실수의 순간을 기억해 낼 필요가 있다.

그것은 쉽지 않은 일이다. 자신의 수치스러운 치부를 다시 들여다보아야 하는 것은 고통스럽다. 그러나 그것을 직시하면서 똑같은 실수를 반복하지 않기 위한 노력과 능력을 쌓은 과정이 우리의 삶을 발전으로 이끈다.

길 위에서

누구보다 열심히 노력하는 젊음이 수치스러움에 황당한 헛웃음을 흘리는 것은 유일한 스트레스 해소인 NBA 농구게임 시즌 속에서 공부 시간을 빼내어 경기를 보면서 좋은 성적을 기대했다는 자기 합리화에 대한 수치심 때문이었다.

보스턴의 농구팀 '셀틱스' 란도의 열혈 팬인 이 젊음은 란도의 게임을 보면서조차 한쪽으로는 공부할 시간을 나누는 것에 끊임없이 속으로 죄책감에 시달렸다.

"그래 맞다. 중요한 시험을 앞두고 넌 란도의 시합과 공부 시간을 바꿔버렸지. 그리곤 좋은 성적을 기대했으니까……. 하지만 꼭 잃은 것만은 아니야. 보스턴 셀틱스의 네 영웅인 란도는 흑인이고 키는 농구선수로는 난쟁이에 속한다. 그를 보며 네가 열광하는 것은 농구란 신장, 키의 길이로 하는 게 아니라 심장의 크기로 한다는 것을 그가 보여주기 때문이다. 위기상황에서도 흔들리지 않는 란도의 눈빛을, 실수로 골을 허용한 후에도 그가 보이는 투지 앞에서 우린 그를 사랑하지 않을 수 없지.

란도는 팀의 누군가 실수를 해도 그를 비난하기보단 팀워크를 다하지 못한 자신의 실수로 돌린다. 그런 용기와 담대함의 심장을 가진 란도가 마침내 승리를 쟁취하는 것을 보며 넌 모든 것을 자신의 탓으로 돌리며 와신상담했을 그의 강력한 네거티브 에너지에 전염되고, 멈추지 않는 그의 도전에 열광하는 거야. 누구보다 많은 실패를 경험했기에 오늘의 란도가 있지. 자신의 뼈아픈 실수를 네거티브 자극제로 이용해 일어선 그가 아름답기 때문에 란도에게 네가 빠진 거야.

그렇지 않니? 너와 란도는 그런 점에서 닮았다. 그래서 모두가
널 사랑하지……."

정신적 강간을 당한 것만큼이나 수치스러움에 치를 떠는 실수
를 했다고 자책하는 이 젊음에게 외상 후 스트레스 장애가 남지 않
길……. 보스턴 셀틱스의 란도처럼 매력적인 청년이 되길…….

난 정말 중요한 사람이고 싶었다. 그런데 인생은 나에게 그냥
손님으로 머물다 가라 등을 떠미는 나이가 되었다. 미리 포기하고
있는 나에게 멘탈 레이프 정도의 강한 수치감을 주면서라도 다시
한 번 나를 움직일 강력한 추진력인 네거티브 자극제를 꿈꾼다.

길 위에서

순간을 즐길 줄 알아야 할
나이에 서다

　"진심으로 닥터 김이 어바인 시의 커미셔너가 되기를 희망합니다. 저희로서는 영광이지요. 그러나 각양각색의 시민들로부터 시의 행정에 대한 질문을 받고 대답을 완곡하면서 정확하게 하기에는 닥터 김의 언어장벽이 걸립니다."

　어김없는 그들의 대화기법 'yes, but⋯⋯.'의 정중함 속에 자리한 거절이었다.

　어쩔 수 없는 한국 악센트의 영어를 구사하고 알아듣지 못하는 영어가 천지인데 무슨 배짱이었을까? 백인 일색의 오렌지 카운티의 커미셔너를 넘보다니⋯⋯.

　'난 할 수 있어. 어차피 이민자의 나라 아닌가? 저 히스패닉 커미셔너의 영어가 나보다 나을 건 무언가⋯⋯.'

　참 간도 컸다. 무지했다. 막강한 투표율을 자랑하는 인구의 히스패닉은 영어가 문제되지 않았다. 투표 수의 게임인 것을, 정치인

것을……

　그러면서 난 또 한 번의 작은 실패를 경험한다. 그러나 예전처럼 트라우마나 상처가 되지는 않았다. 나이가 주는 뻔뻔스러움이었을까, 아님 순간을 살아야 함을 알아서였을까?

　거절의 대답을 받는 순간까지도 좋은 경험이었으므로 즐긴다는 생각을 하게 했다. 나이가 주는 엉뚱한 위로였다. 순간을 즐겨라. 살아야 할 날이 그리 많지 않다. 그것은 실패를 포장하는 합리화일 수도 있었지만 이미 순위가 정해진 인생길에서 결승점이 없는 일을 찾는 내 노력이 가상해서였을 것이다.

　칠십 세의 이웃인 카렌과 스캇이 또다시 두 달간 크루즈 여행을 떠난다. 로열 카리비안을 타고 유럽을 도는 두 달의 여행을 일흔을 넘긴 노부부가 어찌 감당할지 걱정하는 내게 그들은 밝은 웃음으로 답했다.

일 년의 반을 크루즈에서 여행으로 세계각지에서 온 사람들과 만나고 또 다른 세상을 경험하며 순간순간의 행복을 느끼며 산다고 했다. 어바인의 집은 세를 주고 그것에 그들의 은퇴연금을 합하면 두 달의 여행비 2~3만 불은 걱정이 없다고 한다. 모든 음식과 술, 음료, 파티 등이 포함된 크루즈엔 십수 년을 크루즈의 펜트하우스에서 지내는 사람들도 많다고 했다.

그들에게의 삶은 지금이고 순간순간을 불만족스럽게, 답답하게 보내기에는 남은 시간이 너무 짧다고 했다.

이천 명의 승객들과 천오백 명의 크루즈 승무원들이 그들의 새로운 이웃이고 그들 모두는 골인지점이 없는 삶의 여행을 즐기기 위해 그곳에 모인다고 했다. 턱시도와 이브닝드레스, 조깅복과 수영복까지 준비하여 낮과 밤의 완전한 즐거움의 순간을 만들기 위해 노력하는 삶의 시간들. 천오백 명의 승무원과 의료진이 그들을 위해 상주하는 바다 위의 파라다이스라고 했다. 기항하는 새로운 도시들에서 이국의 공기와 문화를 호흡하고 다시 배로 돌아와선 매일 새롭게 펼쳐지는 쇼와 파티들 속에서 삶의 순간을 만끽하며 현재를 즐기기 위해 노력한다고 했다.

지금 순간을 살아야 할 나이에 들어선 우리에게 어떻게 살아야 하는지를 보여주는 부부다.

그들은 톨스토이의 말을 인용해서 내게 말했다.

"인간이 가장 먼저 빠지는 유혹은 인생 그 자체가 아니라 인생에 대한 준비를 하라는 유혹이다. '내가 해야 할 의무와 내 영혼이 요구하는 것을 지금 잠깐 미뤄도 될 거야. 난 아직 준비가 덜 되었으니까. 준비가 끝나면 그때부터 열심히 양심에 따라 살아야지.' 사람들은 스스로 이렇게 말한다. 이 유혹에 들어있는 속임수는 사람들이 유일한 실제인 현재를 떠나 우리에게 속해 있지 않은 미래를 살려고 하는 것이다. 이 유혹을 이기는 길은 우리에게는 본래 준비할 시간이란 없었음을 알고 오직 지금 자기 자신의 모습 그대로 최선을 다해 살아야 하는 것이다."

스캇의 말이 많은 생각을 하게 한다. YOLO you only live once의 철학이다.

그들의 조언대로 지금은 순간마다를 새롭게 살아야 할 나이다.

그것은 달리 말하면 새로운 것에의 도전을 원하면 많은 걸 걸어야 한다는 말과 같다. 새로운 일, 봉사, 사랑, 학문, 모험 등이 되돌아갈 길을 막은 채 우리의 도전을 기다리고 있다. 그것들은 또한 결승점이 없는 원웨이 게임이다.

돌아갈 수 없기에 선뜻 나서지 못한다. 하지만 반대로 결승점이 없는 게임이기에 자유로울 수도 있는 게임이다.

부러우면 지는 것이라 했던가? 이제까지의 우리의 인생 게임은 뒤돌아보면 지는 것이었다. 이미 저만치 앞서가는 내 또래의 경쟁자들 속에서 성공이라는 것을 거머쥐려면, 결승점에 안착하려면 뒤를 돌아볼 시간이 없었다. 그러나 지금 결승점이 없는 게임을 뛰기 위해선 주변을 살피며 갈 수 있는 여유가, 순간순간을 행복하게 살아내는 지혜와 연습이 필요하다.

42.195킬로미터를 뛰는 마라톤 선수들에게 가장 힘든 순간이 35킬로미터 지점이라고 한다. 이 지점에서 승부의 윤곽이 드러나고 37킬로미터에선 너무 힘들어 각 그룹의 선수들이 흩어진다. 그래서 그들에게 가장 행복한 순간은 이 지점을 통과하고 5킬로미터가 남았다는 팻말을 볼 때라고 한다.

우리 인생의 가장 행복한 순간도 골인지점 직전에, 조금만 더 가면 된다는 확신이 생기는 그때다. 산의 정상에 올라서면 내려갈 일밖에 남지 않았고, 산 너머 산의 또 다른 장애가 기다리는 게 우리의 삶이다. 그래서 우리의 가장 행복한 때도 달리고 있는 그 순간이고, 그중에서도 결승점 직전의 5킬로미터만 더 가면 된다는 팻말이 보일 때다. 성공에의 확신을 보여주는 팻말을 본때의 그 전율은 생각만으로도 우리의 가슴을 뜨겁게 한다.

그러나 우리의 인생에는 어느 만큼만 더 하면 된다는 확실한 팻말을 보기가 쉽지 않다.

그래서 달리는 순간은 힘은 들어도 즐기며 갈 수 있는 방법을 배워야 한다.

즐기는 것, 행복을 느끼는 것, 사랑하는 것, 모험을 두려워하지 않는 것들 모두가 연습이 필요하다는 것을 깨닫는다. 어느 날 갑자기 행복해지자 해서 행복할 수는 없는 게 우리다. 순간을 즐기는 연습이 필요한 이유다.

순간을 행복으로 채우려면 누군가의 말처럼 '그럼에도 불구하고 사랑일 수밖에' 없다. 순간을 즐길 줄 알아야 비로소 살아남을 수 있는 나이 앞에 서 있다. 사람일 수도 있고, 책일 수도, 일 또는 자기희생의 봉사일 수도 있는 그것에 다시 한 번 빠지길 소망한다.

누군가 옆에 없으면 불안하고, 미래를 위한 노력 없이는 나도 없다는 강박증 속에서도 나를 붙드는 것은 사랑이라고밖에 말할 수 없는 그것이다.

사랑은 무의미한 것을 의미 있는 것으로 바꾸는 기적을 행한다. YOLO의 삶에서 필요한건 또다시 사랑이다.

젊음과 늙음의 어정쩡한 경계인 중년. 더 이상 미래를 위해 오늘을 담보해야 할 시간이 남아있지 않은 나이. 순간을 의미 있게 살아야 하는 시점까지 떠밀려 와서 서 있다.

지역사회의 일자리든, 친구든, 자식들이 다 떠나고 둘만 남은 부부든 서로 개입된 과거에 의한 삶을 살면서 어쩔 수 없이 그 흔적에 기대어 살 수밖에 없는 게 우리다. 비록 상처가 될지언정 서로 고통을 나누며 사는 편이 훨씬 인간다운 인생의 시간 위에 서 있다. 기꺼이 미래를 위해 현재를 희생하는 일에서 발을 뺄 줄 알아야한다. 관계중독에 걸려 사회적 인맥과 그들로부터의 인정에 목 매달던 젊음의 시간이 더 이상 없다. 콘센트에 플러그가 연결되어 있어야 작동하는 기계처럼 분리 불안 때문에 용기를 냈던 어바인 시의 커미셔너 자리. 보기 좋게 거절을 당했다. 그리고는 장기간의 크루즈를 떠나는 노부부를 보며 비로소 순간을 즐길 줄 알아야 하는 나이임을 깨닫는다. 마라톤 경주의 절반을 넘어 결승 지점을 코앞에 두고 있다는 생각이 비감하다. 이젠 혼자 즐길 일을 찾아야 할 때임을 깨닫는다.

다시 한 번,
또다시 사랑

    망할 사랑은 언제나 나를 헷갈리게 한다. 그것은 한 곳에, 한 사람에게 머무르지 않고 지속적으로 움직인다. 이제 다시 나는 처음의 사랑으로 돌아가려 한다.

    한 사람을 만나 사랑이라는 이름으로 결혼을 했지만 그것은 몇 개월뿐, 우리는 다투었고, 의무로 가정을 지키다가도 어린아이들의 싸움마냥 또 풀어지고 사랑하는 것을 되풀이했다. 우리들 현실의 삶이라는 껍질을 깨고 보다 성숙해지기는 아직도 쉽지 않다. 그래서 인생도 사랑도 여전히 나를 헷갈리게 한다.

    '우리들이 겪는 설렘과 우울함, 행복과 불행, 즐거움과 고통, 사랑과 증오는 조그만 껍질 속에 갇힌 우리가 사는 세상에 불어 닥치는 폭풍이다. 우리는 그 갇힌 세계에 살아가고 있지만 껍질을 깨고 새로운 세계로 나아갈 수 있다.'

    불교의 법구경이 주는 가르침이다. 그러나 난 아직 껍질 안의

          길 위에서

세계에 있고, 알을 까고 새로운 세계로 나아가는 길을 모른다. 그래서 인생의 길을 묻기는 젊을 때나 지금이나 별반 나아진 것이 없다. 여전히 삶은 알 수 없는 존재로 거기에 있고 먼지처럼 왔다 가는 그 짧은 시간들 속에서 나는 여전히 불행하고 가슴이 아픈 순간을 경험한다.

고통 속을 헤맬 때 나를 구원하는 것은 사랑과 배려였다.

모든 고통들은 나와 세상과의 연결고리가 끊어졌을 때 왔음을 경험한다. 세상으로부터 받는 사랑이 너무 적어 고통스러웠고, 온 힘을 다해 매진한 일들이 세상으로부터 외면당할 때 죽음으로 나를 버린 세상을 향해 보복하고 싶었다. 그때 나를 살린 것은 모든 것을 내려놓고 세상에 대해 겸양을 보인 내 쥐꼬리만 한 인내심이었다.

'그럼에도 불구하고 사랑하자'고 마음먹으니 내가 무엇을 해야 할지 길이 보였다. 누구에게도 바라는 것이 없어지자 고통도 없어졌다. 그때 나를 버리고 싶을 만큼의 고통에서 벗어나게 한 것이 사랑임을 알게 했다.

사랑의 또 다른 힘은 우리를 자신 속 내면으로부터 탈출시키는 힘을 가지고 있다. 그래서 고통스러울 때 유일한 치유는 사랑이 우리를 마음의 감옥에서 탈출시킴으로서 아픔을 잊게 했다. 삶이 고통스러울수록, 힘들고 공허감에 몸서리칠 때일수록 우리를 수렁에서 빠져 나오게 하는 사랑이 필요한 이유임을 알았다.

"당신이 괴로울 때, 사람들이 두렵고 자기 자신이 싫을 때, 어떻게 해야 할지 갈피를 잡을 수 없을 때, 자기 스스로에게 말하라. 인생길에서 만나는 모든 사람을 사랑하자고. 그리고 실제 그렇게 하도록 노력하라. 그러면 즉시 그대는 고통이 사라지고, 두려움도 없어지며 방황도 사라짐을 경험하리라.
마침내 아무것도 바라지 않고, 아무것도 두려워하지 않게 된다."

- 톨스토이 -

그럼에도 불구하고 사랑을 이성에게서, 가족에게서 찾고 싶어 하는 욕망은 숨길 방법이 없다. 가장 가깝고 애틋해서 더없이 상처가 큰 대상이다.

예술을 사랑하겠다, 이웃을 사랑하겠다, 일과 결혼하겠다며 수없이 많은 미사여구로 순수한 사랑을 외쳐보지만 그것은 와사비 없이 먹는 스시만큼 밍밍하다. 화려하고 깔끔하게 차려진 일식당의 스시 앞에서 정작 눈물 나게 매운 고추냉이가 없으면 그 먹음직스런 스시도 아무런 맛이 없다. 단 두어 점만 먹을 수 있을 뿐이다.

인생길에서 만나는 모든 사람을 사랑하고, 또 그렇게 하려고 노력하는 이타적 사랑.

안다. 그것이 우리에게 고통을 없애고 방황도 끝낼 수 있는 길임을.

이는 거꾸로 말하면 우리에게 고통을 주고 방황하게 하는 이성에의 강렬한 이끌림, 그것이 바로 와사비와 함께 먹는 스시 같은 사랑일 것이라는 것을 안다. 하지만 그것은 중독성 있는 사랑이다. 눈물 나게 맵지만 그 톡 쏘는 맛으로 인해 먹는 행복을 가질 수 있고 또 다음에도 그것을 원하게 만든다. 나이를 떠나 서로를 상처주면서도 설레게 하는 것이 이성 간의 사랑이다. 그것은 나이든 우리 부부에게도 마찬가지다.

포기할 수 없는 중독성 강한 가슴 뛰는 사랑 앞에서. 때때로 나는 나이를 핑계 삼아 누추한 모습으로 남을까 두려워 지레 그것을 포기한다. 그리고는 봉사활동 등 다른 이름의 이타적 사랑 앞에서 종종 식욕을 잃고 있음을 고백한다.

바라지 않으니 고통도 없을 사랑. 안전하지만 밍밍한 사랑이 자기완성이라 불리는 사랑의 완성일까?

나는 지금 껍질 안의 세상에 살면서 우울함과 함께 오는 설렘을, 때때로 미움과 함께 오는 사랑을 맵고 고통스러워서 피하진 않겠다는 생각을 한다.

왜냐하면 고통스러운 때일수록, 방황의 시간이 올수록 우리를 살고 싶게 할 사랑이 필요하다는 것을 몸으로 배웠기 때문이다. 사랑이 가져다주는 배신과 그것에의 실패가 몸서리치게 두려워도 또다시 그것을 그리워하는 것은 사랑이 갖는 그 엄청난 희망과 기대 때문이다.

엄청난 힘으로 물밀듯 밀려와 삶에 대한 희망과 기대를 주는 것은 사랑 이외에는 없는 듯하다. 그래서 사랑이란 우리들의 이성에 대한 상상력의 승리라고도 했다. 사랑은 우리의 이성을 마비시키고 상상의 세계로 이끈다. 그곳에서 그나 그녀는 세상의 유일무이한 이상적 존재로 그곳에 있어 우리들 현실의 고통을 잊게 한다.

자기실현에 대한 대체자로 자기 인생 속으로 걸어들어 온 사랑. 우리는 그나 그녀를 통해 또 다른 세상을 꿈꾸게 된다. 조만간 그 모든 것이 헛된 상상에 불과했다는 것을 알게 되지만 사랑에 빠진 순간만큼 우리를 꿈과 기대로 설레게 하는 것은 없다. 그래서 그것의 실패가 가져오는 파괴력은 정말 만만치 않게 큰 충격을 준다. 우리들 이상에 대한 헛된 기대가 사랑으로부터 잉태되고, 사랑은 그것을 이루는 훌륭한 대체물이 되었기 때문이다.

"사랑만큼 엄청난 희망과 기대를 가지고 시작하는 것은 없다. 그리고 사랑만큼 똑같은 실패를 되풀이하는 시도도 별로 없다."

– 에릭 프롬 –

인생에서 크고 작은 수많은 실패를 경험하는 우리지만 아마도 사랑만큼 똑같은 실패를 되풀이하는 것도 없음을 우리는 안다. 실패로부터 배우고 그만큼 더욱 앞으로 나아가는 우리의 일과 삶에서도 유독 사랑만큼은 그 실패로부터 배우는 게 많지가 않아 똑같은 실패를 거듭하게 한다. 아픈 만큼 성숙해질 수는 있어도 또 다른 사랑을 만나면 우리는 이전의 실패를 잊고 다시 그것이 주는 기대와 꿈에 부풀어 우리를 던진다. 그렇지 않고는 사랑이 아니기 때문이다.

사랑만큼 이 어두운 세상에 희망으로 들뜨게 하는 것은 없다. 미래에 대한 희망과 다가올 행복에 대한 기대를, 사랑은 우리에게 준다. 그 어떤 사업에의 성공이 사랑만큼 우리를 미래에 대한 희망으로 달뜨게 할 수 있을까. 한 사람이 자기를 사랑하면서 그 사람의 인생을 덤으로 맞는 것, 함께 자신들의 분신을 만들고 인생을 함께할 동반자가 생긴다는 사실은 우리를 삶에 대한 기대로 들뜨게 한다.

하지만 사랑은 또다시 그 모든 것들을 현실이라는 껍질 안에서 인어공주의 물거품처럼 사라지게 하고, 우리는 그 고통으로 방황하게 된다. 그렇게 결코 익숙해지지 않는 사랑의 실패 속을 우리는 살아간다. 그것이 주는 희망과 기대감을 그 어떤 것도 대체할 수 없기에 '그럼에도 불구하고 사랑일 수밖에 없음'을 인정한다.

나이가 들어도 사랑은 인생과 함께 답이 없다. 그것으로부터 현명해지는, 고통 받지 않을, 실패하지 않을 방법을, 나는 알지 못한다. 왜냐하면 사랑에 대한 기대가 아직도 나를 걷잡을 수 없을 만큼 큰 희망과 기대로 부풀게 하기 때문이다. 우리의 껍질 안의 세상에서는 우울함과 함께 오는 설렘, 고통과 함께 오는 사랑은 피할 수 없다.

계산할 수 있지만
계산하지 않는 순수

"계산서가 잘못된 것 같은데?"

해리의 의미심장한 말투에 그의 손에 쥐어진 계산서를 흘끔 보았다. 단 1불이라니……

로데오 드라이브에 있는 이탈리언 레스토랑 루팡에서 유태인 변호사인 해리와 점심식사를 했다. 그런데 주문한 아이스 티 잔에 채 지워지지 않은 립스틱 자욱이 있었다. 비벌리 힐스의 잘나가는 변호사인 육십 대 초반의 해리는 평소의 다혈질이던 그의 성격과 달리 조용히 손을 들어 매니저를 불렀다. 세련된 유니폼을 입은 매니저가 영문을 모른 채 함박웃음으로 우리들 테이블 옆에 서고 해리는 굳은 표정으로 찻잔의 자국을 가르쳤다. 순간 당혹스러움으로 굳어버린 지배인.

즉시 우리 앞의 모든 테이블 세팅이 신속하게 그러나 우리의 비

즈니스 대화를 방해하지는 않을 만큼 조용히 바뀌었다. 그 후 우리의 식사 주문이 이어지고 어느덧 처음의 불쾌한 경험이 생각나지 않을 만큼 음식과 서비스에 만족하며 우리의 미팅을 마쳤다.

식당을 떠나기 위해 받아 든 계산서엔 단 1불만 찍혀져 있어 나와 그를 놀라게 했다. 그곳엔 정중한 글씨로 아이스 티 잔의 실수를 다시 한 번 사과하는 메모가 있었다. 해리는 우리가 주문한 음식 값만큼의 돈을 팁으로 계산했다. 지배인이 문 앞까지 나와 기다리고 있었다. 기분 좋은 경험이었다.

비서이며 사무장인 세라가 치를 떨며 해리의 급한 성격을 못마땅해하고 있음을 알기에 오늘 그의 조용함은 나를 놀라게 하기에 충분했다. 일에 대한 철저함 때문에, 서류상의 실수를 하면 말로 표현하기 어려운 꾸중을 직원들을 향해 즉각 쏟아내는 성미 급한 다

길 위에서

혈질인 그였다.

손님인 나 때문이었을까? 그의 식당에서의 매너는 참으로 인상 깊었다. 자칫하면 모두가 기분을 상할 수도 있었을 텐데 오히려 멋지게 나이 든 사람의 세련된 순수를 확인하는 경험이 되었다. 소리 내어 화를 낼 수 있었을 상황을 해리는 조용히 접근했고, 그것은 백 마디의 말보다 효과 있는 상대방의 존중을 이끌어냈다. 시비를 따질 수 있는 그것을 시비가 없는 조용한 손짓 하나로 성숙하게 해결했다.

그곳에서의 계산할 수 있지만 계산하지 않는 해리의 성숙한 매너는 그에 대한 신뢰감으로 남아 오랫동안 지워지지 않았다. 그것은 잘 훈련된 비즈니스 매너일 수도 있었지만 인생을 잘 살아본 사람만이 갖는 세련된 순수였다. 멋진 아우라이며 카리스마였다.

그를 통해 나이에 따라 순수의 색깔이 참으로 다양하다는 것을 알았다.

나에게 순수라는 말은 항상 어리고 여린, 계산과는 거리가 먼, 티 없이 맑은 것과 함께하는 것이었다. 그러나 해리의 카리스마 속에 녹아있던 농익은 순수는 인상적이었다.

순수라……. 어려운 말이다.

꽃 같은 아이들이 웨스트 예일 루프의 우리 집 앞 횡단보도를 건너 등교를 하는 이른 아침이면 나는 창가에 앉아 커피, 신문과 함께 그들의 어여쁜 모습을 본다. 30분에 걸친 스프링 크릭 초등학교의 등교시간은 형형색색의 옷을 입고 백팩을 메거나 바퀴 달린 가방을 끄는 어린이들과 그 부모들의 어여쁜 이별을 보는 즐거움을 선사한다.

매일 아침 스톱 사인을 들고 아이들의 등교 길을 돕던 조 할아버지가 고관절수술을 위해 입원한 일주일 동안 어바인 경찰국에서 나와 아이들의 안전을 위해 횡단보도를 건넨다. 멋진 경찰의 권총을 슬며시 만져보는 개구쟁이 소년도 보고, 옅은 회색바지에 핑크 티셔츠를 레이어드한 컬러 감각이 뛰어난 소녀들의 해맑은 얼굴을 보는 이 시간을 난 순수의 시간이라 부른다.

그들의 모습에선 자연 그대로의 순수의 아우라가 퍼지고 있어서 눈이 부실 만큼 생기 도는 아름다운 아침을 선사한다. 데이지 꽃처럼 파릇하고 싱싱한 자연 그대로의 순수. 참으로 어여쁘다.

앨톤 길을 가로지르는 우드브릿지 하이의 고등학생들의 모습에선 이제 막 피어난 노랗고 빨간 장미들의 진한 향기가 서린 또 다른 순수의 아름다움을 본다. 샤넬 넘버5가 이들처럼 향기롭지 않다. 보라색 꽃잎의 자카란다 나무가 무성한 길을 걸어 학교로 향하는 그들의 모습은 세상의 때가 묻지 않은 푸르른 순수의 향기를 품고 있다. 계산되지 않는 순수. 세상을 계산 없이 바라보는 그들은 조만간 계산해야만 성공할 수 있는 세상을 살 것이다.

세상으로 나가기 전의 이들의 순수는 자연 그대로의 싱싱함으로 아름답다.

우리는 그들과 같은 순수의 시대를 거쳐 어른이 되고 사회 속에서 경쟁을 하며 살아간다. 철저히 계산하고 계획을 세워야 실수를

줄일 수 있는 시대를 치열하게 살아야 하고, 모든 것을 철저히 분석하고 계산한 후에야 새로운 사업을 벌이고, 새로운 모험에 뛰어들어야 한다. 당연히 그래야 한다. 하지만 그 많은 계산 속에서 우리의 순수는 본래의 깨끗함을 잃는다. 나이가 들어 갈수록 순수는 이제 우리들의 단어가 아니다.

모든 것에 덤벙대기 일쑤인 브라이언. 대학을 졸업하고 일을 시작한 이 젊음은 도대체 치밀한 계산이 없어 일을 망치고, 심지어 사람관계에서 이용만 당한다. 생각을 하면서 살라고, 제발 철저히 계산하고 뛰어들라고 호된 질책을 해서 그의 눈에서 눈물을 뿌리게 한 적이 여러 번 있다. 그렇게 순진해서 어디에 쓸 거냐며 꾸중을 듣기가 일쑤다. 그의 순수는 어느새 어리석은 순진함이 되어 나이든 사람들의 걱정이 되었지만 조만간 영특한 그는 이 모든 시행착오를 통해 살아남기 위해 계획하고 계산할 것이다. 세상에 적응해 가면서 성공이든 실패든 많은 경험을 하면서 끊임없는 자기계발이라는 명목하에 치밀하게 분석하고 앞뒤를 재는 계산에 익숙한 사회인이 될 것이다.

그래야 인생의 삼사십 대의 기반을 마련할 것이기 때문이다. 이 시기의 아름다움은 철저한 준비와 계산으로 깔끔하게 자기의 일을 수행해내는 실력이다. 철저한 준비로 일에 승부를 거는 모습이 섹시하고 아름다운 시대가 이들의 시기인 때문이다. 이때 순수는 지극히 다른 모습으로 숨겨져 있다. 일에 몰두해 있는 이들의 씩 웃는 순간의 미소 속에, 힘들지만 기꺼이 밤을 새며 몰입하는 진지함 속에, 일터에서 만나는 그들의 굵은 땀방울 속에, 순수는 전혀 다른 화학물질로 녹아있다. 완벽을 추구하는 철저한 준비를 하는 젊음을 볼 때 그들의 열정 속에 밴 순수의 뜨거움이 그들을 주목하게 한다. 조만간 성공이 그들 앞에 있음을 의심치 않게 하는 그들만의 뜨거운 순수의 열정. 거부할 수 없는 아름다움이고 섹시한 순수함이다. 젊은 그들은 치밀한 준비와 열정을 순수하게 계산된 그들만의 꿈에 싣고 앞으로 나아간다. 치밀하게 계산하고 치열한 열정이 순수가 되는 이율배반적인 옥시모란의 시대다. 이 시절의 순수는 치열하게 도전하고, 실패를 줄이기 위해 철저히 계획하는, 그들의 열정 속에 존재한다.

그리고 그들은 나이를 먹는다. 그들 스스로의 인생을 선택할 능

길 위에서

력을 거머쥐는 성취의 나이가 되면서 순수는 또 한 번 옷을 갈아입는다. 직원을 거느리게 되고, 한 가정의 가장이 되고, 사회의 기득권층에 편입되는 시기가 오면 이때 그들은 계산할 수는 있지만 계산하지 않는 순수를 배워야 한다.

직원들이 하는 일이 어설프고, 미숙하며, 지급하는 급여에 비해 생산적이지 않아도, 얼마나 마이너스인지 알아도, 계산하지 않아야 하는 것들이 많아지는 시간을 맞는다. 이때는 때때로 알아도 모르는 체, 보아도 못 본 체하는 게 미덕이고 순수가 되는 인생의 시간이다.

모든 것을 자로 잰 듯 정확히 계산하면 옆에 있는 사람들이 숨이 막혀 달아나는 시기, 치열한 경쟁과 투쟁이 더 이상 아름답지 않고 누추해지는 시기, 그들의 열정이 잔소리로 역전되는 시기, 그래서 젊음들이 뒤에서 '꼰대'로 부르는 비아냥대는 것을 듣는 나이. 그게 사십 대 후반의 인생이다. 이때의 순수는 계산할 수는 있지만 계산하지 않는 것으로 모습을 바꿔 온다.

적당히 스케줄을 모른 척 느슨한 모습을 보이고, 알지만 모른 척 남들 앞에서 미숙함을 보이는 용기, 엄격하게 자기 앞에 조아리게 할 수 있는 말단의 창구직원 앞에서도 겸양을 보일 때 그 겸손이 세련된 순수의 모습으로 다가오는 나이가 된다.

사업체의 리더든, 정치를 하는 사람이든, 나이가 들어 성숙하게 된 사람들의 제일 요건이 계산할 수 있지만 계산하지 않는 순수함이라고 한다면 지나친 것일까?

이렇듯 순수는 나이와 함께 같이 늙기도 하고 새로운 옷으로 갈아입기도 한다.

어린 시절의 순수는 티 하나 없는 깨끗함으로 온다. 패기와 열정으로 삶을 시작하는 젊은 날의 우리는 실패로 무릎이 깨지고 싶지가 않아 스스로 순수를 버리기도 하고, 영악함으로 변질시키기도 한다.

그러나 모두가 영악하고, 남을 밟고서라도 올라서고 싶은 성공 지상주의의 세상 속에서 더욱 그리워지는 순수는 마침내 나이와 함께 숙성된다. 성숙하게 나이든 사람들에게서, 정말 성공한 사람들에게서, 순수는 상대방의 잘못을 알지만 짐짓 모르는 척 해주는 양보나 포용의 옷을 입는 나이가 된다. 그것이 없으면 인생의 후반부가 참으로 탐욕스러워지는 나이가 되는 게 이때의 순수다. 오늘 해리의 태도가 그랬다.

내가 그 나이다.

길 위에서

불친절한 세상에 대한
짜증을 없애는 치료제

모처럼 한인 은행에 볼일이 있어 가게 되었다.

그동안 은행 텔러와는 별로 상관없이 입금 및 와이어를 처리를 해왔던 내가 오늘 받은 것은 개인적으로 충격에 가까운 경험이었다. 적은 돈 하나 송금하는 데 직원이 많지 않은 탓도 있겠지만 창구 앞에서 30여 분을 기다렸다. 그리고 얼마를 송금하겠다고 하자 배보다 배꼽이 더 큰 수수료 종이를 들이밀고, 그리고 필요하다며 서류 몇 장을 주고는 그 모든 사항을 빠짐없이 적어달라고 했다.

새로울 일도 아니었을 그 모든 종이를 황당한 기분으로 채우면서 문득 그동안 한 번도 내 손으로 한 적이 없음을 깨달았다. 재작년 리버사이드에서 철수하기 전까지 은행에 가면 지점장이 나오고, 커피를 마시며 세상 돌아가는 이야기를 나누는 동안 모든 인적사항은 은행직원이 기존에 있는 내 파일에서 적어서 해결했고, 당연히 2~30불 하는 수수료는 면제를 해 주었었다.

　오늘 나의 한인 은행 경험은 실로 당혹스러웠다. 콕 집어 말로는 할 수 없는 불쾌함이 전신을 휘감았다. 여전히 직원은 상냥한데 입으로만 웃음을 날리고, 마음이나 정성은 없는 은행 서비스에 온종일 마음이 닫혀 있어야 했다. 그들이 내가 잊고 있던 현재의 내 사회적 위치를 적나라하게 말해 주는 듯해서 짜증이 나고, 그 피할 수 없는 불편한 진실 앞에서 온종일 씨름해야 했다.

　드디어 건물들을 다 날리고 꼴이 말이 아니게 되어버렸다는 자소 섞인 불쾌감, 시간을 바친 프로젝트에 실패해서 말단 은행 직원들까지 잔고 없는 고객으로 대하고 있다는 자괴감이 섞이면서 애꿎은 사람들에게 퉁명스러운 얼굴로 분풀이를 하고 있었다.

길 위에서

"왜 그래요? 무슨 일 있어요? 웃지도 않고 할 말만 기계적으로 하니 집안 청소하는 마리아가 무서워하잖아요. 그렇지 않아도 숨길 수 없는 카리스마 때문에 말에 따뜻함을 없애면 엄마의 말투는 무섭고 어려워요. 아까 장을 보러 들른 트레더 조에서도 아무 소리 없이 화난 얼굴로 서서 계산하는 동양 여자에 익숙하지 않은 백인 캐시어의 얼굴에서 웃음이 싹 가시던데……. 그러면 엄마만 손해예요."

경의 말에 깜짝 놀랐다. 난 그냥 나 스스로에게 화가 나 있었을 뿐인데 나로 인해 다른 사람들의 기분이 상할 수 있다는 걸 잊었다.

금융 위기에 많은 건물을 잃고, 직원들을 내보내고, 허리띠를 졸라매는 긴축경영을 하던 아픈 현실을 우연히 부딪친 은행 직원의 행동에서 스스로 끌어내 마음이 상하고, 자책하고, 그도 모자라 온종일 날 알아주지 않는 세상을 향해 엉뚱한 화풀이를 하고 있는 듯했다.

그동안 은행의 달콤한 상술에 잘못 길들여져서 그들의 VIP고객에 대한 상업적 대접에 중독이 되었다가 그것이 없어지니 금단 현상을 일으킨 듯하다.

리버사이드에서의 모든 것을 접고 나오면서 건물들을 정리하고 고급 승용차며 가구들을 미련 없이 정리하면서 내 인생의 가장 겸손한 시기를 갖겠노라고 다짐하던 나였음을 어느새 잊고 있었다. 트럭으로 사용하던 SUV 한 대만을 남기고 그것을 타고 다니면서 나를 낮은 세계로 이끌기 위해 노력했었다.

차가 바뀌니 옷차림도 그에 맞게 수수해졌다. 트럭을 타면서 고급 정장을 입고, 샤넬 백을 들 순 없었다. 운동화나 가격이 저렴한 단화들과 그에 맞는 진들이 내 일상복이 되었다.

많은 돈을 들여 구입해 입던 이태리 정장들을 옷장 깊숙이 박아놓고 마음엔 자물쇠를 잠가버렸다. 그리고 뱅크 오브 아메리카에 생활비 정도만 쓰는 구좌만 이용하다 꼭 한인 은행이어야 하는 일이 생겨 방문한 것이었는데 그만 잠가 놓은 욕망을 건드리고야 말았다. 그리고 내 몸에 익숙하고 공기처럼 편했던 직원들의 편의가 갑자기 없어진 것에 당혹감을 느꼈다. 더구나 30여 분을 줄을 서서 기다리는 것은 일찍이 경험한 적이 없던 것이었다.

차마 있는 자존심에 소리 내어 말할 수는 없고 마음은 상하고, 그래서 그것이 밖을 향한 불만족으로 나타나서 만나는 모든 사람들에게 화풀이를 하듯 퉁명스러웠던 것 같다. '내가 예전같이 큰 자금을 만지지 않으니 은행의 텔러도 날 무시하나?' 하는 기가 막힌 저질의 생각이 내 의식 밑바닥에 깔려있었음을 시인해야 했다.

그렇다고 지금의 현재를 바꾸기에는 역부족이고 도대체 다시 내가 편안해지려면 어찌해야 하는지를 한동안 고민했다. 세상이 모두 예전의 나처럼 VIP로 대해 주지 않는 현실인데 그렇게 짜증을 내며 살 수는 없는 일이었다.

그러면서 얻은 답이 처음 품었던 겸양, 즉 겸손과 양보를 몸에 익히는 수행임을 깨달았다.

경제적 능력과 함께였던 값싼 서비스를 잃고는 비참함으로 나를 몰아간 바보 같고 어리석은 나의 실수를 반복하지 않도록, 수행

하듯 겸양을 몸에 익혀야할 시간이 왔음을 인정했다. 며칠을 미루
었던 생활용품 쇼핑을 위해 차를 몰고 라잇에이드와 사우스코스트
를 찾아갔다.

물건 값을 치르기 위해 긴 줄을 기다리며 스스로 겸손하고자 마
음먹었다. 내 앞의 백인 할아버지가 온갖 참견을 하며 캐시어를 붙
들고 있는 바람에 줄을 기다리는 사람들의 짜증이 묻어나올 무렵
내 앞에서 물건을 놓친 할아버지. 얼른 그것을 주워주며 입꼬리를
한껏 올리며 미소를 지었다. 지금 나는 나를 훈련하기 위해 나왔음
을 잊지 않고 친절하려 애썼다.

"파파, 서두르세요. 뒤에 많은 사람이 기다려요."

"고맙습니다. 맴."

한참을 아버지를 찾아 헤맨 듯 계산대로 들어선 오십대의 멋진 남자가 나타나 내게 말할 수 없을 만큼 환하고 고마운 미소로 답례를 했다. 내 작은 겸손과 양보가 멋진 답례의 미소와 진심이 담긴 감사의 표정으로 돌아오자 난 다시 거짓말처럼 행복해졌다.

내 차례가 되어서도 온종일 서서 사람들에 지쳐 짜증이 나 있을 법한 캐시어에게 미소를 잊지 않았다. 그러자 그가 따라 웃었다. 입꼬리만 웃다가 마는 가식이 아니라 진심을 다해 웃었다.

참으로 자잘한 삶의 순간들이 불친절로 다가와서 나를 망칠 때, 불만과 세상에 대한 엉뚱한 적의를 갖게 할 때 그것은 몸속의 암세포로 자라 나의 얼굴과 태도를 바꿈을 다시 배웠다. 이때의 유일한 치료는 겸양이었다. 불만족스러울수록 겸손과 양보로 세상을 대할 것임을 배우는 요즘이다.

> "이기주의자들은 적의에 찬 타인들 사이에 서 있는 고독한 자기를 느끼게 되고, 오직 자기 자신만의 행복만을 바란다. 선한 사람들은 따뜻함으로 가득한 사람들의 세계에 살며, 그 모든 사람들의 행복이 자기 자신의 행복이 된다."
>
> — 쇼펜하우어 —

길 위에서

디어 존(Dear John)
– 사랑을 생각한다

인생에서 사랑보다 더 우리를 사로잡는 것이 있을까?

우연히 채널 17에서 본 영화가 온종일 머리를 떠나지 않고 가슴을 뛰게 하고 있다. 오랜만에 느껴보는 도파민의 감정이다. 우리의 머릿속에서 사랑의 감정으로 생기는 강력한 화학반응인 도파민이 가슴을 뛰게 하고 얼굴마저 홍조를 띄게 한다.

존과 사바나라는 젊은이들의 사랑과 좌절을 담은 러브스토리 디어 존이 내게 사랑을 생각하라고 한다. 가장 아름다우면서 가장 고통스러운 두 얼굴을 가진 그것 때문에 온종일 구름 위를 걷는 듯했다.

미군의 특수부대 요원인 존이 자폐증인 아버지가 있는 집으로 2주간의 휴가를 오고 그곳에 심리치료를 전공하는 사바나가 인턴으로 마을에 오면서 우연히 만난 둘은 첫눈에 사랑을 느낀다. 비 오는 날 둘의 데이트는 황순원의 소나기를 연상시킬 만큼 아름다운 모습이었다. 2주간의 그들의 사랑은 뜨겁고, 풋풋하고, 향기롭게 깊어갔지만 다시 떠나는 존, 그들의 애틋한 이별의 포옹과 키스를 보는 많은 사람들에게 상큼하고 그리운 사랑 바이러스를 전파시킨다. 잊힌 사랑에 대한 애틋함, 열정을 느끼게 했다.

　매일매일 주고받는 편지는 언제나 '디어 존'으로 시작되고 그렇게 남은 임기 일 년을 기다리는 둘. 하지만 운명의 시샘이 이 둘을 비켜갈 리가 없었다. 9·11 테러가 발생하고 팀 요원들의 애국심에 불타는 복무연장, 그 결정을 따라야 하는 존, 그리고 아프가니스탄으로의 전출. 졸업을 앞두고 존의 귀향만을 기다리던 사바나에게 예기치 않던 사건이 가져온 3년의 복무 연장은 존이 너무 멀리, 너무 오래 사지에 있어야 함을 알게 했다. 매일 오던 사만다의 편지가 두 달간 끊긴 후 전장으로 날라 온 한 장의 편지엔 ' 디어 존, 이해해줘요. 결혼을 해야 할 것 같아요…….'였다.

　많은 일들이 일어나고, 몇 달 후 존은 탈레반의 총격으로 부상을 당해 독일 병원을 통해 고향으로 돌아온다. 피할 수만 있다면 다시는 돌아오고 싶지 않던 아픈 사랑의 기억이 배인 고향 시골마을의 마굿간을 지나면서 예기치 않게 보게 된 사바나. 부유한 집안의 딸로 부모집 근처의 화려한 대도시의 어딘가 있어야 할 그녀가 존의 아버지가 사는 시골동네의 마굿간 문을 닫고 있는 모습은 존에게 충격이었다.

　그곳에서의 봉사활동으로 만난 자폐아를 돕기 위해 시작한 봉사가 그녀를 발을 뺄 수 없는 상황으로 이끌고 그녀의 도움이 절실

　　　　　　　　　　　　　　　　　　　　　　　길 위에서

히 필요했던, 오랜 동안 그녀를 짝사랑하던, 팀과 그의 자폐아 동생 앨런을 도우며 결혼을 한 사실을 알고난 후 존은 눈물을 흘렸다. 하지만 운명은 그들을 5년 후 다시 만나게 한다. 자폐아였던 앨런도 크고 사만다의 남편이던 팀도 암으로 세상을 떠나면서…….

줄거리는 익숙했지만 사랑 이야기는 언제나 다른 느낌으로 다가와 사람의 마음을 흔드는 마력이 있다. 존으로 나온 멋진 채닝의 눈매와 미소가, 젊음에의 유혹이 가슴이 아릴만큼 그립기도 했다.

사랑의 심리학에 대한 논문을 얼마 전 읽었는데 이들이 빠졌던 것은 사랑의 3요소인 친밀감, 열정, 헌신 중 친밀감과 열정으로 된 낭만적 사랑이었을 것이다. 상대에 대한 헌신이 빠져 깨지기 쉬웠던 낭만적 사랑의 유형이다. 상대방에 대한 진정한 가까움을 느끼는 친밀감intimacy은 오랜 시간을 두고 숙성되는 와인처럼 생기는 것이어서 이들이 사랑한 2주일이 그것을 발효시키기엔 턱없이 부족했을 것이다. 그래서 떨어져 있는 시간을 참지 못했고, 서로에게 헌신할 준비가 되어 있지 않아서 깨어졌을 것이다. 나이와 함께, 시간과 함께 가장 빨리 휘발해 버리기 쉽지만, 그러나 뜨겁고 황홀한 열정passion이 그들 사이에 있어서 보는 사람의 마음을 두근거리게 하는 정말이지 그리운 사랑이었다.

그렇게 온종일을 '디어 존=그리운 사랑'이라는 등식을 가슴에 품고 걸어 다녔다.

성숙한 사랑이란 둘 사이의 친밀감, 열정, 헌신이 조화롭게 연결된 것이라고 로버트 스턴버그는 정의한다. 그의 이론에 따르면 사바나가 선택한 헌신을 바탕으로 한 결혼은 공허한 사랑이다. 감정적 몰입이나 육체적 매력의 이끌림이 없이 자신을 헌신하겠다고 결심하고 택한 공허한 사랑은 텅 빈 외로움이 온 가슴을 짓누르는 관계다.

그것은 이 영화의 사바나 뿐에게만 오는 게 아니고 어찌 보면 오랜 결혼을 통해 아이들을 낳고 키우면서 서로를 너무나 잘 알게 된 부부들 사이에서 독버섯처럼 자라 우리의 인생을 위협하고 있기도 한다. 서로에게 가졌던 열정은 식고, 너무 오래 떨어져 있다 보니, 서먹해지고, 자기 앞에 있는 일에만 빠지다 보니 옆에 있는 아내나 남편에게 서로가 단단하게 연결되어 있다는 친밀감을 잃어버린다. 오래되고 낡은 결혼생활이 가슴이 뻥 뚫린 공허한 사랑이 되어 버린다. 그래서 열정의 표상으로 등장하는 존이 그리운 이유다.

친밀감과 열정이 빠진 사랑은 기적이 일어나야만 비로소 낭만적이든, 우애적 사랑이든 할 수 있는데 우리의 현실은 그것을 꿈꾸기가 쉽지 않다. 기적처럼 다시 돌아온 존, 다시 온 사랑의 열정, 이 영화는 며칠을 나로 하여금 사랑에 대한 기적을 꿈꾸게 할 것이다.

사랑이 우리를 배반 할 것이라는 진실을 억지로 외면하고 사랑에 빠졌다. 결혼을 하고 섹스라는 것에 소녀 같은 죄책감이 없어진 나이가 되니 또 다른 색깔의 사랑이 보였다. 그리고 마침내 행복을 추구하는 우리들의 인생은 사랑과 결혼, 성의 삼각관계 속에 있음을 알았다.

도대체 믿을 수가 없는 사랑 속에서, 그것 없이는 살 수 없는 나는 어떻게 사랑해야 하는지를 묻고 있었다. 사랑은 관계이고, 결혼은 현실이며, 섹스는 본능인 것을……

이 모든 것을 사랑 속에 뭉뚱그려 넣자 인생의 스텝이 엉켜버렸다. 현실감각 없이는 유지될 수 없는 결혼을 사랑만으로 살 수 있다고 믿었다. 인간 본연의 본능인 성을 사랑으로 미화하고, 때로는 섹스에 대한 턱없는 부끄러움으로 어둠의 자식으로 나를 매도했다. 사랑, 결혼, 성의 삼각 역학관계 속에서 균형을 잡았어야 사랑이 나를 배반할지라도 행복을 망가뜨리지는 않았을 것이다.

결혼생활이 피폐해진 후엔 자식들 때문에 살고 있다는 합리화로 친밀감과 열정이 빠진 공허한 사랑 속으로 나를 밀어 넣었다. 열정을 더 할 낭만적인 사랑을 찾지 못했고, 친밀감을 더 할 우애적 사랑도 찾지 못했다. 언젠가 기적이 일어난다면 이 모두를 가진 성숙한, 완전한 사랑도 가능하리라는 신기루를 믿으며 여기까지 왔다. 그것은 정말 기적이 일어나야만 가능한 것이라고 믿었기에 쉽게 절망했고 사랑은 언제나 그리움 너머에 있었다.

'디어 존'이라는 영화의 몇 장면이 아프게 나의 현실을 직시하게 한다. 지금 내가 어떤 사랑 속에 있는지 보길 강요한다. 공허감에 때론 와인을 마시고, 몰두할 일을 찾아 헤매고, 일밖에 없다고 최면을 걸지만 공허한 사랑 속에 있는 현재를 인정해야 함이 아프게 한다. 그래서 이 잘생긴 존이, 그들의 진한 열정이 너무나 그립다. 주책인가?

로버트 스턴버그에 의하면 친밀감과 헌신으로 서로를 배려하는 우애적 사랑이 어쩌면 나이가 들고 열정을 갖기엔 좀 망설여지는 우리에게 남은 해결 방법인지 모른다. 하지만 난 아직도 마약처럼 날 들뜨게 할 사랑으로 인한 케미스트리를 그리워한다. 사랑의 생화학 반응을 영화 속의 존이 가져왔다. 사랑에 빠져서 먹지 않아도 배고프지 않고, 자지 않아도 힘들지 않는 도파민의 사랑. 그 격정적인 사랑은 6개월이라고 한다. 우리가 사랑에 빠진 때의 모습이다. 그리고 시간이 지나도 여전히 어여쁘고 사랑스러운 옥시타민의 사랑은 길어야 3년이라 한다. 시간이 흐르면서 우리들의 결혼이나 사랑에 현실이 끼어들면서 이들 케미스트리의 사랑은 결국 우리를 배반한다.

길 위에서

사랑을 미화하지 말고, 결혼에 목매달지 말며, 섹스를 부끄러워 하지 않았어야 한다. 그래야 옥시타민적 사랑이나마 지속할 수 있는 행운을 누린다.

사랑 자체에 대한 사랑과 사람에 대한 사랑을 섞지 말아야 한다. 사랑이 사랑을 하는걸 알면서 내가 사랑을 한다고 믿는 망상으로부터 빠져나올 일이다.

그러나 도파민적인 사랑. 마음이 들뜨고 구름 위를 걷듯 황홀한 사랑은 결코 버리지 못할 만큼의 중독성으로 며칠을 행복하게 한다. '디어 존'의 패닝이 오버랩 되는 사랑이다.

고독과 대면하게
하는 길

"고독과 만나는 날, 고독의 소리를 듣는 날, 고독과 함께 걷는 날, 고독이 되는 날"이다.

내가 변했다. 주말이면 카메라를 들고 패시픽 코스트 하이웨이를 따라 차를 몰며 생각에 잠기고, 스타벅스에 들러 중독된 카페인에 브레인을 깨우던 내가 바다 대신 프라리, 매도우에 매료되었다. 거기에 바람과 함께 있는 고독과 만났기 때문이다.

대평원이 자연 그대로의 모습으로 보존되어 있는 보머 캐니언을 우연히 들른 후 매주 토요일 이른 아침이면 누군가 그곳에 있는 듯 UCI 뒤편의 광활한 그곳을 찾는다.

하늘과 평원이 맞닿은 땅이 그곳에 있었다. 어바인 시가 야생의 모습 그대로를 유지하기 위해 일정한 간격의 트레일을 만들어 놓은 오솔길을 따라 걷다 보면 인적도 없는 광활한 자연이 문득문득 두려움을 주지만 이내 그것은 홀로 있는 나와 만나게 한다. 간혹 만나는 사람들조차 무리지어 캐니언의 매도우를 걷지만 난 홀로 있기 위해 이곳을 찾는다.

고독의 소리를 듣기 위해, 고독과 함께 걸으며 마침내 고독이 되는 경험을 한다.

안전하고 가족적인 평안함이 있는 우드브리지의 호숫가를 산책하거나 많은 사람들로 붐비는 비치에서 파도를 타는 서퍼들과 말을 건네며 걷는 것과는 전혀 다른 색깔의 고독함이 이곳에는 있다. 때때로 야생동물이 후두둑 지나치며 놀라게 하고, 아메리카 인디언 시절의 향수를 읽을 수 있을 만큼 원형 그대로 보존한 흙길의 뚫려 있는 구멍들에서는 방울뱀이 나올지도 모른다는 어린애 같은 두려움이 삐죽이 머리를 내밀어 홀로 미소 짓게 한다. 그것은 생소한 경험이다. 고독은 언제나 음울하고 춥고 울고 싶은 것이었는데 그것

이 나를 위로할 줄은 몰랐다.

　어바인 시에서 이곳을 일반인들에게 개방하면서 혹시 있을지 모를 모든 야생의 위협을 제거했다는 설명이 담긴 팸플릿을 읽으며 내 어리석은 두려움에 헛웃음을 날린다. 3,700에이커에 이르는 보머 캐니언의 평원이 도시 한복판에 보존되어 있고, 그곳은 사람들에게 잃어버린 광활한 서부 대평원의 일부를 피부로 느끼게 하기에 족하다. 그리고 지금 홀로 있음의 고독과 대면할 시간을 갖게 한다. 트레일을 걸으며 내 키만 한 들풀들의 세계로 들어서면 나는 완전한 혼자가 되어 고독한 자연과 만난다.

길 위에서

그 자연이 내게 마법을 걸었을까? 그날 오후에 들어선 매도우엔 사람이 뜸했다. 오직 들꽃과 선인장과 하늘과 땅 그리고 나. 그 사이에 어떤 장애물도 없었다. 문득 나이 든 나를 의식하게 되고 현재의 이런 모습으로 미국 땅을 걷고 있는 나를 보며 갑자기 눈물이 나고 가슴이 먹먹해졌다. 울컥하고 쏟아지는 눈물을 주체할 수가 없었다.

'난 무엇일까? 어디로 가고 있는 걸까? 조만간 이 땅에서 먼지처럼 사라지겠지…….' 하는 인생 자체에 대한 허무함과 한 번 지나가면 되돌아 갈 수 없는 비가역적인 인생이 참 슬프다는 생각이 들었다. 그리고 그것은 눈물이 되고, 그칠 줄 모르는 그것이 폭포처럼 쏟아졌다. 아무도 없는 숲길에서 정말 엉뚱하게도 나는 엉엉 소리 내어 울기 시작했다. 난 고독과 함께 걷다가 결국 고독이 되었다.

이유를 설명할 수 없는 눈물이 그동안의 억눌렸던 내 체면과 자만이 슬픔이라는 감정의 빗장을 풀고 날 무장해제 시켰다. 아무도 들을 수 없는 대평원의 들풀들 속에서 조그맣게 소리 내어 울던 것이 창자가 끊어지는 듯 비장하고 격한 울음으로 변했다. 그리고 얼마 후 그것은 스스로 조용해졌다.

그리고 놀라운 일이 벌어졌다.

내 속의 오래된 앙금이 씻겨나가듯 후련해졌다.

참으로 놀라운 경험이었다.

눈물의 카타르시스적 의미를 몸으로 체험하는 순간이었다. 스스로 고독이 되자 마음에 평온함이 밀려왔다.

서서히 안정을 되찾으면서 눈물범벅이 된 얼굴을 손바닥으로 문질러 내리고 내가 나를 용서하고 위로하고 있음을 보았다. 내 꿈과 열망에 이르지 못한 무능을 용서하고, 나이 들어가는 나를, 겸손을 배워가는 나를 어루만졌다.

홀로 있는 고독이 나를 무장해제 시키고, 이유조차 알 수 없는 울음을 실컷 소리 내어 울고 나니 살 것 같았다. 아니 문득 살고 싶어졌다. 고독이 나를 살고 싶게 했다.

언젠가 한 번은 내 오피스에서 오후 한때를 말할 수 없이 답답한 심정으로 앉아 풀리지 않는 문제를 부여잡고 끙끙 앓다가 손에 잡히는 술병을 부어 마신 위스키, 잭다니엘 샷에 마음의 빗장이 열렸던 적이 있다.

주책없는 눈물바다로 엉엉 우는 바람에 주변의 사람들이 황망해했었다. 그때도 한바탕 울고 나니 창피하지만 치유된 듯한, 긴장이 완화되었던 기억이 있다. 이곳 보머 캐니언 깊은 곳에서의 오늘 만난 고독은 나를 살고 싶게까지 했다. 그것도 정말 제대로 잘 살고 싶다는 갈망을 갖게 했다. 제대로 잘 살고 싶다는…….

때때로 산책도 여럿이 다니는 안전보다 홀로 위험한 야생의 고독을 택할 필요가 있다.

곳곳에 위험이 도사리고 있는 우리의 인생에서 안전한 길만을 찾아 헤매다 알지 못하는 사이에 지친 우리는 때때로 혼자만의 고독과 마주할 필요가 있다. 그리고 위험해 보이는 야생의 산책길에서 만난 절대적 고독이, 예기치 않은 눈물과 함께 마음의 상처에 대한 치유제로 온 것이 신기하다. 우연히 들어 선 대평원의 들풀의 숲에서 울어버린 낯선 경험이 나의 숨통을 틔어주어 살 것처럼 만든다. 오늘처럼 운이 좋으면 홀로 고독과 대면한 길은 정말 제대로 잘 살고 싶다는 새로운 열망과도 만나게 한다.

내 안에 있는 너무 많은 나에게 지친 때였다. 그 많은 소리로 시끄러운 나를 잠재울 방법의 하나를 보머 캐니언에서 얻었다. 고독 속에서 내가 홀로 울 수 있을 줄이야, 그리고 그것이 매일매일을 속 시끄럽게 하던 내 삶의 묵은 찌꺼기들을 씻어내게 할 줄은 몰랐다. 내 스스로 고독이 된 날이다. 사실 우리의 행복이나 불행, 성공과 실패 그 모든 것들이 우리가 살아가는 동안 만나야 하는 필연의 과정의 하나들이라고 생각하면 때로는 많은 것들이 명쾌해지는데 그것을 잊고 산다.

폭풍우 속에서 유능한 항해사의 솜씨가 발휘되고 싸움터에서 용감한 군인의 능력이 나타나듯 우리 인생의 항로에서도 가장 힘든 위기에 봉착했을 때 진정한 인간의 용기를 알 수 있다고 말한다. 오늘처럼 홀로 있을 때 대면하게 되는 절대적 고독 속에서 우리는 때때로 인생에 대한 새로운 길을 보기고 하고, 잊었던 지혜와도 만난다. 오늘은 나에게 고독을 통해 지혜를 만나는 날, 지혜의 소리를 듣는 날, 지혜와 함께 흐르는 날이다.

함부로 눈물을 보일 수 없는 나이와 사회적 위치가 되면 웃는 것만큼이나 울 수 있는 것도 중요해지는 때가 있다.

아무도 없는 평원의 갈대 숲 속에서 만나는 고독한 바람 속에서, 해변을 홀로 걷다가 만나는 파도의 거품에서, 오피스에 처박혀 답이 없는 인생 앞에 문을 걸어 닫고 홀로인 자신과 만나는 고독이 우리를 예기치 않은 눈물바다로 인도한다. 그때 운이 좋으면 우리 속의 찌든 욕망의 찌꺼기를 씻어내는 시간을 갖게 된다. 그것이 우리를 다시 살고 싶게 하는 행운마저 누리게 한다.

오늘 나는 보머 캐니언의 평원에서 벌거벗은 나를 만났다. 고독을 만났다.

내가 슬퍼서 울고, 창피해서 울고, 삶에 대한 열망을 잃어버린 나 때문에 목 놓아 울었다. 사랑이 그리워서 울다가 문득 그곳을 지나는 바람이 나를 위로하고 살고 싶게 해서 웃었다. 홀로 울다가 웃는 미친 날이다. 내 스스로 고독이 된 날의 미친 풍경이다.

길 위에서

먼지도 쌓이면
두께를 갖는다

　내가 봉사의 함정에 빠졌다. 이곳의 사회적 분위기가 봉사활동은 필수이며 자선행사를 여는 것은 배운 사람들의 필수 덕목의 하나이기에 어쩔 수 없는 분위기에 휩쓸려 어바인 시의 자원봉사활동에 깊이 관여하게 되었다. 처음에는 멋으로였고, 그다음은 이곳에 사는 커뮤니티의 일원이라는 참여의식과 많은 사람들과 시 관계자들을 만날 수 있는 유리한 인맥 때문이었다. 그러나 요 며칠, 무의미하다는 생각을 벗어날 길이 없어 그만두겠다는 말을 봉사센터에 해놓은 상태였다.

　"재스민, 다시 생각해보세요. 로즈가든 카페선 셰프인 킴벌리가, 런치 휠선 수잔이 재스민의 도움을 원해요. 난 봉사활동만 이미 25년이에요. 먼지처럼 쌓인 봉사의 두께가 무게를 가지면서 이젠 일이 되어버렸어요."

　"잭, 많은 걸 배웠어요. 그런데 제가 하는 봉사가 제 스스로에

게 의미가 퇴색해버렸어요. 모든 일에 업 앤 다운이 있음을 알지만 성취감이 없이 시의 활동 스케줄에 맞춰 톱니바퀴처럼 움직이는 이 일이 무슨 의미인지 회의가 들어서요."

"알아요. 먼지도 쌓이면 두께를 갖지요. 운전을 못해 병원 이용을 못하는 장애자들과 자신의 차로 그들을 병원으로 데려다주는 자원봉사자를 연결하는 일로 온종일 전화통을 붙들고 있는 나……. 해군 대령으로 전역한 내가 지난 25년을 한 일이에요."

"즐거움과 보람은 잠시, 이 일에 회의가 들었어요. 소셜워커들의 시시와 그들의 플랜에 따라 도움이 필요한 사람들의 집을 방문하고 그 결과를 일일이 기록하며 더 나은 도움을 주기 위한 토론이 이어지면서 봉사는 일이 되었어요. 셰프 킴벌리의 지시대로 음식을 준비해서 노인들의 점심을 만들고, 움직이지 못하는 사람들에겐 배달해주는 이것. 나의 자발적인 계획이 아닌 누군가의 지시와 플랜하에 움직이게 되는 봉사활동이라는 명목하의 무보수의 일. 이젠 보람도 성취감도 없네요. 우리에게 일을 시키는 저 사람들은 시에 고용된 사람들로 페이롤을 받고 직업으로 일하는데…….'

"함정에 빠졌군요. 내가 오래전에 빠졌던…….'

갈등의 시간을 보내고 있었다.

봉사란 내가 하고 싶어서, 하지 않으면 견딜 수 없어서, 하면 기분이 좋아지는 일이어야 한다는 나의 생각에 금이 가고 있었다. 내가 그리도 좋아하던 마더 테레사나 이태석 신부를 생각했다. 그들은 어떻게 그들의 생을 봉사에 그토록 철저히 바칠 수 있었을까?

그들과 나의 차이는 과연 무엇인지를 고민했다.

그리고 난 알았다. 그들에게 봉사는 그들 인생의 성공을 건 일이었지만 나에겐 한갓 취미활동이었음을……. 불우한 사람들을 돕는 것은 그들 인생의 프로젝트였다. 의사인 신부가 아프리카를 택해 봉사에 일생을 바치고자 했을 때, 그의 일생을 건 프로젝트를 발견한 그때, 그는 열정을 불사를 수 있었을 것이다. 그들 인생의 프로젝트인 봉사가 성공으로 이어지고 그 자체는 그들의 존재 의미가 되고 보상이 되었다.

그들과 내 봉사의 차이점이었다. 그들은 인생의 프로젝트로 봉사를 택했고 나는 취미로 봉사를 택했다. 그러니 톱니바퀴처럼 거대한 봉사 단체의 일부분으로 하라는 일만 하는 봉사에서 내 존재 의미는 희미했고 정신적인 보상을 갖지 못했다. 봉사의 함정에 빠진 것이다.

먼지처럼 존재감이 없는 일…….

우리 집 정원에 가져다 놓은 나무 등걸에 몇 번인가의 바람과 이슬비가 지나갔다. 그리고 오후에 정원에 나가 커피 잔을 올리며 꽤 도톰한 두께의 먼지막이 그곳에 있음을 보았다.

바람과 새들의 놀이터이던 등걸 위에 그들이 남겨놓은 먼지들이 나무진과 섞여 우드 피니쉬를 칠한 듯 자연스런 또 하나의 막을 만든 것을 보며 '아! 먼지조차도 쌓이면 두께를 갖는 구나.'라는 찬탄의 느낌이 있었다. 내가 지금 봉사의 함정에 빠져 회의를 느낄지라도 그것 하나하나가 내 후반 인생에 먼지의 두께로나마 쌓여 인생의 나이테를 하나 만들 것임을 직감했다. 새삼스러운 깨달음이었다.

지금 어바인, 우리 동네 우드브리지의 5월은 흐드러지게 피어나는 흰 장미 아이스버그와 보라색 꽃잎으로 길을 덮는 자카란다의 계절이다. 스프링 크릭 초등학교의 어린 꼬마들과 엄마들이 보라색 리본을 나무들과 가로수 기둥에 매다는 것을 보면서 난 자카란다의 계절이 왔음을 안다.

자카란다는 흔치 않은 보라색 꽃잎들로 덮인 나무로 보는 사람들의 마음을 사로잡는다. 보랏빛 꽃잎융단의 그늘을 걷노라면 너무나 아름나운 그것들이 조만간 사라지고 먼지로 쌓일 것에 애잔해지곤 한다. 항상 아름다운 것은 아름다운 슬픔의 감정을 수반한다.

또 다른 5월이 오고 소리도 없이 스러져 먼지로 남는 것을 반복하면서 그것들은 내정원의 나무 등걸 위에 먼지의 두께로 남아있다.

그래서 그들의 새로운 피어남이 가슴이 먹먹할 만큼 찬란하다. 그 아름다움 속에서 나는 소멸을 보고 이들을 통해 '삶의 소풍'을 끝내고 귀천하는 우리의 인생이 어떤 모습이어야 하는지를 생각한다.

지금 우리 집 나무 등걸 위에 쌓인 먼지 속엔 지난봄 그들이 피워냈던 꽃잎들의 잔해도 있음을 알기 때문이다. 그 먼지들이 쌓여 두께를 만들고 존재감을 알리고 있다. 하찮은 먼지조차 쌓이면 두께를 만들고 그 먼지 속에 스며든 이미 가버린 생명을 느끼게 한다.

가버린 생명이라…….

그동안 4년을, 수많은 봉사활동을 하다 그만두다를 반복했다. 그것마저 내 인생에 긍정적인 두께를 만든 듯하다. 스스로에게 혹독한 나는 그동안 봉사활동에의 열의 때문에 나를 학대하는 것에서

벗어날 수 있었다.

흰 장미 아이스버그의 꽃잎과 자카란다의 보랏빛 꽃잎들이 지나가는 바람에 떨어져 흩날려버려도 그것이 우리에게 지워지지 않는 흔적으로, 마음의 두께로 남아 그들의 다음 계절을 기다리게 하듯이 우리의 일회적 삶 또한 흔적으로 남아 누군가의 기억 속에 두께로 남을 것임을 믿게 한다. 우리의 소멸이 먼지만큼의 두께로 허공을 맴돌다 우리를 사랑했던 사람들에게, 그리고 자식들 마음의 정원에 먼지만 한 두께로나마 남을 것이라는 소망을 품게 한다.

지금, 내게 이런 모습으로 있는 삶의 현실을 통해 내 삶의 의미를 찾아야 한다고 함정에 빠진 봉사활동이, 먼지의 두께로 쌓일 자카란다의 꽃잎이, 인생을 가르치고 있다.

"전 20대 후반의 목표가 20억을 모으는 것이었어요. 그것을 은행에 넣고 이자를 계산하니 평생을 하고 싶은 일을 하면서 살 만큼의 경제적 자유를 주는 액수였어요. 그리고 잇달아 노래가 히트하면서 3년 새에 전 그 돈을 벌었어요. 그러자 돈이 날 자유롭게 하는 게 아니라는 것을 바로 알아차렸습니다. 그러자 명예를 얻으면 될 것 같았어요. 그리고 할리우드로 가서 빌보드 차트 10위에 내 노래를 올리겠다는 새로운 목표를 만들었죠. 그리고 원더걸스를 통해 그것을 달성하는 놀라운 일을 경험했어요.

그런데 말이죠, 그것은 인생의 66% 정도의 만족감만 줄 뿐이었어요.

내가 방황하고 있는 그때 누군가 남을 도우라 했습니다. 그러면 정말 행복해진다구요. 그래서 자선사업에 많은 돈을 기부했습니다. 그것은 맞는 말이었어요. 99%만큼 난 진짜 행복했어요. 그런데 말입니다. 1% 남은 그 무엇이 여전히 나를 배고프게 해요. 그것은 하늘 저 너머에 있는 절대자로만이 채워질 수 있을 것 같아 찾고 있는 중입니다……."

JYP 박진영이라는 댄스가수로 알려진 사람이, 엔터테인먼트사로 성공하면서 한 인간으로서 가진 인생 자체의 모호함과 불안을 단순화해서 털어놓은 이야기다.

매일 아침 창을 열고 하늘을 향해 '굿모닝'이라 말하듯 '감사합니다, 또 하루를 살게 하셔서'라고 말하며 시작한다는 그가 인생시험을 미리 치른 사람으로서의 답안지를 쥐고 있는 듯해서 그의 답을 귀 기울여 듣고 있는 나를 보았다.

아무리 인문학 책을 뒤져도 때때로 허무한 말장난 같았던 인생의 답을 간단하게 정리하는 그의 답이 명쾌하기까지 했다.

"먼지로 돌아갈 우리의 인생임을 압니다. 하지만 그동안 정말 지독하게 운 좋은 놈으로 살았으니 나머지 삶에 어떤 흔적을 남길지 고민하고 있습니다."

그의 말이 더할 수 없는 자극이 되어 나의 브레인을 움직인다.

| 권선복
도서출판 행복에너지 대표이사
영상고등학교 운영위원장

삶이라는 하나의 길을 걸어가는 모든 분들께
행복과 긍정의 에너지가 샘솟으시기를 기원드립니다!

혹자는 세상이 불공평하다고 이야기도 하지만, 누구에게나 공평하게 주어진 기회가 하나 있습니다. 바로 그것은 각자에게 주어진 '삶'입니다. 그 삶은 인간이라면 딱 한 번밖에 살 수 없고, 돌이킬 수도 없으며, 마음에 들지 않는다고 해서 처음부터 다시 시작할 수도 없습니다. 그렇기에 누구에게나 공평하다고 할 수 있을 것입니다.

　『길 위에서』는 저자가 17년 동안 미국이라는 타지에서 겪었던 일들과 그를 통해 느낀 것들, 또 생각한 것들을 현실감 있으면서도 감성적으로 풀어낸 글입니다. 우리나라가 아닌 더 넓은 세상에서 겪은 수많은 일들이 비록 다 행복하고 좋은 기억으로 남지 않았음에도, 저자는 그래도 감사해하며 두려움을 극복해 나갑니다. 그 과정에서 저자는 '사랑'을 주요한 키워드로 보았습니다. "어떻든 삶이라는 여행을 사랑 없이는 하지 마라!"고 하며 스스로를 다독입니다. 가감 없이 써내려간 저자의 단상들이 미국이라는 배경과 만나 색다른 재미도 줍니다.

　앞으로 쭉 걸어 나갈 삶의 길 위에서, 때로는 행복하지만 또 때로는 모진 풍파를 견뎌내야 할 순간도 올 것입니다. 살아가며 무수한 외로움과 좌절을 느꼈어도, 우리에게 주어진 삶이 딱 한 번뿐이기에 모든 경험은 소중합니다. 독자분들의 삶이라는 여행에도 모두 사랑이 깃들어 있기를 바라며, 이 책을 읽는 모든 분들에게 행복과 긍정의 에너지가 샘솟으시기를 기원드립니다.

출간후기

작은 천국 나의 아이들

정명수 지음 | 값 25,000원

이 책 『작은 천국 나의 아이들』은 30여 년간 아이 사랑의 한길만을 걸어온 지성유치원 정명수 원장의 행보를 통해 초등학교 취학 이전의 어린 아동들을 가르치는 교육자가 어떠한 소명 의식을 가지고 맡겨진 길을 걸어야 하는지 우리에게 이야기해 준다. 결코 쉽지 않은 아동 교육의 현장에서 굳건한 신앙이 가져다준 소명의식과 아이들에 대한 사랑의 마음을 통해 희생과 봉사, 책임감을 갖고 살아가는 한 교육자의 인생을 읽을 수 있다.

맛있는 호주 동남부 여행

이경서 지음 | 값 15,000원

책 『맛있는 호주 동남부 여행』은 『맛있는 삶의 레시피』의 저자 이경서가 전하는 새로운 맛있는 여행 이야기이다. 작은아들 내외가 살고 있는 시드니, 그리고 시드니를 거점으로 하여 대중교통을 이용하는 그의 여행은 일반적인 여행사의 여행으로는 경험할 수 없는 색다른 즐거움을 선사한다. 그저 구경만 하는 여행이 아니라, 마치 신대륙을 모험하듯 여행하는 그의 여행기는 도전적인 여행을 꿈꾸는 모든 이들에게 훌륭한 안내서가 될 것이다.

학교를 가꾸는 사람들

김기찬 지음 | 값 15,000원

책 『학교를 가꾸는 사람들』은 30여 년의 교사 생활, 그리고 12년간 서령고등학교의 교장을 역임한 저자의 교육 기록이다. 저자는 교사로부터 시작해 학생을 위한, 학생에 의한 학교를 만들고, 학생과 교사뿐만이 아닌 학부모와 졸업생, 지역 인사에 이르는 폭넓은 교육 협업으로 진정한 교육의 장을 일구어낸다. 그가 기록한 충남 서산에 위치한 전국 명문고, 서령고등학교의 역사는 대한민국 교육의 새로운 빛이 될 것이다.

오색 마음 소통

이성동 지음 | 값 15,000원

책 『오색 마음 소통』은 바로 그에 대한 해답을 알려준다. '소통은 말과 글로만 하는 것이 아니다. 마음으로 하는 것이다!'라는 책의 부제에서 알 수 있듯이, 우리가 그간 소통에 실패한 이유가 바로 '마음'이 아닌 말과 글로 소통을 하려 했기 때문이라고 말한다. 말과 글은 소통을 하는 수단으로써만 쓰여야 할 뿐, 주(主)가 되어야 하는 것은 바로 '마음'이라는 것이다. 이 책은 소통의 어려움에 부닥친 사람들을 위해 친절히 소통의 과정을 안내하고 있다.

나의 행동이 곧 나의 운명이다

김현숙 지음 | 값 15,000원

책 『나의 행동이 곧 나의 운명이다』는 과거 여성의 권위가 제대로 인정받지 못하던 시절부터 수많은 역경을 극복한 ㈜경신 김현숙 회장의 이야기를 담고 있다. 망설이지 않고 행동으로 실천하며 도전정신을 잃지 않아 해낼 수 있었던 많은 일들을 소개하면서 '행동'의 중요성을 강조하고 있다. 하나의 기업을 경영해 온 경영자로서의 자세와 비전, 또 패러다임을 제시하며 다른 여성 CEO와 치열하게 살아가는 청년들에게 희망의 메시지를 전한다.

인생 2막까지 멋지게 사는 기술 재미

박인옥, 최미애 지음 | 값 15,000원

책 『인생 2막까지 멋지게 사는 기술 재미』는 잃어버린 웃음을 찾게 해 주는 유쾌한 책이다. 웃음과 유머를 통한 강의로 사람들에게 행복을 전하는 두 명의 저자가 만나 엮은 이 책은 평상시에도 잘 활용할 수 있는 여러 가지 유머 팁을 소개한다. 남들과 진정한 소통을 하고 마음의 문을 열기 위해서 '재미'와 '즐거움'이 꼭 필요하다고 강조하며, 바로 유머를 통해 그것이 가능하다고 보았다. 이 책은 우리의 삶에서 웃음이 가지는 의미를 다시 한번 더 되돌아보게 한다.

아, 민생이여

김인산 지음 | 값 15,000원

책 『아, 민생이여』는 도탄에 빠진 민생을 살리는 가장 원론적인 정책의 기본과 민생이 원하는 것이 어떤 것인지를 말한다. 정부가 바뀌고 새로운 정권이 들어서도 여전히 어렵다고만 말하는 민생, 그 민생이 더 위험해지기 전에 살릴 수 있는 길에 대해 저자는 누구나 생각해 봄 직한, 그러나 누구도 쉽게 다른 사람들에게 말할 수 없던 이야기를 풀어낸다. 그의 정책제언은 위기의 대한민국을 구제할 길잡이가 되어줄 것이다.

임진왜란과 거북선

민계식, 이원식, 이강복 지음 | 값 15,000원

책 『임진왜란과 거북선』은 조선 수군의 신형 전선 거북선을 집중 조명한다. 민계식 전 현대중공업 대표이사 회장과 이원식 원인고대선박연구소 소장, 이강복 알라딘기술(주) 대표이사가 머리를 맞대어 거북선의 실체를 밝히기 위해 역사적 자료들을 모아 현대적 연구를 통해 임진왜란 당시 활약했던 거북선의 실체를 정리해 본 것이다. 앞으로 원형에 가까운 거북선을 복원할 수 있는 이정표를 남기게 된 것에 큰 의의가 있다.